G.H.에 따른 수난

Clarice Lispector
A paixão segundo G.H.

G.H.에 따른 수난

클라리시 리스펙토르 지음
배수아 옮김

봄날의책

이 책을 읽게 될지도 모르는 독자에게

이것은 수많은 다른 책들과 다르지 않다. 그래도 만약 이미 영혼의 도약을 경험한 사람들이 이 책을 읽는다면 나는 기쁠 것이다. 그런 이들은 동화된다는 일이, 무엇과의 동화이든간에, 동화되는 대상과 정반대인 성질까지도 관통해야만 하는 점진적인 고통의 과정임을 이미 알고 있기 때문이다. 그런 이들은, 오직 그런 이들만은 이 책이 그 누구로부터도 아무것도 박탈하지 않는다는 것을 아주 서서히 이해하게 될 것이다. 예를 들자면, G.H.라는 인물은 내게 힘겨운 기쁨을 조금씩 조금씩 선사해주었는데, 어쨌든 그래도 그것은 기쁨이었다. ─ C. L.

완전한 삶이란 비자아와의 동화가 너무도 충만한 나머지 마침내
는 죽음에 이를 자아마저 소멸해버리는 종말일 것이다.

— 버나드 베런슨Bernard Berenson

차례

—————— 나는 찾는다, 나는 찾는다, 나는 이해해보려고 애쓴다. 내가 겪은 일을 누군가 다른 사람에게, 그게 누구인지는 나도 모르지만, 전달하기를 원하지, 내 경험을 그대로 혼자 간직하며 끝내고 싶지는 않다. 내가 겪은 일, 그것으로 뭘 어떻게 할 수 있을지는 나도 모른다. 그 심오한 혼돈이 나는 두렵다. 내게 일어난 일을 신뢰하지 않는다. 내가 경험할 줄 몰랐던 탓에 뭔가 다른 종류의 사건으로 경험해버린 그런 일이 내게 정말로 일어났던 것인가? 그 일을 나는 혼돈이라고 부르게 되며, 그 일 이후에 비로소 앞으로 계속 나갈 확신을 얻은 것은 내가 귀환해야 할 방향을 알게 된 때문이라고 생각한다. 그 방향은 이전의 질서이다. 내가 그 일을 혼돈이라고 부르는 것은 내 경험 안에서 자신을 입증하고 싶지 않아서이다. 자신을 입증하게 되면 나는 지금까지 소유하고 있던 세계를 상실할 것이다. 그렇다고 다른 세계를 얻을 능력은 갖추지 못했고, 이 사실을 나는 잘 안다.

나를 입증하고, 나를 올바르다고 여기게 되면, 나는 실패할 것이다. 내 존재의 새로운 유형을 어디에 적용해야 할지 모르기 때문이다. 파편적인 비전을 그대로 따라간다면, 이 세계 전체가 통째로 달라져야만 한다. 그래야 그 안에 내가 있을 자리가 생긴다.

나는 무언가를 상실했다. 무척 소중했으나 이제는 무의미해진 것을. 나는 그것이 필요하지 않다. 마치 세 번째 다리를 잃어버린 듯한 그런 느낌이다. 지금껏 걸음을 방해하기만 했으면서, 내가 세 다리 종족이란 확신만은 강하게 가지도록 만들었던. 그런 세 번째 다리를 이제 나는 잃었다. 그리고 나는, 지금까지 단 한 번도 된 적이 없었던 다른 누군가로 변했다. 그리고 단 한 번도 갖지 못했던 것을 회복했다. 오직 두 개의 다리라는 존재. 다리가 두 개여야만 제대로 걸을 수 있다는 것을 잘 알지만, 그래도 잃어버린 세 번째 다리의 쓸모없는 부재를 깨닫고는 소스라친다. 세 번째 다리는 내가 나를 발견하도록 만들어주는, 심지어 나를 찾는 수고 없이도 그렇게 되도록 해주었던 무엇이었으므로.

그렇다면 내게 필요하지도 않은 것을 잃었기 때문에 혼돈이 왔단 말인가? 겁먹음, 그것은 내게 일어난 가장 최근의 일인데, 내가 겪은 최대의 모험이기도 하다. 내 겁먹음은 너무도 드넓은 벌판이어서, 오직 최대한 용기를 내야만 감내할 수가 있다. 새로이 경험한 겁먹음, 그것은 아침에 낯선 사람의 집에서 잠이 깨었는데, 망설임 없이 즉시 걸어갈 용기가 있는지 나 스스로 장담하지 못하는 것과 같다. 자신을 망각하기란 어렵다. 너무도 어려워서, 심지어 자신의 발견이 살기 위한 거짓에 불과하다고 해도 나는 즉시 나 자신을 찾는 재빠른 길을 어떻게든 발견해내고야 말 것이다. 지금까지는 나를 찾는다는 것이 어떤 하나의 인물을 미리 설정해두고, 그 인물에 나를 맞추어 넣는 것을 의미했다. 체계적으로 조직화된 그 인물로 나를 구현해냈다. 그렇게 만들어내는 일이 삶이었는데, 나는 거기서 단 한 번도 큰 어려움을 느끼지는 않았다. 어떤 인물을 상상해내느냐는 내 세 번째 다리에 달려 있었다. 그 다리가 나를 대지에 단단히 발붙이게 만들었다. 하지만 지금은 어떤가? 나는 더 자유로워진 것인가?

아니, 그렇지 않다. 나는 아직 자유롭다고 느끼지 못하며, 생각해보니 그건 내 목표가 발견이었기 때문이다. 확실히 하고 싶은 마음에 탈출구를 찾아내는 순간을 발견이라고 표현하지만, 그냥 입구를 발견해낼 용기는 왜 없단 말인가? 맞다, 사실 나는 입구를 이미 발견해냈다는 걸 잘 안다. 그러나 나를 겁먹게 한 건, 그 입구가 어디를 향해 열려 있는지 알 수 없다는 거였다. 이전에 나는 단 한 번도 흐름에 나를 내맡긴 적이 없었다. 그랬더라면 어디로 가야 할지 방향을 알았을 것이다.

어제 나는 몇 시간 동안이나 인간의 기본을 상실해버렸다. 만약 내게 용기가 있다면 계속해서 상실한 채로 머물 것이다. 하지만 알지도 못하는 삶을 살아내기가 두렵다. 나는 항상 최소한 내가 이해하고 있다는 믿음이 필요하다. 나를 혼돈에 내맡길 수는 없다. 내 가장 큰 두려움이 바로 존재 자체에 있다고 어떻게 설명할 수 있을까? 하지만 다른 방법은 없다. 내 가장 큰 두려움이, 그게 뭐든지간에 바로 살아가는 일 자체에 있다고 어떻게 설명할 수 있을까? 그리고 다른 무엇보다도 보는 일이 가장 견디기 힘들다고 어떻게 설명할 수 있을까, 왜냐하면 삶은 내가 생각한 것이 아니라 다른 어떤 것, 마치 내가 알고 있는 듯한 착각이 드는 그 무엇이기 때문에! 보는 것이 어째서 그런 혼돈을 야기하는가?

그리고 실망이 있다. 하지만 무엇에 대한 실망인지? 나 스스로는 조금도 자각하지 못했지만, 간신히 꾸며낸 질서를 견디기 힘들었던 건 아닐지? 아마도 실망은 더이상 시스템에 속하지 않는다는 두려움일지도 모른다. 그렇다면 이렇게 말하는 편이 옳을 것이다, 마침내 실망할 수 있어서 행복하다고. 이전의 나는 나에게 이롭지 못했다. 그러나 그 이롭지 못함으로부터 나는 최고의 것을 거두었다. 그것은 희망이다. 스스로의 불행으로부터 미래를 위한 덕을 만들어냈다. 그렇다면 지금 두려움은, 내 새로운 존재방식이 무의미할지도 모른다는 두려움인가? 하지만 무슨 일이 일어나든, 그냥 매번 일어나는 일에 나를 맡겨두면 왜 안 되는가? 나는 우연이라는 성스러운 위험을 감수해야 하리라. 그리하여 운명을 개연성으로 대체하게 되리라.

그러나 어린 시절의 발견은, 말하자면 뭐라도 일단은 발견하게 되는 실험실에서의 발견과 같다고 보아야 하나? 그러니까 내 두려움, 그리고 세 번째 다리의 발명은 내가 성인이 된 이후의 일인가? 하지만 성인인 내가 자신의 상실을 감내할 어린아이와 같은 용기를 가질 수 있을까? 자신의 상실이란, 발견한 것으로 뭘 해야 하는지 전혀 알지 못하는 채로 발견한다는 의미이다. 두 개의 다리는, 단단하게 붙드는 세 번째 다리 없이, 걷는다. 나는 단단하게 붙들리기를 원한다. 나를 망가뜨릴 소름 끼치는 자유로 뭘 해야 할지 나는 알지 못한다. 그러나 갇혀 있는 동안 나는 만족스러웠 던가? 아니면 혹시 구금상태의 행복한 루틴 속에, 예의 음험한 불 안이 있었던가? 그래 맞다, 분명히 있었다. 아니면 혹시 내게 아주 익숙한 맥박 뛰는 무언가가, 그래서 내가 맥박이야말로 사람 을 의미한다고 생각했을, 그런 맥박 뛰는 존재가 있었던가? 그래 맞다, 분명히 있었다. 그것이 맞는가? 그것도, 그것도 맞다.

몇 시간 동안이나 인간의 형상을 잃어버리고 있었다는 걸 깨달 은 나는 소스라치게 놀란다. 잃은 것을 대체할 만한 다른 형상이 있을지는 알 수 없다. 잡풀처럼 자꾸만 새로 돋아나는 세 번째 다 리를 은밀하게라도 사용하지 않도록, 방어용인 그 다리를 '진실' 이란 이름으로 부르지 않도록 나는 주의해야 한다.

그러나 마찬가지로, 내게 일어난 그 일에 어떤 형상을 부여해 야 할지도 나는 모르고 있다. 형상을 부여하지 않으면, 내게는 아 무것도 존재할 수가 없다. 그런데 혹시 정말로 아무것도 존재하 지 않는 거라면? 그렇다면 내게는 실제 아무 일도 일어나지 않았 던 것인가? 나는 내게 일어난 일만을 이해할 수 있지만, 그건 말 하자면 내가 이해할 수 있는 일만 일어나고 있다는 의미이기도 하다. 그 밖의 내용에 관해서는? 그 밖의 내용이란 없었다. 실제 로 아무것도 존재하지 않았을지도 모른다! 어쩌면 내게 일어난 일은, 오직 느리고 거대한 와해, 그뿐이 아니었을까? 그리고 그 으스러짐에 항거하는 내 투쟁이, 지금 그것에게 형체를 부여하려 는 이 시도가 아닐까? 하나의 형체는 혼돈의 모양을 만들고, 하나의 형체는 무정형 물질에 양식을 부여한다. 무한한 살덩이의 비전은 광인의 비전이지만, 내가 그 살덩이를 조각조각 잘라 하루하루의 굶주림에 따라 나누면, 그러면 그것은 더이상 저주도 광기도 아니다. 그것은 다시 인간화된 삶으로 회귀하게 된다.

인간화된 삶. 나는 삶을 지나치게 인간화했다.

그렇다면 이제 어떻게 해야 하나? 비전을 온전히 송두리째 간직해야 하는가, 설사 그것이 이해할 수 없는 진실의 소유를 의미할지라도? 아니면 무에게 형체를 부여하는데, 그것은 나 자신의 분열을 내 안에서 융합하려는 시도일 것인가? 그러나 나는 이해를 위한 준비가 너무도 부족하다. 예전부터 늘 이런 시도를 할 때마다, 내 한계는 나에게 육체적인 불쾌감을 유발했고, 무슨 생각이든 시작하기만 하면 곧바로 이마에 충돌해버리고 말았다. 일찍부터 나는 내 빈약한 지성의 한계를 불평 없이 인정하도록 강요당했고, 매번 뒤로 물러나기만 했다. 나는 생각을 거의 할 수 없는 운명을 타고 태어났다. 깊은 사색은 나를 피부 내부로만 국한시켰다. 이제 어떻게 내 안의 사색을 열어젖힐 것인가? 어쩌면 오직 사색만이 나를 구원할 수 있으리라, 왜냐하면 나는 격정이 두렵기 때문이다.

나는 내일이라는 하루를 구해야 하므로, 나는 하나의 형체를 가져야 하므로, 나는 계속해서 와해된 채로 머물 힘이 없기 때문에, 괴물같이 무한한 살덩이를 무조건 분해하여 내 입과 내 눈 시야의 크기에 맞추어 조각조각 잘라내야 하므로, 나는 형체라는 필연성의 지배를 받을 수밖에 없기에, 경계 없는 존재에 대한 공포가 유발한 필연성, 이 형체가 자기 혼자 형성되도록 내버려둘 만한 용기가 내게 있다면, 마치 딱지가 저절로 굳어지듯이, 마치 지상에 떨어진 불의 성운이 차갑게 식어가듯이. 그리고 형체를 발명하겠다는 유혹에 저항할 만큼 크나큰 용기가 내게 있다면.

이제부터 나는 그 무엇이든 상관없이 어쨌든 의미가 발휘되도록 노력할 것인데, 만약 내가 누군가에게 편지를 쓰는 척 흉내를 낸다면 이 노력은 훨씬 쉬워질 것이다.

하지만 나는 상상 속의 누군가에게 이해받기 위하여 형체를 만들기 시작할까봐 겁이 난다. 어제까지 시스템에 적응해왔던 내 건강한 양식에 부합하는, 그런 길들인 광기로 의미를 '만들어내기' 시작할까봐 겁이 난다. 보호받지 못한 심장을 활용하여 그 무엇에도, 그 누구에게도 말을 걸지 않도록 용기를 내야 할까? 마치 아무것도 생각하지 않는 어린아이처럼. 그러면 나는 자칫 으스러져버릴 위험을 무릅써야만 한다.

내가 본 것을, 나는 이해하지 못한다. 심지어는 내가 확실히 보았는지도 알지 못한다. 왜냐하면 최후의 순간 내 눈은 자신이 목격한 것과 구별될 수 없었기 때문이다. 단 한 번 예상치 못하게 일어난 경계선의 유일한 동요, 끊이지 않는 내 문명의 연속성 속에서 벌어진 단 한 번의 파격 덕분에 나는 지극히 짧은 찰나, 순간적으로 생명을 주는 죽음을 맛볼 수 있었다. 생명의 금지된 섬유를 살짝 건드리게 해준 양질의 죽음을. 생명의 이름을 부르는 일은 금지되었다. 그런데 나는 그 이름을 거의 입 밖에 낼 뻔했다. 하마터면 나는 생명의 섬유로부터 풀려나지 못할 뻔했다. 그랬다면 내 내면의 시간이 파괴되었으리라.

어쩌면 내게 일어난 그 일은, 이해였을지도 모른다. 사실이 되기 위해서 나는 계속해서 이해할 수 없는 채로 머물러야 하고, 계속해서 이해하면 안 되는 입장이어야만 한다. 갑작스럽게 벌어지는 모든 이해는 투철한 '이해하지 못함'과 매우 유사하다.

아니다, 갑작스럽게 벌어지는 모든 이해는 궁극적으로 투철한 '이해하지 못함'의 누설이다. 발견의 매 순간은 자기상실이다. 어쩌면 내게 일어난 일은 마치 무지와도 같은 너무도 완벽한 이해였고, 거기서부터 나는 출발한다. 아주 오래전 그랬듯이, 순결하고도 천진하게. 나의 그 어떤 이해도 이처럼 높은 경지에 이르지는 못할 것이다. 왜냐하면 삶은 내가 도달할 수 있는 유일한 고지이기 때문에, 나는 오직 삶이라는 유일한 수준만을 살기 때문에. 단지 나는 지금, 지금 이 순간 하나의 비밀을 알고 있을 뿐이다. 아는 그 순간 바로 망각되어버리는 비밀, 아, 비밀이 기억에서 사라지는 것을 나는 느낀다…….

비밀을 다시 알기 위해서는, 다시 죽어야만 할 것이다. 그리고 안다는 것은 분명 내 인간 영혼의 살해를 의미할 것이다. 원하지 않는다, 나는 원하지 않는다. 유일한 구원은 새로운 무지에 나를 맡기는 방법뿐이리라, 그것만이 가능하리라. 내가 알기 위해서 애쓰는 바로 그 순간에, 망각하는 내 새로운 무지는 신성해졌다. 나는 내가 잊은 비밀의 여사제이며, 이미 잊힌 위험을 섬긴다. 내가 이해할 수 없는 것을 알게 되었으며, 내 입은 봉인되었다. 단지 불가해한 제의의 파편들만이 내게 남았다. 그러나 사실상 내 망각이 이 세계의 일상적 차원임을 나는 비로소 깨닫는다. 아, 그래도 나는 설명을 원하지 않는다. 설명되기 위해서는 저절로 설명되어야 한다는 설명조차, 나는 원하지 않는다. 인간의 확신이 다시 한 번 더 해석되어야 한다는 설명을 원하지 않는다.

삶과 죽음이 내게 속했다. 나는 괴물이었다. 나는 몽유병자처럼 무작정 앞으로 걸어나갈 만큼 용감했다. 지옥의 시간 동안 그 무엇도 작성하거나 준비하지 않을 용기를 지녔다. 특히 절대로 앞을 내다보지 않을 용기도. 예전의 나는 낯선 것에게 끌려 낯선 세계로 들어갈 용기를, 단 한 번도 갖지 못했다. 나의 예측은 미리 앞서서 내가 볼 것을 조절해왔다. 그것은 보는 것에 앞선 예지가 아니었고, 염려의 차원에 불과했다. 내 예측으로 인해 세계는 내 눈앞에서 닫혔다.

그리하여 몇 시간 동안 나는 포기하고 있었다. 그리고 마침내 놀랍게도 내가 원하지 않던 것을 얻었다. 나는 강물이 흐르는 골짜기를 따라 걷지 않았다. 발견하는 일은 강물이 흐르는 골짜기처럼 축축하고 비옥하다고 나는 항상 믿어왔다. 그것이 위대한 미발견이라는 사실을 알지 못했다.

계속 인간으로 머물기 위해서는 망각이라는 희생이 필요한 것인가? 이제 나는 일상에서 만나는 몇몇 얼굴에게서 그들이 망각했음을 알아차리게 될 것이다. 그들은 자신들이 무엇을 망각했는지, 그리고 망각했다는 사실조차도 전혀 알지 못한다.

나는 보았다. 내가 본 것에 의미를 부여하지 않았기 때문에 나는 내가 보았다는 사실을 안다. 나는 내가 보았다는 것을 안다. 왜냐하면 나는 이해하지 못하므로. 나는 내가 보았다는 것을 안다. 왜냐하면 내가 본 것은 아무 요점이 없기 때문에. 들어라, 나는 말해야 하리라, 왜냐하면 내 경험의 의미를 모르기 때문이다. 더군다나 나는, 내가 본 것을 원하지 않는다. 그것이 내 일상의 삶을 망치기 때문이다. 이런 말을 하는 나를 용서해달라, 나도 가능하다면 뭔가 더 나은 것을 보았기를 바란다. 내가 본 것을 제발 가져가다오, 나를 쓸모없는 비전에서, 쓸모없는 죄에서 해방시켜다오.

나는 너무도 두려워서, 길을 잃었음을 인정해야만 한다. 누군가 내 손을 잡는다고 상상하면서.

누군가 손을 잡아주는 일, 그것은 오랫동안 내가 간절하게 꿈꾸던 기쁨이었다. 종종 잠들기 전, 의식을 잃고 더욱 위대한 세계 속으로 들어가지 않으려 애쓰는 가운데, 아무래도 잠의 위대함에 다가갈 용기가 생기지 않으면, 나는 늘 누군가 내게 손을 내민다는 상상에 빠지곤 했다. 그러면 나는 잠의 거대한 무정형 속으로 부드럽게 미끄러져 들어가는 것이다. 그래도 여전히 용기가 생기지 않으면, 나는 꿈을 꾼다.

잠으로 가는 길은 지금 내가 자유를 향하는 방식과 매우 유사하다. 이해할 수 없는 것에 나를 맡기기, 그것은 나 자신을 무의 가장자리에 배치하는 일이다. 들판에서 길 잃은 눈먼 여자처럼, 무작정 앞으로 가야만 한다는 의미이다. 살아 있음을 의미하는, 이 초자연성. 생명에 익숙해지기 위해서 나는 생명을 길들였다. 그것은 곧 나를 통째로 넘겨준 행위, 유령처럼 흐릿한 신의 손을 붙잡고 낙원이라 불리는 형체 없는 그 무언가의 안으로 들어간 용감한 행위이다. 내가 원하지 않는 낙원으로!

글을 쓰거나 말할 때, 나는 누군가 내 손을 잡고 있는 척해야 한다.

아, 처음에는, 적어도 처음에는. 내가 그 손을 놓을 수만 있다면, 나는 홀로 갈 것이다. 당장은 당신의 그 손을 꼭 잡아야만 한다. 비록 당신의 얼굴, 당신의 눈과 입까지 그려낼 수는 없지만 말이다. 하지만 손 하나만 떨어져 나온 상태라 해도, 나는 두렵지 않다. 얼굴이나 눈, 입을 그려내는 것은 손이 정말로 어떤 육체와 연결되어 있다는 위대한 사랑의 상상에서 나온다. 그런데 내가 그 육체를 볼 수 없다면 그건 단지 더 위대한 사랑의 능력이 없기 때문이다. 나는 한 인간을 온전히 상상할 수가 없다. 나 자신이 온전한 인간이 아니기 때문이다. 어떤 표현이 필요한지 전혀 모르는 상태로 어떻게 얼굴을 상상할 수 있겠는가? 내가 당신의 따뜻한 손을 놓을 수 있게 되자마자, 나는 공포에 떨며 홀로 갈 것이다. 공포는 변신이 완료되어 공포 자체가 투명한 빛으로 바뀔 때까지 내가 져야 할 책임이다. 그 빛은 이미 오래전부터 내가 무의식 중에 지향하기로 마음먹은, 아름다움과 도덕에 대한 갈망에서 탄생한 빛은 아니다. 그것은 존재의 본성이 뿜어내는 빛이며, 그런 빛은 나를 소스라치게 만든다. 하지만 나는 안다. 그 공포는 ─ 나는 사물을 직면한 공포이다.

일단 나는 당신이라는 존재를 상상해낸다. 언젠가 홀로 죽게 된다는 위험을 감내할 자신이 없기 때문에, 죽음이란 위험 중에서도 가장 위험천만한 것이기에, 나는 절대로 혼자서는 죽음으로, 나의 부재라는 상황으로 발을 내디딜 용기를 내지 못할 것이다. 바로 그 최후의, 그리고 동시에 최초인 순간에, 나는 당신이라는 미지의 존재를 상상해낼 것이고, 당신의 곁에서 죽음을 시작하게 될 것이다. 존재를 멈추기, 그 일을 완전히 습득할 때까지. 그런 다음에 당신을 풀어줄 것이다. 지금 내가 필사적으로 매달린, 살아 있는 미지의 생명인 당신은, 내가 가진 단 하나뿐인 은밀한 결속이다. 당신의 손이 없다면 나는 스스로 찾아낸 이 압도적인 광대함 속에서, 그 어디에도 의지할 곳이 없이 홀로일 뿐이다. 이건 진실의 광대함인가?

하지만 진실은 내게 단 한 번도 의미가 없었다. 진실은 아무런 의미가 없다! 그렇기 때문에 나는 진실을 두려워했고, 지금도 두려워한다. 나는 속수무책으로 당신에게 내 전부를 건넨다. 그것으로 당신이 뭔가 즐거움을 만들어낼 수 있도록. 내가 말이라도 걸면, 그게 당신을 놀라게 하고, 그래서 당신을 잃게 될까? 그러나 말을 하지 않으면, 나는 나 자신을 잃는다. 그리고 나를 잃는다는 건 결국 당신을 잃는다는 뜻이다.

진실은 의미가 없다. 세계의 광대함에 나는 겁먹고 움츠러든다. 아마도 내가 갈구했고, 그래서 결국 얻게 된 그것으로 인해 나는 세상에 홀로 버려진 아이처럼 한없이 궁핍하다. 이 궁핍을 위로할 수 있는 건 오직 우주 전체가 내게 쏟아붓는 사랑뿐이다. 내가 지금 사랑이라고 부르는 것, 너무나 압도적이어서 사물의 난자까지도 부들부들 전율시키는 그것만이 나를 풍요롭게 해줄 수 있다. 나는 그것을 사랑이라 부르고는 있지만, 사실 그것의 이름을 알지는 못한다.

내가 본 것이, 사랑이었을까? 그렇다면 난자의 사랑과 마찬가지로 오직 맹목적일 뿐인 사랑이란 도대체 무엇인가? 내가 본 것이 사랑이었을까? 그 공포가 바로 사랑이었을까? 너무도 중립적인 사랑, 그래서 — 아니, 아직은 아직은 내 이야기는 하고 싶지 않다. 여기서 이야기를 해버리면 의미를 재촉하는 결과를 낳으며, 그것은 안심으로 마비시키는 세 번째 다리처럼 나를 꼼짝달싹 못하게 만들 것이다. 아니, 어쩌면 나는 이야기를 시작할 시점을 최대한 늦추려고 이러는 건지도 모른다. 왜 얼른 본론으로 들어가지 않고 시간을 끌고 있는가? 두렵기 때문에. 내가 느낀 감정을 구체화하기, 이것을 감행하기 위해서는 용기가 필요하다. 마치 하나의 동전을 갖고는 있지만, 어떤 나라에서 통용되는지는 전혀 모르는 그런 상태와 같다.

내가 하게 될 일을 하기 위해서는 용기가 필요하다. 즉 말하기, 그래서 말해진 것의 남루함이 불러일으킬 엄청난 경악 속으로 나 자신을 밀어넣기. 그 말이 내 입 밖으로 나오자마자, 나는 서둘러 이렇게 덧붙여야만 할 것이다. 그런 뜻이 아니야, 그런 뜻이 아니야! 하지만 웃음거리가 되는 걸 겁내지 않을 필요도 있다. 나는 항상 과도하기보다는 부족하기를 선호했는데, 웃음거리가 될지도 모른다는 두려움이 주된 이유였다. 수치심이 내면을 갈기갈기 찢어버릴 수 있기 때문이다. 그런 이유로 나는 내 이야기의 시작을 뒤로 미룬다. 두렵기 때문에?

그리고 할 말이 한마디도 없기 때문이기도 하다.

나는 할 말이 한마디도 없다. 그렇다면 왜 침묵하지 않는 건지? 그러나 내가 억지로라도 말을 입 밖으로 꺼내지 않는다면, 침묵이 나를 영원히 덮쳐버릴 것이다. 말과 형식이란 지푸라기에 매달린 채 나는 침묵의 파도 위를 떠돌게 된다.

그런데 이야기의 시작을 유예하는 건, 나를 이끌어줄 사람이 없기 때문이기도 하다. 나는 다른 사람의 여행 이야기에서 여행에 관한 사실은 거의 얻지 못한다. 정보라는 것들은 전부가 소름 끼치게 불완전할 뿐이다.

최초의 자유가 서서히 나를 장악하는 것을 느낀다……. 고급 취향의 결핍이 이처럼 두렵지 않기는 오늘이 처음이기 때문이다. '침묵의 파도'라고 나는 썼는데, 예전이라면 절대로 그렇게 쓰지는 않았을 것이다. 아름다움과 아름다움에 내재한 절제미를 존중했을 테니까. 나는 '침묵의 파도'라고 말했는데, 내 심장이 겸허히 허리를 굽히고 나는 그것을 받아들인다. 내가 고급 취향이라고 할 만한 의식을 완전히 상실해버렸다면? 그리고 그것이야말로 내가 얻은 유일한 소득이라면? 지금 미적 감각을 잃었어도 두렵지 않다는 그 이유만으로 훨씬 자유롭게 느끼고 있으니, 나는 그동안 얼마나 부자유스러운 삶을 살아온 것인가……. 그 이외에 무엇을 더 얻는지는 아직 잘 모르겠다. 어쩌면 시간이 흐르면서 서서히 알아차리게 될지도 모른다. 일단 내가 가장 먼저 느끼는 소심한 쾌감은, 추한 것에 대한 공포가 사라졌다는 확신이다. 이런 상실은 얼마나 좋은지. 얼마나 멋진지.

그 상실로 또 무엇을 얻게 되었는지 알고 싶지만, 아직까지는 딱히 찾지 못했다. 단지 나 자신을 다시 한 번 더 살아냄으로써, 내가 살게 된다는 것뿐이다.

그런데 나 자신을 어떻게 다시 한 번 더 살아낼 수 있단 말인가? 자연스럽게 표현할 어휘가 하나도 없는 상태라면. 그러면 나는 필요한 어휘를 조립해내야 하고, 내게 일어난 사건까지도 창조해 내게 되는 것일까?

나는 내게 일어난 사건을 창조해낼 것이다. 삶은 다시 말해질 수 없기 때문이다. 삶을 살기란 불가능하다. 나는 삶을 창조해내야 하리라. 거짓 없이. 창조해내기, 맞다. 거짓말하기, 아니다. 창조한다는 건 상상으로 꾸며내기가 아니라 리얼리티의 포착이라는 위험 속으로 뛰어드는 일이다. 이해하는 것은 창조하는 것이다, 이것이 내 유일한 방식이다. 나는 무선 신호를 번역하게 될 것이다. 미지의 신호를 내가 알지 못하는 언어로 번역하는 것이다. 이 신호들의 의미가 무엇인지조차 알지 못하면서. 나는 몽유병의 언어로 말하게 될 것이다. 내가 잠에서 깨어나면, 더이상 언어가 아니게 될 언어로.

내게 일어난 사건의 진실을 창조해낼 때까지. 내가 쓰는 것은 글이라기보다는 긁적거림에 가까울 것인데, 그 이유는 내가 시도하는 것이 표현이 아닌 복제에 가깝기 때문이다. 나는 표현의 필요를 점점 더 덜 느끼고 있다. 혹시 난 그 능력을 상실한 걸까? 그렇지 않다. 조각품을 만들 때도 나는 항상 복제를 목표로 했고, 오직 손으로만 작업해왔다.

신호의 침묵 속에서, 나는 결국 길을 잃어버리는 건 아닐까? 그럴 것이다. 나는 나를 알기 때문에. 보는 것 이상의 일을 즉각 행하지 못하면, 보는 것조차 할 수 없을 것이기 때문에. 평생 동안 눈멀었다가 처음으로 눈을 뜨고 보게 된 사람처럼, 나는 깜짝 놀라며 소스라치리라. 그런데 무엇을 본단 말인가? 소리가 없는 불가해한 삼각형. 이해할 수 없는 삼각형을 본 그 사람은 단지 그 이유만으로 자신이 더이상 눈멀지 않았다고 확신할 수 있는가?

나는 궁금하다. 확대경을 통해서 어둠을 관찰하면, 어둠 이상의 것을 볼 수 있을지. 확대경은 어둠을 밝히지 못한다. 대신 어둠을 어둠으로 더욱 공표할 뿐이다. 마찬가지로 확대경으로 빛을 관찰하면, 충격적이게도 더 많은 빛을 보게 될 것이다. 나는 보았다, 그러나 이전과 마찬가지로 나는 여전히 눈먼 상태이다. 내가 본 것은 불가해한 삼각형이었기 때문이다. 나 스스로가 삼각형으로 변신하여 그 불가해한 삼각형 안에서 내 존재의 근원과 반복을 인식한 것이 아니라면.

나는 미룬다. 지금 내가 이런 말을 늘어놓는 것도 전부 그러기 위한 구실일 뿐임을 잘 알고 있다. 이야기를 시작할 시점을 최대한 뒤로 미루기, 내게는 할 말이 하나도 없다는 것을 알기에. 내 침묵을 유예한다. 일생 동안 나는 침묵을 유예해온 것은 아닐까? 하지만 지금 말에 대한 경멸의 결과, 아마도 최종적으로 나는 말을 시작할 수 있을 것이다.

무선 신호들. 세계는 안테나로 빼곡하고 나는 신호를 수신하느라 분주하다. 내가 할 수 있는 건 단지 신호를 소리나는 대로 표기하는 일뿐이다. 이미 3천 년 전부터 나는 눈멀었고, 내게 남은 건 소리의 파편들뿐이다. 지금 나는 그 어느 때보다도 더욱 눈먼 몸이다. 그렇다, 나는 보았다. 나는 보았고, 한 세계의 피투성이 진실 앞에서 전율했다. 최악의 공포는 그것이 너무도 생생하게 살아 있는 진실이라는 것, 그리고 나 또한 마찬가지로 생생하게 살아 있음을 인정하면서 — 내 최악의 발견은 내가 그것과 마찬가지로 살아 있다는 점이다 — 나는 내 외면적 삶의 의식을 사적 삶에 대한 죄악 수준까지 고조시켜야 한다.

이전에 내가 갖고 있던 깊은 도덕심, 내 도덕심은 이해하고자 하는 욕망이었다. 그런데 나는 이해하지 못했으므로, 사물들을 가지런히 배치했다. 어제에 이르러서야 나는 그동안 내가 한없이 도덕적이었음을 깨달았다. 나는 언제나 목적이 있어야만 견딜 수 있었던 것이다. 이전에 내가 갖고 있던 깊은 도덕심으로 보자면, 어제 경험한 무자비한 빛과 마찬가지로 이처럼 무자비하게 살아 있음을 발견한 지금, 그런 내 도덕심으로 보자면 살아 있다는 참을 수 없는 영광이야말로 공포 그 자체인 것이다. 과거의 나는 인간화된 세계에서 살았다. 그런데 순수하게 살아 꿈틀거리는 무언가가 내가 가진 도덕심을 붕괴시켜버린 것일까?

완전하게 살아 있는 세계란 지옥의 힘을 가졌으므로.

완전하게 살아 있는 세계란 지옥의 힘을 가졌으므로.

　어제 아침 응접실에서 나와 가정부의 방으로 들어갈 때만 해도, 나는 하나의 제국이 내 눈앞에 있으리라고는 꿈에도 상상하지 못했다. 그것도 바로 한 걸음만 내디디면 닿을 수 있는 가까운 곳에. 가장 원초적인 생명을 위해 내가 벌인 가장 원초적인 투쟁은 포식자인 사막 야생동물의 잔인한 흉포함과 함께 시작된다. 나는 내 안에서 너무도 원초적이어서 거의 무생물에 가까운 생명의 어떤 수위를 발견하게 된다. 비록 아직은, 나, 갈증으로 타들어가는 메마른 입술을 한 내가 있게 되리라는, 그 어떤 작은 누설의 몸짓도 보이지는 않지만.

　시간이 흐른 다음에야, 몇 년 전 내 기억의 저장고 속으로 파고들었던 오래된 문장 하나가 문득 떠올랐다. 그것은 어느 잡지 기사에 딸린 부제에 지나지 않았고, 나는 그 기사를 읽지는 않았다. "불지옥처럼 이글거리는 캐니언에서 길을 잃은 여자는 살아

남기 위해서 필사적으로 발버둥친다." 내가 어디로 향하고 있는지, 그 어떤 짐작도 할 수 없었다. 그러나 나는 뭔가가 시작되려는 기미를 미리 알아차린 적이 아직 단 한 번도 없다. 항상 뭔가가 거의 절정에 이른 다음, 그제야 나는 계속해서 누적된 일의 결과가 터진 거라고는 생각지도 못한 채, 그 순간에 난데없이 일어난 폭발이나 붕괴를 본 듯이 소스라치게 놀라곤 했던 것이다.

그날 아침, 가정부의 방으로 들어가기 전, 나는 무엇이었던가? 나는 다른 사람들이 나라고 여기며 보아온 바로 그것이었고, 나 스스로도 그렇게 믿고 있었다. 그래서 내가 무엇이었는지는, 말할 수가 없다. 하지만 적어도 한 가지 사실만은 기억해내고 싶다. 그때 나는 무엇을 하고 있었던가?

아침 10시가 다 된 시각이었다. 그때 이미 나는 내 아파트를 온전히 나만의 공간으로 다시 여기고 있었다. 바로 전날 가정부가 떠났던 것이다. 내가 그런대로 사치스럽게 거주하는 이 집 안에서, 말을 하거나 돌아다니거나 뭔가 사건을 일으킬 사람이 아무도 없다는 사실이 침묵 속에서 확장되는 중이었다. 나는 평소보다 좀더 오래 커피를 마시며 식탁에 앉아 있었다. 하지만 내가 어떤 모습이었는지는 말하기 어렵다. 그래도 내 존재에게 과거의 형체를 부여하기 위해서 노력은 해봐야 하는데, 그래야만 그 형체를 상실한 순간 내게 일어난 일이 무엇인지 이해할 수 있기 때문이다.

나는 평소보다 좀더 오래 커피를 마시며 식탁에 앉아서, 부드러운 빵 속살을 모아 조그맣게 뭉치고 있었다. 그랬던가? 나는 알아야만 한다, 그때 내가 무엇이었는지, 알아야만 한다! 나는 이것이었다. 나는 빵 부스러기를 둥글게 돌돌 말고 있었고, 느긋하기만 했던 내 마지막 연애는 한 번의 부드러운 애무로 우호적인 종말을 고했다. 다시금 나는 무미건조하고도 행복한 자유의 맛을 만끽하고 있었다. 이것이 내 자리를 말해주는가? 나는 대하기 편한 사람이며, 진지한 우정을 쌓고 있다. 나는 이 사실을 잘 알기에, 자신을 상대로 모종의 아이러니한 감정을 결코 배제하지는 않지만 그렇다고 자신을 학대하지도 않는, 스스로와의 즐거운 우정이 가능하다.

그러나 예전의 내 침묵이 어떠했는지 나는 모르며 단 한 번도 알았던 적이 없다. 단지 간혹 해변이나 파티에서 찍힌 내 사진을 볼 때면 미소짓는 그 어두운 얼굴이 내게 누설하는 것을, 가벼운 냉소가 섞인 공포와 함께 이해하곤 했다. 그것은 침묵이었다. 침묵, 그리고 내게서 벗어나고 있는 운명. 나, 죽거나 혹은 살아 있는 어느 제국의 파편화된 상형문자. 그 얼굴에서 나는 비밀스러움을 보았다. 아니다, 나는 고약한 취향에 대한 공포심 전부를 상실할 것이다. 그래서 내 용기를 시험해볼 것이다. 용기는 살아 있음이 아니다. 살아 있음을 아는 것이 바로 용기이다. 내 사진에서 나는 비밀스러움을 보았다고 말하리라. 나는 약간 놀라움을 느꼈는데, 그것이 놀라움의 감정이었음은 지금에서야 알게 된 사실이다. 왜냐하면 미소짓는 눈동자 속에는 내가 호수에서나 보았던, 혹은 침묵 그 자체에서만이 들을 수 있는 침묵이 자리잡고 있었기 때문이다.

언젠가 내가 바로 그 침묵과 정면으로 마주하게 되리라고는, 산산조각이 난 침묵과 부딪히게 되리라고는 당시 조금도 상상하지 못했다. 내가 사진 속 얼굴을 응시하자, 순간 표정이 없는 그 얼굴 속에서 세계가 마찬가지로 표정 없이 나를 응시했다. 이것, 오직 이것만이 나 자신과의 가장 근접한 만남인가? 그렇단 말인가? 이전에는 한 번도 도달하지 못한 가장 거대한 침묵의 심연, 그것은 이 세계와의 가장 맹목적이고 가장 직접적인 결속이었다. 나머지, 나머지는 항상 나 자신이 만들어낸 연출일 뿐이었다. 이제 안다, 오, 이제야 나는 안다. 나머지는 내가 조금씩 조금씩 나라는 이름을 지닌 사람으로 변화해갔던 방식이었다. 그리하여 마침내 나는 내 이름이 되었다. 그러니 이제 당신은 내 가죽가방의 표면에서 G.H.라는 이니셜을 보는 것만으로 충분하다. 보아라, 여기 내가 있다. 마찬가지로 타인들에게서도 나는 그들 이니셜의 가장 표면을 덮은 색채층 이상의 것을 요구하지 않았다. 게다가 '심리학'이란 것은 내 관심을 조금도 끌지 못했다. 심리학적인 견해는 과거나 지금이나 나를 참을 수 없게 만들 뿐이다. 그건 짜증나게 후벼파는 도구에 불과하다. 나는 청소년기 이후 심리학적인 단계를 영영 떠났다고 생각한다.

G.H.는 많은 삶을 살았다. 내가 말하는 의미는, 많은 사실들을 살았다는 뜻이다. 어쩌면 나는 내가 살아야 할 삶의 내용을 전부, 그것도 한꺼번에 살아버리려고 너무 서둘렀을지도 모른다. 그래서 내게는 시간이 남아 있을 것이다 …… 사실 없이 살기 위한? 살기 위한. 나는 일찍부터 내 감각의 의무를 만족시켜왔다. 일찍

부터 조급하게 서두르면서, 나는 고통과 희열을 살아냈다. 그건 내 소소한 인간의 운명으로부터 최대한 빨리 해방되고 싶어서였을까? 의무로부터 빨리 해방된 다음, 나 자신의 비극을 찾아 자유롭게 떠나고 싶었기 때문에.

어딘가에, 내 비극이 있었다. 더 위대한 운명이. 그러나 어디에? 단순한 삶의 이야기를 훌쩍 뛰어넘는 그런 운명. 가장 위대한 모험인 비극은 한 번도 내게 실현되지 않았다. 내가 아는 건 오직 내 개인적인 운명뿐이다. 그리고 내가 그것을 원했다.

나는 침착한 분위기를 풍긴다. 그것은 가방에까지 G.H.라는 이름으로 존재하게 된 탓이다. 또한 내면의 삶이란 것에 대해 말하자면, 나는 스스로 의식하지 못한 채 명성을 내 것으로 만들어냈다. 나는 다른 사람들이 나를 대하듯이 나 자신을 대한다. 나는 곧 다른 사람들이 보는 나이다. 혼자일 때도 휴식은 없었다. 사람들과 어울려 있을 때의 나보다 아주 약간만 덜한 나였을 뿐이다. 그것은 늘 내 천성이자 내 건강이었다. 그리고 내 방식의 아름다움. 심연을 비추는 것이 내 사진뿐일까? 심연.

무의 심연이다. 오직 거대하고 오직 텅 빈. 하나의 심연.

나는 이른바 성공한 사람처럼 행동한다. 내가 불특정한 기간 동안 기회가 있을 때마다 조각가로서 일했던 것은, 그 시기가 지난 다음까지도 타인들이 나를 자리매김할 수 있는 과거와 현재를 선사했다. 그들은 나를, 조금만 덜 아마추어적이라면 나쁘지 않을 조각가로 대한다. 이런 명성은 사회적인 관점에서 여성에게 의미하는 바가 크다. 타인들의 시각과 마찬가지로 나 자신의 시각에서도, 이 점은 사회적으로 남자와 여자 사이 어느 위치에 내 자리를 제공해주었다. 덕분에 나는 여자로서 존재하는 데 훨씬 많은 자유를 얻었는데, 그건 여자이기 위해서 의례적인 수고를 할 필요가 없었기 때문이다.

소위 내 개인적인 삶에서 희미하게나마 절정의 예감을 느낀 것은 아마도 간헐적으로 행해진 조각 행위 덕분이었을 것이다. 왜냐하면 그런 분야는 모종의 관심을 소비하는 일이 필수적이며 아무리 아마추어 예술이라 해도 예외는 아니기 때문이다. 혹은 오랫동안 참을성있게 재료를 다루어 그 안에 내재하는 어떤 형체를 서서히 발견해낸 경험 때문일 수도 있다. 혹은 조각을 통해서 더 이상 내가 아닌 나를 상대할 줄 아는 강요된 냉정을 얻었기 때문일 것이다.

이런 것들에게서 나는 절정의 예감을 느꼈다. 오브제의 가장 깊숙한 곳에 귀 기울이면 그곳에서부터 뭔가가 출현하여, 나에게 그리고 다시 오브제 자신에게 도로 주어진다는 것을 아는 사람처럼. 아마도 그것은 수수께끼처럼 미소짓는 사진 속 얼굴에서 내가 발견한 그 절정의 예감일 것이다. 표현 없는 침묵이 표현의 전부였던 얼굴. 인간의 모든 사진은 모나리자의 사진이다.

나에 관해서 할 말은 이것이 전부인가? 내가 '정직'하다는? 어떤 면으로 보면 난 정직하다. 나는 거짓말하지 않는다. 거짓된 진실을 만들어내지 않기 위해서. 그러나 진실을 구실로 남용한 적은 많다. 거짓말하기 위한 구실로 진실을? 나는 스스로에게 아첨도 할 수 있으며, 마찬가지로 추잡한 결함도 말해줄 수 있다. 하지만 결함과 진실을 혼동하지 않도록 주의해야 한다. 나를 정직으로 이끄는 것이 두렵다. 내가 생략해버리는 소위 고매함, 역시 마찬가지로 생략해버리는 소위 추잡함이. 내가 정직해지면 정직해질수록, 어쩌다가 발휘하는 고매함과 그보다 더 자주 나타나는 추잡함을 자화자찬하려는 경향이 그만큼 더 커진다. 정직하다고 해서 내 하찮음까지 자랑할 수는 없다. 그런 것들은 그냥 건너뛰어버린다. 하찮은 면을 가진 나 자신을, 내 안의 진지하고 심각한 것들을 모두 용서해버린 내가 용서할 수 없기 때문이다. 하찮음을 넘겨버리는 또다른 이유는 내 고백이, 설사 가장 고통스러운 고백이라 할지라도 허영심에서 나온 행위일 때가 많기 때문이다.

모든 종류의 허영심에서 벗어나고 싶다는 뜻은 아니다. 하지만 내가 계속 앞으로 가기 위해서는 내 길을 스스로 막아서는 안 된다. 내가 계속 간다면. 혹은 허영심을 원하는 않는 것이야말로 최악의 허영이 아닐까? 아니다. 내 생각에, 나는 내 눈동자의 색깔에 구애받지 않고 볼 필요가 있다. 보기 위해서 나는 나로부터 해방되어야 한다.

이것이 내 모습의 전부였던가? 예상치 못한 방문객을 맞아 문을 열면, 문 앞에 서서 나를 바라보고 있는 얼굴에서, 그들이 방금 내 절정의 희미한 예감을 감지했노라는 표정을 읽는다. 타인들이 내게서 포착한 것이 내게로 다시 반사되며 '나'라고 하는 분위기를 이룬다. 아마도 그 절정의 예감이 지금까지의 내 존재였을 것이다. 그 밖의 다른, 알려지지않은 익명인 나의 다른 존재는, 강렬하기는 하지만, 사실상 부엌 화덕의 가물거리는 불 위에 주전자를 올려둔 사람이 갖는 확신일 뿐이다. 무슨 일이 있더라도 최소한 끓는 물 하나만은 얻게 되리라는 확신.

그러나 물은 단 한 번도 끓지 않았다. 나는 과격한 폭력을 원하지 않았고, 그냥 물이 너무 끓어 넘쳐버리지 않을 정도로만 불을 피웠던 것이다. 아니다, 나는 폭력을 몰랐다. 나는 사명을 이루기 위해 태어나지 않았다. 내 본성은 내게 아무것도 강요하지 않았고, 나 또한 스스로에게 아무런 역할도 부여하지 않도록 섬세하게 신경을 썼다. 자신에게 어떤 역할도 강요하지는 않았지만, 스스로를 납득할 수 있도록 나를 채비해두기는 했다. 전화번호부에서 나를 발견하지 못한다면 견딜 수 없었을 것이다. 내 질문은, 만약 내게 질문이란 것이 있다면, '내가 누구인가'가 아니었다. '나는 어떤 사람들 사이에 있는가'였다. 나의 주기週期는 완료되었다. 현재의 내 삶은, 미래에 내가 납득할 수 있도록 하기 위한 준비 과정이었다. 하나의 눈동자가 내 삶을 감시했다. 그 눈동자는 아마도 내가 한때 진실이라고 불렀던 것, 한때 도덕이라고 불렀던 것, 한때 인류라고 불렀던 것, 한때 신이라고 불렀던 것, 한때 나라고 불렀던 것이다. 삶의 대부분을, 나는 거울 속에서 살았다. 태어난 지 2분 만에, 나는 내 기원起源을 상실했다.

절정 한 걸음 앞에서, 혁명 한 걸음 앞에서, 그리고 사랑이라 불리는 것 한 걸음 앞에서. 그리고 내 삶의 한 걸음 앞에서, 반대의 극에게 끌리는 성질 때문에 나는 끝내 그것을 삶으로 변화시키지 못했다. 또한 질서를 갈구하는 마음 때문이기도 했다. 삶의 무질서에 대한 선호는 나쁜 취향의 징조이다. 설사 원했다 할지라도, 잠재적인 걸음을 실제의 걸음으로 변화시키는 방법을 나는 몰랐을 것이다. 조화로운 결속의 쾌락, 소유하되 소비하지는 않는 탐욕스럽고 영구불변하는 약속의 쾌락으로, 나는 절정이, 혁명이 필요하지 않았고, 사랑 자체보다도 훨씬 더 행복한 사랑의 예감 이상은 원하지 않았다. 약속만으로 충분했다는 뜻인가? 나는 약속만으로 충분했다.

아마도 이러한 태도 혹은 태도의 결핍은, 내가 단 한 번도 남편이나 아이를 가진 적이 없으며, 나를 결박한 사슬을 숭배하거나 혹은 그 사슬을 벗어버려야 하는 문제에 직면한 적이 없었던 것도 한 이유일 것이다. 나는 계속해서 자유로웠다. 항상 자유로움, 이것은 내 단순한 본성 덕분이기도 했다. 나는 쉽게 먹고 마시고 잠든다. 그리고 당연히 내 자유는 내 재정적인 독립과도 밀접한 관계에 있다.

오직 생각이 필요한 시점에서만 생각하는 내 습관은 조각 작업에서 얻었을 것이다. 조각을 통해서 나는 손으로만 생각하는 방법을, 그리고 언제 그것을 사용해야 하는지를 배웠기 때문이다. 또한 간헐적으로 이루어진 조각 작업은 내게 쾌락의 습관을 남겼는데, 그것은 내 본성의 경향이기도 했다. 시선으로 사물의 형체를 음미하는 일이 자주 있다보니 점점 더 그 일에서 쾌감을 느끼게 되었고, 마침내는 거기에 푹 빠져들었던 것이다. 나는 가진 능력을 많이 발휘할 필요도 없이, 뭐든지 활용하기만 하면 되었다. 어제 커피를 마시던 식탁에서 오직 내 손가락의 표면과 빵 속살의 표면만을 활용하여 둥근 형체들을 뭉쳤듯이. 내가 가진 것을 획득하기 위해서 나는 고통도 재능도 필요하지 않았다. 나는 내가 가진 것을 정복하여 얻지 않았다. 그것은 천부적으로 주어졌다.

그러면 남녀 문제에 대해서는 어떨까? 나는 항상 남자들의 습관이나 몸짓을 상냥하게 감탄해왔고, 내가 여성이라는 사실에 여유로운 쾌감을 느꼈다. 여성이라는 것, 그 또한 내게 부여된 천부적인 자질이다. 나는 천부적 자질의 용이한 면만을 누렸지, 소명의 두려움 따위는 알지 못한다. 그게 두려운 것인가?

급할 일은 없었던 탓에 나는 평소보다 느긋하게 식탁에 머물렀고, 손가락으로는 빵을 뭉치면서 주변을 둘러보았다. 세계는 내가 살아가기에 적절한 장소였다. 이 세계에서 나는 돌돌 뭉친 빵조각 하나를 다른 빵조각 위에 얹고, 그걸 힘들이지 않고 눌러서 다시 하나로 뭉칠 수 있었다. 그렇게 하나의 표면을 다른 표면에 합치는 식으로 나는 점차 기묘한 형상의 피라미드를 쌓으면서 재미와 흡족감을 느꼈다. 둥근 빵 뭉치들이 모여서 만들어진 정삼각형. 그것은 정반대 성격의 요소로 이루어진 형상이었다. 거기에 나와 관련한 어떤 의미가 있다면, 아마도 빵과 그리고 내 손가락이 알고 있을 것이다.

내 아파트는 나를 반영한다. 최상층에 위치하고 있어 고급스러운 느낌을 준다. 내 주변의 사람들은 다들 소위 최상층인 '펜트하우스'에 살려고 애쓴다. 그건 고급스러움 이상의 가치가 있다. 진짜 기쁨을 주기 때문이다. 최상층에서는 도시 전체를 장악할 수가 있다. 이러한 고급스러움이 흔해빠지게 된다면, 그러면 나는 이유도 모른 채 다른 종류의 고급스러움으로 이동하게 될까? 아마 그럴 것이다. 나와 마찬가지로, 아파트도 서늘한 그늘과 환한 장소가 있다. 투박한 구석은 어디에도 없다. 하나의 방은 다른 방으로 이어지며, 다음에 나타날 방에 대한 언약이다. 식당에 앉은 나는 빛이 만들어내는 영롱한 움직임을 보았는데, 그것은 거실을 향한 전주곡이었다. 이 아파트의 모든 것은, 그 어디에도 없는 우아하고 아이러니하며 영민한 삶의 복제품이었다. 내 집은 한마디로 예술작품인 것이다.

사실상 이곳의 모든 것은, 진짜라면 내게 아무 소용이 없을 삶을 암시하고 있다. 그렇다면 이 모두가 모방하고 있는 원본은 무엇인가? 나는 진짜라면 이해하지 못할 테지만, 그것의 복제본이라면 사랑하고, 그 복제본을 충분히 이해한다. 사본은 항상 사랑스럽다. 나는 대부분 예술에 삶의 전부 혹은 일부를 바친 사람들에게 둘러싸여 살기에 당연하게도 복제품을 경멸하고는 있다. 그러나 늘 패러디가 더 좋은 것 같고, 그 편이 내게 유용하기도 했다. 삶을 모방하기, 그것은 아마도 과거에 — 아니 현재에도 마찬가지인가? 내 과거의 조화로움은 얼마나 많이 비틀려버린 것인지? — 삶을 모방하기, 그것은 과거 나에게 자신감을 주었는데, 그 이유는 바로 삶이 내 것이 아니기 때문이었다. 나는 그 삶에 아무런 책임이 없었다.

내가 그 안에서 살아왔다고 생각되는, 그리고 현재도 살고 있기도 한 가볍고 보편적인 쾌락의 분위기는, 이 세계가 나 자신도 아니고 나의 소유도 아니기 때문에 가능했을 것이다. 나는 세계를 마음껏 사용하고 즐길 수 있었다. 마치 남자들을 내 남자로 만들지는 않으면서, 바로 그 이유로 그들을 숭배하고 그 어떤 이기심도 없이 진심으로 사랑할 수 있었던 것처럼. 마치 사람이 먼 이상을 사랑하듯이. 그들이 내 남자가 아니었으므로, 나는 그들을 괴롭힐 필요가 없었다.

마치 사람이 먼 이상을 사랑하듯이. 내 집의 영민한 우아함은 이곳의 모든 사물에 인용부호가 달려 있기 때문이다. 진정한 저작을 존중하는 의미에서 나는 세계를 인용한다. 세계가 나 자신도 아니고 내 것도 아니므로, 나는 세계를 인용한다. 내가 추구한 목적은, 다른 모든 사람과 마찬가지로 아름다움, 어떤 모종의 아름다움이었던가? 나는 아름다움을 살았던가?

나 자신도, 거짓도 아니고 진실도 아닌 상태로—바로 어제 아침, 식탁에 앉아 있던 그 순간처럼—나 자신도 일생 동안 오른쪽에 인용 따옴표 하나, 그리고 왼쪽에 다른 인용 따옴표 하나를 달고 살아왔다. 어쨌든 "내가 아닌 것처럼"이 "나인 것처럼"보다 더욱 포괄적이었다. 존재하지 않는 삶은 나를 완전히 장악했고 나를 발명품처럼 분주하게 만들었다. 오직 네거티브 필름을 현상한 사진에서만 그 이외의 다른 뭔가가 드러났다. 내게 포착되지 않은 것이 카메라의 눈에 포착되었다. 네거티브 필름을 현상하면서 내 심령체의 존재도 함께 드러난 것이다. 사진은 텅 빈 동공, 결핍 혹은 부재를 찍는 것인가?

심지어는 나 자신조차도 순수하고 올바른 성질 훨씬 이상으로 예쁘장한 하나의 복제품이었다. 왜냐하면 아마도 이 모두가 나를 관대하고 예쁘장하게 만들었을 것이기 때문이다. 내가 관대하고 애교 있으며 성가시지 않다는 것, 남자의 진을 빼먹는 그런 여자가 아니라는 것을 경험 많은 남자라면 한눈에 알아차릴 수 있다. 미소짓는 여자, 웃는 여자라는 걸 말이다. 나는 타인의 쾌락을 존중하고 나 자신의 쾌락을 고상하게 섭취한다. 무료함은 나를 먹이고, 동시에 고상하게 나를 섭취한다. 허니문의 달콤한 무료함처럼.

따옴표 속에 들어 있는 내 이미지는 나를 깊이 만족시켰다. 나는 내가 아닌 것의 복사품이었고, 그 아님의 이미지는 나를 완벽하게 만들었다. 네거티브라는 것은 가장 강력한 존재의 상태 중 하나였다. 나는 내 존재가 무엇인지 몰랐으므로, '아님'이야말로 진실에 가장 가깝게 접근할 수 있는 방법이었다. 나는 최소한 뒷면을 가졌으니까. 나는 최소한 '아닌 것'을 가졌으니까. 나는 최소한 나의 반대를 가졌으니까. 행복이 무엇인지 몰랐으므로, 나는 반대의 것을 향한 그리움을 앓았다. 그것은 '불행'이었다.

그렇게 내 '불행'을 살아냄으로써, 나는 감히 소망하거나 시도하지조차 못했던 삶의 반대편을 살았다. 온 정성과 마음을 다 바쳐 난잡한 삶을 살아가는 사람처럼, 최소한 자신이 모르는 삶, 가질 수 없거나 원하지 않는 삶의 반대를 소유한 사람처럼. 마치 수녀처럼. 지금에서야 나는 안다. 나는 이 모두를, 비록 상반되는 의미이긴 하지만, 이미 갖고 있었다는 걸. 나는 아님의 모든 세부적인 요소에 나 자신을 바쳤다. 존재하지 않기 위해 큰 정성을 들임으로써, 내가 나라는 것을 나 스스로에게 입증하고 있었다.

존재를 무화시키는 방식, 이것은 훨씬 더 편안하고 따라서 훨씬 더 청결했다. 왜냐하면 참으로 진지하게 말하는 건데, 나는 정신이 풍부한 여자이기 때문이다. 또한 정신이 풍부한 육신도 가졌다. 식탁에 앉아 있는 나, 흰 로브 차림으로, 깨끗하고 보기 좋은 얼굴의 윤곽, 솔직한 몸, 이것들은 나를 액자 속의 그림처럼 보이게 했다. 나는 자신과 타인의 쾌락에 너그럽고 관대했고, 거기서 나오는 모종의 선량한 분위기를 지녔다. 고상한 태도로 나는 나의 것을 먹었다. 그리고 고상한 태도로 입가를 냅킨으로 닦아냈다.

이 그녀, 가죽가방에 새겨진 G.H.가 나였다. 그런데 아직도, 아직도 그녀는 나인가? 아니다. 내 허영심이 직면하는 최악의 사태는 바로 나라는 인간을 판단해야 할 때임을, 나는 즉시 깨닫는다. 그때 나는 오직 실패자일 수밖에 없으리라. 내가 알고 싶은 건 단 한 가지, 그 실패는 과연 내게 필요했던가.

내가 알고 싶은 건 단 한 가지, 그 실패는 과연 내게 필요했던가.

나, 그 여인은 마침내 식탁에서 일어섰다. 그날은 가정부가 없었기 때문에 나는 내가 원하는 유형의 분주함을 가질 수 있었다. 뒷정리 말이다. 나는 항상 정리하기를 좋아했다. 정리야말로 내 유일한 천직일지도 모른다. 물건들을 정돈하면서 나는 그것들을 그려내고 동시에 이해하게 된다. 하지만 돈을 잘 투자해놓은 탓에 내 재산은 점점 불어났으므로, 유일한 천직을 수행할 기회는 영영 멀어지고 말았다. 만약 돈과 문화의 혜택으로 지금 이 현실의 계급을 누리지 않았다면, 나는 정리할 것이 많은 부유한 대저택의 가정부 일자리를 선택했을 것이다. 정리란 더 나은 형체를 찾는 일이다. 정리정돈하는 가정부가 되었더라면 나는 아마추어 조각가가 될 필요도 없었으리라. 내 손으로 직접 물건들을 정돈할 기회가 충분했더라면. 형체를 정돈하기 위해?

단 한 번도 허락되지 않았던 집 안 정돈에 대한 욕구는 너무도 커서, 심지어 식탁에 앉아 있는 동안 머릿속으로 계획만 세우는 데도 쾌감이 느껴질 정도였다. 나는 아파트를 찬찬히 둘러보았다. 어디부터 시작하면 좋을까?

그리고 더 나아가서, 그 일을 마친 이후에, 일곱째 날의 일곱째 시간에 나는 편히 휴식하면서 하루의 나머지를 조용히 보내고 싶었다. 기쁨의 분량이 거의 없는 평온함은 내게 균형을 되찾아줄 것이다. 조각에 몰두하는 시간을 통해 나는 기쁨이 거의 없는 평온을 배웠다. 지난주 나는 흥겨운 시간을 너무 많이 가졌고, 너무 많이 외출했고, 평소 내가 좋아하는 것들 모두를 너무 많이 했다. 그래서 나는 그날 하루를 그날의 예감 그대로 보내고 싶었다. 무겁고 선량하며 텅 비어 있는 채로. 나는 이 하루를 마음껏 늘이며 살 것이다.

아마도 아파트의 가장 뒤편에서부터 청소를 시작하는 것이 나을 듯했다. 가정부의 방이 제일 지저분할 테니까. 그곳은 잠자는 방이기도 했지만 헌옷가지, 가방, 낡은 신문지, 포장지, 쓰다 남은 노끈 등을 보관하는 창고이기도 했다. 새로 올 가정부를 위해서라도 그 방을 깨끗하게 청소해놓아야 했다. 그 방에서부터 정돈을 시작하여 점차 아파트의 반대쪽 끝으로, 거실을 향해 수평방향으로 '상승'할 것이다. 그리고 거실에 도달하면—마치 나 자신이 그날 아침과 정리정돈의 종착지인 듯이—소파에 누워 신문을 읽다가 그대로 잠이 들게 될지도 모른다. 전화벨이 울리지만 않는다면.

잠시 생각하던 나는 수화기를 내려놓기로 했다. 그러면 분명 아무런 방해도 없을 테니까.

어떻게 설명하면 좋을까, 바로 그 순간 나는 나중에 나타날 그 무엇을 미리 보기 시작했다. 아무것도 모르는 채로 나는 이미 방 입구로 들어서고 있었고, 그때부터 이미 보기 시작했지만, 보면서도 몰랐다. 세상에 태어날 때부터 나는 보고 있었으나, 알지 못했다. 나는 알지 못했다.

당신의 알려지지 않은 손을 내게 내밀어다오, 왜냐하면 삶은 아프기 때문에, 어떻게 설명해야 할지 모르겠다, 현실은 숨결처럼 갸냘프다. 오직 현실만이 숨결처럼 갸냘프다. 반면에 나의 비현실, 내 상상력은 육중하다.

가정부의 방에서 정리를 시작하기로 결정한 후, 나는 부엌을 가로질러 다용도실로 갔다. 다용도실의 끝은 복도로 연결되고, 가정부의 방은 복도에 면해 있었다. 하지만 그 전에 일단 나는 복도 벽에 기대서서 담배를 마저 끝까지 피웠다.

아래를 내려다보았다. 건물은 13층 깊이만큼 수직으로 떨어져 내리고 있었다. 이 모두가 이미 일어날 일의 일부라는 것을, 나는 알지 못했다. 아마 이전에도 수천 번이나 그런 움직임이 시작되었다가 도중에 소멸해버렸을 것이다. 이번에 이 움직임은 끝까지 진행될 테지만, 나는 아무런 예감도 느끼지 못했다.

나는 뒷마당을 바라보았다. 아파트 건물의 뒷마당은 내가 사는 아파트의 뒷면과 마주하고 있다. 바깥길에서 보면 표면이 온통 대리석처럼 희고 매끈한 아파트지만, 안쪽에 자리한 이 뒷마당에서는 사각형의 석조 프레임, 창문들, 무질서한 빨랫줄들의 무더기일 뿐이었다. 빗물에 젖어 시커멓게 변하고 이빨을 번득이는 유리창은 서로 노려보며 아가리를 벌린 형국이었다. 내 집의 배 속은 공장과 같았다. 깊은 골짜기와 협곡으로 어루어진 장대한 파노라마의 축소판. 바로 거기에 내가 서서 담배를 피우고 있었다. 마치 산꼭대기에 선 사람처럼 풍경을 굽어보면서, 사진 속에서와 마찬가지인, 바로 그 표현 없는 얼굴로.

나는 그 모두가 말하는 것을 보았다. 그것들은 아무것도 아님을 말했다. 나는 신중하게 내 안으로, 아무것도 아님을 흡수했다. 내 사진의 눈 속에서 보이던 그것으로, 아무것도 아님을 빨아들였다. 그때도 나는, 이전부터 빈번하게 해왔듯이, 예의 침묵의 신호를 받아들이고 있었던 것이다. 나는 뒷마당을 지켜보았다. 모든 것이, 자연의 풍요를 연상시키는 무생물의 풍요로움이었다. 거기서도 우라늄을 채굴할 수 있고 석유가 솟아날 수도 있었다.

그때 나는 뭔가를 보고 있었는데, 그것은 나중에야 모종의 의미를 갖게 된다. 그 말은, 나중에야 그 의미가 심오하게 결핍되었다는 뜻이다. 나중에야 나는 이해할 수 있으리라. 의미의 결핍이야말로 의미라는 것을. 의미가 결핍된 모든 순간은, 의미가 분명 있으나 나는 이해하지도 못하고 이해하고 싶지도 않다는 두렵고 분명한 확신이다. 내게 아무런 보장이 없기 때문이다. 의미의 결핍은 시간이 흐른 다음에야 나를 사로잡고 압도할 것이다. 의미의 결핍이라는 의식은 항상 내가 의미를 감지하는 네거티브 방식이었을까? 내 참여의 방식은 분명 그랬다.

아파트 뒷마당, 그 기계 괴물의 배 속에서 내가 본 것은, 특별히 실질적인 용도를 갖고 만들어진 물건들이었다.

그러나 나중에 내가 심지어는 나 자신의 내면에서조차 발견하게 되는 소름 끼치는 보편적 자연, 그 숙명적 자연의 어떤 속성은 숙명적이게도 상수도와 하수도관 설치공사를 했던 수백 명의 실제 일꾼들, 지금 내가 해변의 사진 속 눈길로 응시하고 있는 이집트의 폐허를 일으켜 세우면서도 스스로는 아무것도 몰랐던 일꾼들의 손에서 나온 것이었다. 나중에야 나는 내가 보았음을 알게 될 것이다. 나중에, 비밀을 목격한 다음에야 나는 이미 예전에 그것을 보았다는 것을 깨달을 것이다.

불붙은 담배를 아래로 던져버린 나는, 이웃이 내 행동을 발견하지 못했기를 바라며 한 걸음 뒤로 물러섰다. 건물 관리자가 금하는 짓이기 때문이다. 그다음 머리를 조심스럽게 앞으로 내밀고 아래를 내려다보았다. 담배가 떨어졌을 만한 곳은 짐작조차 할 수 없었다. 담배를 삼켜버린 아득한 바닥은 침묵을 지켰다. 거기서 있으면서, 나는 뭔가를 생각했던가? 최소한 나는 아무것도 생각하지 않았다. 어쩌면 금지된 행동을 저지르는 내 모습이 이웃 누군가에게 들켰을 가능성을 생각했을지도 모른다. 나와 같이 교양 있는 여자에게는 더더욱 어울리지 않는 행동이므로, 나는 소리 없이 미소지었다.

그리고 다용도실 뒤의 어두운 복도로 걸어갔다.

그리고 다용도실 뒤의 어두운 복도로 걸어갔다.

아파트의 가장 끝부분에 해당하는 복도에는 어둑한 그늘 속에 가려 분간이 힘든, 비슷한 두 개의 문이 마주보고 있다. 하나는 아파트의 뒷문 출구, 다른 하나는 가정부의 방이다. 내 아파트의 가장 저지대인 셈이다. 나는 신문지 더미를 향해, 검게 더러워진 잡동사니를 향해 문을 열었다.

그러나 문을 연 순간, 나는 갑작스럽게 눈을 제대로 뜰 수가 없었고 육체적인 불쾌감에 휩싸였다.

예상하고 있던 어두침침하고 비좁은 골방 대신에 환한 백색의 빛으로 가득한 사각의 공간과 마주쳤기 때문이다. 그래서 내 눈은 가늘고 좁아짐으로써 스스로를 보호하려 한 것이다.

가정부가 우리 집에 있던 지난 6개월 동안 나는 한 번도 이 방에 온 적이 없으므로 이렇게 방이 말끔해져 있으리라고는 정말로 상상도 하지 못했다.

방문을 열면 어둑한 실내를 보게 되리라고 기대했고, 그래서 가장 먼저 창문을 열고 퀴퀴한 어둠을 신선한 공기로 환기시켜야겠다고 마음의 준비를 하고 있었다. 가정부가 이 방을, 내게는 한마디 말도 없이, 자신의 마음에 들게 정돈하고 게다가 마치 이 방이 자신의 소유물인 것처럼, 창고로서의 기능을 말끔히 제거해버릴 줄은 나는 전혀 예상하지 못했다.

한동안 나는 문 앞에 선 채, 고요한 공백의 질서를 간직한 방 안을 바라보고 있었다. 가정부는 쾌적하게 시원하고 안락한 내 아파트 안에, 내게 한마디 말도 없이, 이런 메마른 공백을 공개해버린 것이다. 이제 방은 마치 위험한 물건이라고는 모조리 치워버린 정신병원처럼 완전히 청결하게 번쩍거리는 공간으로 바뀌었다.

이렇듯 생성된 방의 공백 탓에 지붕의 기와, 시멘트 테라스, 이웃집 지붕에서 솟아난 안테나들, 주변 모든 집의 수천 개 유리창이 내뿜는 반사광들이 모조리 이 안으로 집중되고 있었다. 방은 아파트가 있는 원래 높이보다 비교할 수 없을 정도로 훨씬 더 높이 위치하는 것만 같았다.

마치 미너렛minaret처럼.* 미너렛에 대한 내 처음 인상이 그랬다. 한없이 광대한 영역 위로 우뚝 솟구쳐 허공에 둥실 뜬 것만 같은. 그러나 나는 이 첫인상을 오직 육체적인 불쾌감으로 먼저 인식했다. 방은 정사각형이 아니었다. 두 모서리의 각이 살짝 더 넓은 편이었다. 그것은 방의 실질적 리얼리티였지만, 나는 내가 바

---

* minaret. 이슬람교 사원의 첨탑.

라보는 각도 때문에 그렇게 보인다고 느꼈다. 종이에 그려진 사각형의 모습이 그럴 수 있기 때문이다. 원근법에 따라서 이미 일그러져 있는 모양으로. 불완전한 시각의 발현, 착시의 구체화. 네 귀퉁이 각도가 일정하지 않기 때문에 이 미너렛 방은 튼튼한 아파트 건물 안에 들어 있는 게 아니라 금방이라도 부서져 내릴 구조를 가진 듯했다.

문 앞에 선 나는 움직이지 않는 태양이 천장의 정가운데와 바닥의 3분의 1 지점을 빛과 그림자로 날카롭게 갈라놓은 것을 보았다. 6개월 동안 항구적인 태양은 소나무 옷장을 뒤틀렸고 흰색으로 칠한 벽들을 더욱 희게 탈색시켰다.

그리고 그중 한 벽에서 나는 예상치 못한 그림을 발견하고 흠칫 놀랐다.

그것은 문 바로 옆의 벽이었다. 그래서 들어오는 즉시 발견하지 못한 것이다. 그 벽에는 목탄으로 그림이 그려져 있었는데, 거의 실물 크기인 나체의 남자와 나체의 여자, 그리고 보통의 개보다 더욱 나체로 보이는 한 마리 개의 윤곽이었다. 몸의 윤곽 내부에는 나체의 표식이 될 만한 요소는 그려져 있지 않았지만, 몸이 뭔가에 덮여 있다는 모든 암시의 부재가 그들의 나체를 입증하고 있었다. 그것은 텅 빈 나체의 윤곽이었다. 울퉁불퉁하게 부서진 목탄 조각으로 그린 선은 투박했다. 몇 군데는 마치 하나의 선이 진동하는 모습을 나타내려는 듯 이중으로 선이 그어지기도 했다. 메마른 목탄의 메마른 떨림.

뻣뻣한 선들로 과장되고 부풀게 그려진 벽 속 세 형상은 로봇처럼 바보스러워 보였다. 심지어 개마저도 제 스스로의 의지가 아니라 가벼운 광기에 휩싸여 있는 듯 보였다. 너무 경직된 선과 엉성한 솜씨가 개를 돌처럼 단단한 화석으로 만들어서, 벽이 아니라 개 자신 속에 박아놓은 듯했다.

내 집에서 전혀 모르고 있던 숨겨진 벽화를 발견한 최초의 충격이 가시고 나자, 이번에는 뜻밖의 재미를 발견한 기분으로, 그림을 하나하나 자세히 살펴보기 시작했다. 뭉툭하게 그려진 발들은 바닥을 딛지는 않았고, 조그만 머리들은 천장의 모서리 부분까지 닿지는 않았다. 거기에 무디고 경직된 선까지 더해져, 서로 떨어져 있는 세 형상은 마치 세 개의 미라처럼 보였다. 뻣뻣하게 고정되어 꼼짝 않는 그 모습이 어이없고 당황스러울수록 내가 느끼는 미라의 인상은 더욱 강해졌다. 그들이 마치 깊숙한 속으로부터 서서히 외부를 향해 배어 나오는 것 같았다. 벽의 중심부에서 분비되어, 거친 석회벽 전체가 흥건히 젖을 때까지 스며 나오는 땀처럼.

형상들은 어느 하나도 다른 형상과 연결되어 있지 않았고 서로 뭉쳐 있지도 않았다. 모두 정면을 향하고 있었다. 옆이란 걸 전혀 모른다는 듯이, 옆 사람을 본 적도 없으며 옆에 누군가가 있다는 사실 자체를 전혀 알지 못한다는 듯이.

나는 억지로 미소를 지었다. 미소를 지으려고 애썼다. 벽 속의 형상들은 다름 아닌 나, 문 앞에 미동도 없이 서 있는 나와 똑같았던 것이다. 이 그림은 장식이 아니었다. 그것은 글자였다.

어쩔 수 없이 나는 예전 가정부를 떠올려야만 했다. 그녀의 얼굴을 기억해보려 했으나, 놀랍게도 생각나지 않았다. 이로써 그녀는 마침내 나를 최종적으로 내 아파트에서 몰아내버리는 데 성공했다. 그녀가 내 눈앞에서 문을 닫고, 나를 집 밖으로 내몰아버린 것만 같았다. 그녀의 얼굴이 끝내 잡히지 않은 채 내게서 멀어져갔다. 그건 일시적인 망각이 분명했다.

하지만 그녀의 이름, 그건 당연히, 당연히도 기억해낼 수 있었다. 자나이르Janair. 이 방의 벽 그림을 바라보고 있는 사이, 갑자기 자나이르가 나를 경멸했을지도 모른다는 생각이 불쑥 떠올랐다. 힘찬 손바닥을 활짝 벌리고 서 있는 벽 속의 남녀는, 언젠가 문을 열고 이 방에 들어서게 될 나를 위해 자나이르가 남겨둔 투박한 메시지라는 느낌이었다.

불쾌한 기분과 더불어 어느 정도는 우습기도 했다. 자나이르가 말없이 내 삶을, 그녀가 침묵으로 명명한 '화려한 남성편력'의 삶을 비판했을 수도 있음을, 나는 단 한 번도 상상해보지 못했다.

나는 벽화를 들여다보았다. 아마도 거기 그려진 인물은 나일 것이다…… 나 그리고 그 남자. 그러면 개는 무엇일지, 혹시 그녀가 나를 비하하는 의도로 붙인 별칭일까? 비유하려는 대상으로 그려놓은 것일까? 내 행동에 대해서 이러저런 평가의 말을 들은 건 이미 오래전부터 오직 애인들, 그리고 주변의 아주 가까운 친구들에게서뿐인데, 그들은 원래 내가 스스로 선택했거나 나를 위해서 형성된 교제의 내부자였다. 반면에 자나이르는 내게 이런 비판의 메시지를 보낸 최초의 완전한 외부 관찰자인 셈이었다.

갑자기, 이번에는 정말로 언짢은 마음으로, 나는 지난 6개월간

태만하고 무신경했던 탓에 무엇을 놓치고 있었는지를 깨달았다. 그것은 이 여자의 말없는 미움이었다. 나를 놀라게 한 것은 그 미움이 열정이 배제된 종류이며, 따라서 최악의 미움이었다는 사실이다. 바로 무관심한 미움. 나라는 개인을 증오한 것이 아니라, 단지 연민을 배제해버린 것이다. 그래, 심지어 증오조차 하지 않았다.

그 생각이 든 순간 나는 기대하지도 않았는데 갑자기 그녀의 얼굴을 기억해낼 수 있었다. 당연하다, 어떻게 내가 그 얼굴을 잊을 수 있겠는가? 조용하고 검은 얼굴이 생각났다. 침묵의 또다른 형태처럼 보이는 완벽하게 불투명한 피부, 매우 멋지게 그려진 눈썹, 피부의 검은색에 가려져 거의 드러나지 않는 우아하고 섬세한 이목구비.

그녀의 특징들, 장난기 없이 정말로 진지하고 솔직하게 고백하는데, 그건 여왕의 특징이었다. 게다가 자세는 또 어떠한지. 곧고 날씬하고 단단하고 매끈한, 거의 군살이라곤 없는 몸이었다. 가슴이나 엉덩이도 거의 없었다. 옷차림은 어땠을까? 나는 그녀가 마치 없는 사람처럼 굴면서 집안일을 해주기를 요구했고 그걸 당연하게 여겼다. 그녀는 조그만 앞치마 아래 늘 진갈색이나 검은색 옷을 입었고, 그래서 완전히 그림자처럼 어두워져서 더욱 눈에 띄지 않았다. 그녀는 정말로 눈에 보이지 않았고, 이제서야 그 사실을 깨달은 나는 깜짝 놀랐다. 자나이르는 오직 외형이 거의 전부였다. 그녀 형체 내부의 특징들은 너무도 섬세하여, 실제로 존재하기가 거의 불가능했다. 그녀는 얕은 돋을새김처럼 편평하게, 조각판 위에 단단히 고정되어 있었다.

그래서 그녀는 나 또한 그녀 자신처럼 여길 수밖에 없었던 걸까? 벽화 속 내 몸에서 본질적인 요소들을 모조리 다 추상화시켜버린 것처럼, 내게서 오직 윤곽만을 보아야만 했던 것일까? 그런데도 매우 기이하게 벽에 그려진 형상은 내게 어떤 인물을, 바로나 자신을 연상시켰다. 자나이르는 내 집에 자신의 존재감을 남겨놓았고, 그리하여 이 세 좀비 형상이 내가 이 방에 들어서지 못하게 실제로 출입을 막고 있다는 걸 느꼈다. 마치 이 방에 여전히사람이 살고 있는 것처럼.

나는 문 앞에 선 채로 망설이고 있었다.

예상치 못하게 말끔한 방 안의 모습 때문에 당황한 것도 사실이다. 정리를 하려면 어디서부터 손을 대야 할지 알 수 없었기 때문이다. 아니, 도대체 무엇을 정리해야 할지 몰랐다는 편이 맞다.

나는 낙담한 기분으로 미녀렛의 나체를 바라보았다.

시트를 벗겨낸 침대는 먼지투성이 매트리스 커버를 드러내고있었다. 흐릿한 색의 커다란 얼룩이 있는데 땀이나 묽은 피 같았다. 오래되어 누렇게 변색한 얼룩이었다. 바싹 말라 삭아버린 커버 섬유 사이로 여기저기 튀어나온 말털이 비죽비죽 솟아 있었다.

한쪽 벽면에는 세 개의 작고 낡은 여행가방이 차곡차곡 쌓여있는데 처음에 나는 그것을 알아차리지도 못했다. 그 쌓인 모습이 너무도 완벽한 대칭 형태라서 방 안의 텅 빈 공백상태를 전혀훼손하지 않기 때문이다. 가방 위에, 그리고 색이 거의 바래버린 G.H.라는 글자 위에는 두터운 먼지가 곱게 내려앉아 고요한

층을 이루었다.

그리고 좁다란 옷장이 하나 있었다. 문이 하나뿐이고 사람 키만 한, 내 키와 비슷한 옷장이었다. 하루 종일 내리쬐는 햇빛에 바짝 메마른 목재는 갈라지고 틈까지 벌어졌다. 자나이르는 단 한번도 창문을 닫지 않았던 것일까? 그녀는 나보다도 훨씬 더 많이 이 꼭대기 층의 전망을 누렸다.

이 방은 아파트의 다른 방들과 아주 많이 달랐다. 이 방으로 들어서는 일은 그 전에 내 아파트를 일단 떠난 다음 이곳의 문을 다시 두드리는 것과 같았다. 이 방은 내가 꾸며놓은 아파트의 다른 구역과 정반대였다. 내 정리정돈의 재능을, 생활의 재능을 한껏 발휘한 은은한 아름다움과 정반대였다. 내 잔잔한 냉소와, 달콤하면서도 무심한 냉소와 정반대였다. 이 방은 나를 나 자신의 인용문으로 만드는 내 따옴표에 대한 폭력이었다. 이 방은 텅 빈 위장의 초상화였다.

이 방의 그 무엇도 내게서 나오지 않았다. 집의 다른 구역은 외부에서 집 안으로 들어오는 태양 광선 한 줄기 한 줄기가 모두 가볍거나 묵직한 커튼 천을 통과하면서 온화하게 걸러졌다. 하지만 이 방에는 햇빛이 외부에서 안으로 들어오는 것이 아니었다. 이 방이 곧 태양이 있는 바로 그 위치인 것 같았다. 심지어 밤에도 결코 눈을 감지 않을 듯한 무자비한 태양빛 속에 꼼짝도 못하고 단단하게 포박되어 있었다. 이 방의 모든 것은 갈갈이 찢어진 채 끄트머리가 철사처럼 말라버린 신경다발과도 같았다. 나는 지저분한 쓰레기를 치울 각오로 여기에 왔다. 그러나 이처럼 텅 비어 있는 상태를 마주치자 커다란 혼란을 느꼈다.

신경이 날카로워졌다. 이 방은 내게 육체적인 불쾌감을 불러일으켰다. 메마른 석회벽을 긁는 메마른 목탄 조각 끄트머리의 날카로운 소리가 아직도 공기 중에 남아 있는 것만 같았다. 방 안에 존재하는 들리지 않는 그 소리는 음악이 끝난 후 여전히 돌아가는 레코드판 위에 얹힌 바늘이 내는 소리와 흡사했다. 사물의 중립적인 바스락거림, 그것은 사물의 침묵이 지닌 본질이었다. 목탄과 손톱의 소리가 함께 들려온다, 목탄과 손톱, 그 여인의 냉정하면서 단호한 분노, 외국의 대사처럼, 침묵으로부터 온 사신인 그 여인, 아프리카의 여왕. 여기 내 아파트에 자리를 잡았던, 이방의 여인, 무관심한 적敵.

자나이르는 정말로 나를 미워했을까? 아니면 혹시 내가 그녀를, 그녀를 한 번도 제대로 바라본 적도 없이 미워한 건 아니었을까? 지금 나는 신경질적으로 깨달았는데, 나는 이 방 때문에 단지 당황스러울 뿐만 아니라 방이 미워졌다. 단지 표면만 있는 골방이. 방의 내면은 그을렸다. 혐오와 실망에 차서 나는 방을 둘러보았다.

그리하여 마침내 과감한 행동을 실행에 옮길 용기가 생길 때까지. 오늘 안에 모든 것을 다 바꾸어야만 했다.

가장 처음에 할 일은, 몇 개 없는 물건들을 모조리 복도로 끌어내는 것이다. 그런 다음에 양동이로 물을 길어와 빈 방 전체에 뿌려서, 말라서 뻣뻣한 공기가 수분을 머금게 만들어야 한다. 그리하여 먼지가 진흙처럼 물러질 때까지, 이 메마른 사막에서 습기가 피어올라, 지붕들의 지평선 너머로 도도하게 솟아오른 미너렛을 무너뜨릴 때까지. 그런 다음 옷장 속에도 물을 뿌릴 것이다. 목재가 물을 먹어 흥건해지다 못해 부글거릴 때까지. 그러면 마침내, 마침내 나는 보게 될 것이다. 나무가 썩기 시작하는 것을. 설명할 수 없는 분노가 치밀어 올랐는데, 내게는 너무도 당연하게 느껴지는 분노였다. 나는 거기 있는 뭔가를 죽이고 싶었다.

그리고 그다음에, 그다음에 나는 바싹 마른 지푸라기 매트리스를 부드럽고 깨끗하며 서늘한 감촉의 리넨 시트로 감쌀 것이다. 내가 가진 리넨 시트, 내 이름 이니셜이 수놓인 시트로 자나이르가 분명 세탁물 바구니에 던져두었을 헌 시트를 교체할 것이다.

하지만 그 전에 우선 벽에 묻은 저 말라빠진 두툴두툴한 숯 알갱이들을 지워버려야 한다. 칼로 개를 깎아내고, 남자의 활짝 벌린 손바닥을 긁어내고, 나체 여인의 커다란 몸 크기에 비해서 지나치게 작은 머리를 바수어버려야 한다. 물을 계속해서 갖다 들이부어서, 깎인 벽을 타고 물줄기가 줄줄 흘러내리게 할 것이다.

안도의 한숨이 내 입에서 흘러나왔다. 나는 이미 완성된 방의 모습을 눈앞에서 보는 것만 같았다. 내 것으로 바뀐 방, 나 자신으로 실현된 방을.

그리하여 나는 방 안으로 들어섰다.

어떻게 설명해야 할까, 그곳에는 내가 이해할 수 없는 무언가가 이미 진행되고 있었다. 나 자신인 그 여자는 무엇을 하려던 걸까? 여행가방의 가죽에 새겨진 G.H.에게는 무슨 일이 생긴 것일까?

아무것도, 아무것도 아니다, 단지 지금은 내 신경이 너무 긴장하고 있을 뿐이야, 항상 차분했던 내 신경, 아니 어쩌면 단지 차분하게 보이도록 정돈되었던 것일까? 내 침묵은 침묵이었을까, 아니면 단지 들리지 않는 고음의 목소리였던 걸까?

당신에게 어떻게 설명할 수 있을지, 불현듯 나 자신이었던 세계 전체가 피곤에 겨워 무너져 내렸다. 나는 더이상 어깨에 짊어진 채로—그런데 무엇을?—버틸 수가 없었다. 그리고 정체 모를 긴장이 나를 장악했다. 내가 그 긴장을 일찌감치 느껴왔음을 알아차리지도 못한 채로, 그 순간 내 안에는 이미 지하 석회동굴이 고고학적 퇴적층의 무게를 견디다 못해 붕괴하는 최초의 징후가 나타나고 있었다. 최초의 붕괴 충격으로 내 입꼬리는 아래로 처졌으며, 나는 두 팔을 축 늘어뜨리고 서 있었다. 내게 무슨 일이 일어난 걸까? 나는 영영 이해하지 못하리라. 그러나 누군가는 반드시 이해할 것이다. 이해할 수 있는 그 누군가를, 나는 내 안에서 스스로 만들어내야 한다.

나는 분명 방 안으로 들어섰는데도, 마치 아무것도 없는 무의 내부로 발을 들여놓은 것 같았다. 내부에 있음에도 나는 어떤 의미에서는 여전히 외부에 머물러 있었다. 마치 방이 나를 들여놓을 만한 깊이가 결여된 것처럼. 나의 일부가 여전히 복도에 남아 있는 것처럼. 그것은 내가 당했던 중에서 가장 강력한 거절이었다. 나는 그곳에 적합하지 않았다.

그와 동시에 나는 흰 석회칠이 된 천장에 낮게 걸린 하늘을 보았다. 꽉 막힌 답답함 때문에 금방이라도 질식할 것 같았다. 이미 나는 내 집이 그리웠다. 이 방도 내 집에 있는 내 소유의 일부라고, 나는 억지로 내게 환기시켜야만 했다. 내 아파트를 나가지 않고 층을 오르내리지 않고도 나는 이 방으로 들어왔기 때문이다. 아파트 건물이 살짝 기울어져 있기라도 해서 사람이 수평 방향으로 낙하하는 일이 가능하고, 그래서 내가 이 문에서 저 문으로 미끄러지며, 가장 멀리 떨어진 이 방문 앞까지 도달한 것이 아니라면 말이다.

방의 내부에서 텅 빈 공허의 그물에 사로잡힌 나는 다시금 내 계획을 잊었고, 어디서부터 정리를 시작해야 할지 몰랐다. 방은 시작이라고 부를 만한 지점이 없었고, 끝이라고 생각할 만한 지점 역시 없었다. 그것은 오직 한결같은 형체로 이루어졌고, 그래서 무한했다.

막강한 공허에 대항해 안간힘 쓰던 내 시선은 옷장을 살피다가 위를 향했고 천장의 틈새에 머물렀다. 조금 더 대담한 용기를 낸 나는, 비록 친숙함은 조금도 느낄 수 없었지만, 손가락으로 매트리스의 거친 표면을 쓰다듬었다.

어떤 생각이 떠올랐고, 그러자 용기가 생겼다. 옷장에 물을 충분히 먹여 목재의 섬유질마다 습기가 흥건해지도록 만든 다음에, 왁스로 문질러 광택을 내는데, 겉면뿐만 아니라 안쪽에도 왁스를 칠해야겠다고. 아무래도 안쪽이 겉면보다 더 많이 건조해져 있을 테니까.

나는 좁다란 옷장 문을 조금 열었다. 그러자 내부의 어둠이 한숨처럼 빠져나와 흩어졌다. 문을 조금 더 열어보려 했지만 열리지 않았다. 문이 침대 발치에 걸렸기 때문이다. 문 틈새로 얼굴을 최대한 밀어넣고 안을 들여다보았다. 옷장 안에 도사린 어둠은 마치 나를 경계하면서 매복해 있는 듯했고, 그렇게 우리는 한동안 서로의 모습을 보지는 못한 채로, 서로의 기색을 가만히 살피고 있었다. 나는 아무것도 볼 수 없었다. 단지 살아 있는 암탉의 그것과 같은 뜨끈하고 메마른 냄새를 느꼈을 뿐이다. 그러나 침대를 창 쪽으로 밀어내자 옷장문을 몇 센티미터 더 여는 것이 가능해졌다.

그러자 무슨 일인지 미처 이해하기도 전에 이미 내 심장은 하얗게 세어버렸다. 마치 머리가 하얗게 세듯이.

그러자 무슨 일인지 미처 이해하기도 전에 이미 내 심장은 하얗게 세어버렸다. 마치 머리가 하얗게 세듯이.

어두컴컴한 옷장 안, 문 틈새로 밀어넣은 내 얼굴을 향해서, 거의 눈동자에 닿을 듯이 가까이 통통한 바퀴벌레 한 마리가 기어왔다. 내 비명은 거의 입 밖으로 나오지도 못했고, 나는 오직 대조되는 침묵을 통해서 내가 비명을 지르지 않았음을 알아차렸다. 채찍 같은 비명은 목구멍 안에서 걸려버린 것이다.

아무것도, 아무것도 아니다. 나는 즉시 충격을 추스르고 스스로를 다독여보려고 했다. 전혀 예상하지 못했다. 나는 바퀴벌레라면 정말 끔찍하기 때문에 온 집 안을 그토록 철저히 소독해왔는데, 이 방만이 예외였다는 걸 전혀 예상하지 못했다. 그래, 별일은 아니었다. 고작 바퀴벌레 한 마리가 틈새를 찾아 움직인 것뿐이다.

느릿느릿한 움직임과 비대한 몸집으로 보아, 그건 무척 늙은 바퀴벌레가 분명했다. 바퀴벌레에 대해 원초적인 공포심이 있었기 때문에 나는 바퀴벌레의 나이와 위험도를 멀리서도 어림잡을 수 있을 정도로 공부를 했다. 비록 단 한 번도 바퀴벌레를 자세히 들여다본 적은 없지만, 그들의 생존 조건에 대해서는 잘 알고 있었다.

이 앙상한 방에서 갑작스럽게 출현한 생명체를 보았다는 그 사실 하나만으로도, 나는 이 죽은 방이 실제로 소름 끼치는 공간이라는 증명을 얻은 듯했다. 이곳의 모든 사물은 말라 죽어버렸다. 태고만큼이나 나이를 먹은 한 마리의 바퀴벌레만이 살아남았다. 바퀴벌레만 생각하면 나는 늘 구역질이 났는데, 그건 그들이 태고이면서 동시에 지금 현재 살아 움직이기 때문이다. 바퀴벌레는 최초의 공룡이 탄생하기 이전부터 이미 지금 현재의 모습으로 지상에서 살고 있었고, 최초의 인간은 벌써 떼를 지어 기어다니는 바퀴벌레를 마주쳤으며, 바퀴벌레는 방대한 석유와 석탄층이 형성되는 것을 목격했고, 빙하가 몰려올 때 그리고 마찬가지로 빙하가 물러날 때도 평화로운 저항력으로 그 자리를 지키고 있었다. 나는 바퀴벌레가 먹이나 물 없이도 한 달 이상 버틴다는 것을 알고 있었다. 심지어 그들은 목재에서도 활용할 만한 영양분을 얻었다. 게다가 사람에게 밟힌 다음에도, 서서히 몸을 팽창시켜 계속해서 기어가는 벌레였다. 설사 꽁꽁 얼어붙어버린다 해도, 몸이 녹으면 다시 자신의 길을 가는 것이다…….3억 5천만 년 전부터 바퀴벌레는 이것을 반복해왔다. 자신을 전혀 변형시키지 않은 채로. 지구가 거의 텅 비었던 시절부터 바퀴벌레는 느린 움직임으로 기어다니고 있었던 것이다.

마치 이곳, 앙상하고 그을린 방 안에 떨어진 한 방울의 독처럼. 깨끗한 시험관에 떨어진 한 방울의 물질처럼.

미심쩍은 눈으로 나는 방을 살펴보았다. 그러니까 이 방에 바퀴벌레가 있다. 아니, 바퀴벌레들인가? 어디에? 아마도 가방 뒤편에. 한 마리? 두 마리? 몇 마리나? 가방의 고정된 침묵 뒤에는 어쩌면 온통 바퀴벌레의 암흑뿐일지도 몰랐다. 서로 등에 올라타고 무더기를 이룬 채 꼼짝도 없이 웅크리고 있는 걸까? 바퀴벌레의 산더미. 그러자 문득 어떤 기억 하나가 떠올랐다. 어린 시절 내가 매일 밤 잠들던 침대의 매트리스를 들어올리자, 그 아래에는 수백 수천 마리의 빈대가 새까맣게 엉켜 우글거리고 있었다.

어린 시절 가난의 기억, 빈대, 빗물이 새는 구멍난 지붕, 바퀴벌레와 쥐, 그것들은 내 선사시대의 역사와 같았다. 나는 이미 지구 최초의 동물과 함께 살았던 것이다.

한 마리 바퀴벌레? 여러 마리 바퀴벌레? 도대체 얼마나 많이? 나는 화가 나서 질문했다. 삭막한 방 안 여기저기를 눈으로 샅샅이 뒤졌다. 소리도 없고 징후도 없다. 도대체 얼마나 많이? 소리가 없다. 그러던 중 나는 어떤 공명이 울리는 것을 분명히 느꼈다. 그건 침묵에 충돌하고 반향되는 침묵의 소리였다. 나는 적개심으로 활활 타올랐다. 단지 내가 바퀴벌레를 싫어해서만은 아니었다. 나는 그것들을 원하지 않았다. 또한 그것들은 거대한 동물의 축소판이기도 했다. 내 적개심은 점점 커졌다.

문 앞에 서 있을 때 잠시 느꼈던 것처럼, 내가 먼저 나서서 이 방을 거부한 건 아니었다. 비밀의 바퀴벌레를 숨겨놓은 이 방이 나를 거부한 것이다. 문을 연 첫 순간부터 신기루처럼 강력한 반사를 내뿜으며 이 방의 나체가 나를 밀쳐냈다. 하지만 나를 쓰러뜨린 건 오아시스의 신기루가 아니라 사막의 신기루였다. 그다음에는 벽에 그려진 무자비한 전언이 나를 거의 마비시키다시피 했다. 손바닥을 활짝 벌린 벽화의 인물들은 석관 무덤으로 들어서는 입구에 차례로 서 있는 파수꾼들이었다. 이제 나는 이 방의 진정한 주인이 누구인지 안다. 그것은 바퀴벌레와 자나이르였다.

그래, 나는 이곳을 청소하지 않으리라. 바퀴벌레가 있다면, 하지 않으리라. 다음에 오는 새 가정부는 자신의 방인 이 먼지 덮이고 텅 빈 관짝을 치우는 일부터 시작해야 한다.

태양은 태울 듯 뜨거운 열기를 쏟아내는데 나는 오한을 느꼈다. 나는 활활 타듯이 무더운 이 방에서 얼른 나가려고 서둘렀다.

마침내 내가 취할 수 있었던 첫 번째 육체적 움직임은 겁에 질린 동작이었고, 그로 인해 나는 스스로가 겁먹고 있다는 것을 알아차리고는 놀랐다. 공포는 곧 더욱 큰 공포로 나를 밀어넣었으며, 서둘러 방을 나가려던 나는 침대 발치와 옷장 사이에서 발을 헛디디고 말았다. 이 침묵의 방에서 넘어진다는 건 상상만으로도 속이 메슥거릴 정도로 소름 끼쳤다. 발을 헛디딘 탓에 서둘러 달아나려는 내 시도는 처음부터 실패하고 말았다. 이건 혹시 이 무덤에 묻힌 '그들'이 나를 나가지 못하게 발목을 잡고 있다는 의미일까? 그들은 내가 나가지 못하게 방해하는데, 아주 간단한 방법으로 그 일을 해치운다. 즉 나를 그냥 자유롭게 놓아두는 것이다.

왜냐하면 그들은 내가 발을 헛디디거나 넘어지지 않고는 절대로 이 방을 나갈 수 없다는 것을 잘 알기 때문에.

내가 갇혀 있다는 뜻은 아니다. 하지만 나는 이 장소에 결박되어 있다. 그들은 단순히 손가락으로 나를 가리키기만 함으로써, 나를 그리고 이 장소를 가리키는 단순하고 평범한 동작을 취함으로써 나를 여기 단단히 결박시킨 것이나 마찬가지였다.

이미 오래전부터 나는 장소의 마법적인 힘을 느낄 줄 알았다. 어린 시절 어느 날 나는 내가 침대에 누워 있으며, 침대는 지구에, 그리고 동시에 우주 속 어딘가에 위치한 어느 도시에 있다는 것을 갑작스럽게 온몸으로 느끼는 경험을 했다. 마치 어린 시절의 그 감각처럼 오늘도 나는 허공을 향해 우뚝 솟아난 건물에 오직 나 혼자 있다는 강렬한 느낌을 갖는다. 나와 그리고 보이지 않는 한 마리 바퀴벌레뿐이다.

예전에 내가 어떤 장소에 끌린다면 그건 광대한 느낌을 받기 때문이었다. 그런데 지금 나는 어느 장소에 결박되었음을 느끼는데, 그 장소는 나를 비좁은 곳에 제한한다. 이 방에서 내게 허용된 공간은 침대 발치와 옷장 문 사이의 공간뿐이다.

단지 행운이라면 이번 장소의 느낌은 어린 시절과는 달리 밤에 난데없이 발생하지는 않았다는 것이다. 지금은 아침, 아마도 10시가 조금 넘었을 것이다.

그러자 이제 다가올 열한 번째 시간이 공포의 현신인 듯한 생각이 들었다. 마치 이 장소처럼, 시간 역시 구체적인 사물로 변했다. 나는 달아나고 싶었다. 지체없이 서둘러 시간의 손아귀에서 빠져 나가려 했다.

그런데 반쯤 열린 옷장 문과 침대 사이 공간에 절묘하게 끼어 버린 탓에 그 구석에서 몸을 빼기 위해서는 우선 나를 침대 발치에서 옴짝달싹 못하게 만드는 옷장 문을 닫아야만 했다. 내가 끼어 서 있는 구석에는 나갈 만한 틈이 없었고, 목덜미에 정통으로 떨어져 머리카락을 태우는 뜨거운 햇살에 그대로 노출된 상태였다. 나는 아침 10시라고 불리는, 뜨겁고 건조한 오븐 속에 갇혀 있었다.

옷장 문을 닫아 나갈 길을 확보하려고 얼른 손을 뻗었다가, 곧 다시 손을 거두어버렸다.

왜냐하면 그 안에서 바퀴벌레가 움직였기 때문이다.

나는 미동도 없이 가만히 있었다. 내 호흡은 가볍고 얕았다. 탈주로는 없다, 그런 느낌이 나를 사로잡았다. 부조리하게 들리기는 하지만, 내가 거기서 빠져나가는 방법은 오직 한 가지, 뭔가 돌이킬 수 없는 파국이 일어났음을 인정하고, 부조리하지만 그것과 얼굴을 정면으로 맞대는 길뿐임을 나는 이미 알고 있었다. 존재하지도 않는 위험을 믿다니 정신 나간 짓임을 의식하면서도, 나는 내가 처한 위험을 받아들여야 함을 알았다. 하지만 나는 나를 믿어야만 했다. 일생 동안 나는 다른 모든 사람과 마찬가지로 위험에 처해 있었다. 그런데 지금 위험에서 빠져나가기 위해 나는 그것을 알아야만 하는 끔찍한 책임을 짊어진 것이다.

아직도 나는 옷장 문과 침대 사이의 틈새에 꼼짝없이 낀 채, 발을 움직일 엄두를 내지 못하고 있었다. 그러나 등을 뒤로 젖힌 바퀴벌레는, 비록 엄청나게 느린 속도라 할지라도, 금방이라도 내게 뛰어오를 것만 같았다. 예전에 나는 바퀴벌레가 갑작스럽게 날개 날린 동물종이 되어 공중으로 날아오르는 것을 본 적이 있었다.

나는 꼼짝하지 않았고, 머릿속으로는 미친 듯 계산을 이어나갔다. 나는 집중하고 또 집중했다. 그러자 어떤 강렬한 예감이 서서히 커지면서 뜻밖의 체념이 생겨났다. 정신을 집중한 예감 속에서 나는 예전에 품었던 모든 예감을 발견했고, 내가 예전에 경험했던 자각을 발견했기 때문이다. 자각은 단 한 번도 나를 떠난 적이 없으며, 아마도 궁극적으로는 내 삶에 가장 강력하게 달라붙어 있는 요소일 것이다. 어쩌면 그 자각이야말로 내 진짜 삶일지도 몰랐다. 바퀴벌레도 마찬가지다. 바퀴벌레의 본질적 감각은 무엇일까? 살아 있다는 자각, 벌레의 육체와 분리될 수 없는 그 자각. 나와 분리될 수 없는 것 위로 첩첩이 쌓아올린 내 안의 무수한 지층은, 생명의 자각이자 또한 그 이상으로 내 안에서 일어나는 생명의 실제 진행상태인 자각을 결코 억누르지 못하리라.

그때 바퀴벌레가 옷장 깊숙한 곳으로부터 기어나오기 시작했다.

그때 바퀴벌레가 옷장 깊숙한 곳으로부터 기어나오기 시작했
다.

처음에는 더듬이를 떠는 것으로 자신의 존재를 알렸다.

그다음, 메마른 더듬이 뒤에서 서서히 역겨운 몸이 나타났다.
바퀴벌레는 옷장 문이 열려서 생긴 환한 부분에 거의 다다랐다.

벌레는 회색이었다. 벌레는 마치 엄청난 무게라도 나가는 것처
럼 육중하게 머뭇거렸다. 이제 벌레는 거의 전신이 다 보였다.

재빨리 나는 시선을 아래로 향했다. 내 눈을 숨김으로써 나는
방금 떠오른 교활한 생각을 벌레에게 숨겼다. 기쁨에 벅찬 심장
이 빠르게 뛰었다. 기대하지 못했던 방책을 발견했기 때문이다.
예전에 나는 단 한 번도 방책을 사용해본 적이 없었다. 그런데 그
때까지 전혀 알지 못했던 힘이 내게 있음을 불현듯 깨달은 것이
다. 내면에서 고동치는 위대함이 나를 압도했다. 용기의 위대함
이었다. 나를 사로잡고 있던 공포가 결국 내게 용기를 심어준 것

같았다. 방금 전 나는 내 감정이 오직 분노와 역겨움이라고 가볍게 믿었다. 하지만 이제, 예전에는 결코 몰랐던 사실을 정확히 깨달았다. 지금 일어난 일의 의미는 내가 마침내 위대한 공포를 인정했다는 것, 나 자신보다 훨씬 더 높이 우뚝 솟아난 위대한 존재와 맞서고 있다는 것이다.

위대한 공포는 나를 완전히 사로잡았다. 내면을 향해 주의를 돌리고 자기 자신의 조심스러움을 더듬거리는 눈먼 자가 되어, 나는 처음으로 온전히 오직 본능에 의해 인도되는 느낌을 가졌다. 그리하여 마침내 저열하고 총체적이며 한없이 달콤한 본능의 위대함을 처음으로 알아차린 사람처럼, 나는 쾌감에 전율했다. 마침내, 스스로의 내부에서, 나 자신보다 더욱 위대한 위대함을 발견한 것처럼. 나는 생애 처음으로 샘물처럼 순결한 증오에 흠씬 취했다. 나는 처음으로, 정당하건 그렇지 않건 간에, 죽이고 싶은 욕구에 흠씬 취했다.

자각의 한평생 — 15세기 동안 나는 투쟁하지 않았다, 15세기 동안 나는 죽이지 않았다, 15세기 동안 나는 죽지 않았다, 억눌린 자각의 한평생이 지금 내 안에서 하나로 응집되며 소리 없는 종처럼 울리고 있었다. 나는 소리를 들을 필요도 없이 그것을 알았다. 마치 처음으로 자연과 동격이 된 것처럼.

강하게 억눌려 있던 탐욕이 내 안에서 들끓었다. 억눌렸기 때문에 그만큼 강렬했다. 이제까지 나는 단 한 번도 내가 가진 위력의 주인인 적이 없었다. 내가 이해하지도 못했고 이해하고 싶지도 않았던 위력. 그러나 지금까지는 내 안의 생명이 그 위력을 꽉 붙들고 있었다. 그러다 마침내, 이 무명의, 행복하고 무의식적인 주인은 사슬을 벗어던지고 이렇게 외치게 된다. 나야, 나! 그게 뭐든, 그건 바로 나야!

뻔뻔하게도 악에 항복한 내가 감동스러워서, 뻔뻔스럽게도 감동과 감사로 떨면서 나는 생애 처음으로 나 자신이라는 모르는 사람이 되었다. 그런데 자신을 모른다는 것이 이제 더이상 나를 방해하지는 않았다. 진실은 이미 나를 넘어서버렸다. 나는 맹세를 하듯 손을 들었고, 단 한 번의 타격으로, 절반쯤 밖으로 빠져나온 바퀴벌레의 몸 위로 옷장 문을 힘껏 닫았다 ------

동시에 나는 두 눈을 감았다. 그런 채로 서 있었다. 온몸을 덜덜 떨면서. 내가 무슨 짓을 한 걸까?

아마도 그 순간에 난 이미 알고 있었을 것이다. 그것은 바퀴벌레가 아닌 나 스스로에게 한 짓을 묻는 질문이었다.

눈을 감고 서 있던 그 짧은 순간 동안, 나는 마치 맛을 인식하듯이 나 자신을 인식할 수 있었다. 내게서는 쇠와 푸른 녹 맛이 났다. 나는 혀에 올려진 금속처럼 시었다. 짓이겨진 초록 식물처럼 나 자신의 맛이 나를 가득 채우며 입안까지 올라왔다. 내가 나에게 무슨 짓을 한 걸까? 사납게 뛰는 심장과 파르르 떨리는 관자놀이로 나는 나 자신에게 이런 짓을 했다. 나는 죽였다! 그런데 왜 이렇게 환호가 터지는 것이며 더구나 이렇게도 무한한 환호가 용인되는 이유는 뭘까? 도대체 얼마나 오랫동안 나는 살해의 순간을 기다려왔단 말인가?

아니, 그런 건 중요한 문제가 아니다. 진짜 질문은, 나는 무엇을 살해했는가, 하는 것이다.

항상 냉정했던 이 신중한 여인은 쾌감 때문에 미쳐버린 것일까? 여전히 두 눈은 감은 채로, 나는 기쁨에 겨워 전율했다. 죽였다는 것, 그 사실은 나보다도 더욱 위대했다. 그것은 사방이 막힌 이 방과 어울리는 일이었다. 죽였다는 것, 그것은 이 방의 모래와 같은 메마름을 마침내, 마침내 촉촉함으로 바꾸어놓았다. 내가 뻣뻣한 손가락으로 내 안을 탐욕스럽게 파헤치고 또 파헤쳐서, 드디어 마실 수 있는 물줄기를, 죽음의 줄기인 생명선을 찾아낸 듯이. 천천히 나는 눈을 떴다. 이번에는 아주 부드럽고, 감사가 넘치며, 큰 영예를 얻어 수줍고도 겸손한 태도로.

마침내 촉촉해진 세계로부터 빠져나와 두 눈을 뜬 나는, 다시금 무시무시하게 이글거리는 무자비한 광선과 마주쳤다. 그리고 옷장의 문이 닫힌 것을 보았다.

바퀴벌레의 몸통 절반이 문 밖으로 툭 튀어나와 있었다.

앞쪽을 향해 와락 내밀어진 자세, 허공으로 몸을 불쑥 세운 여인의 반신상처럼.

하지만 살아 있는 반신상이었다.

상황을 얼른 파악하지 못한 나는 놀라서 살펴보았다. 그러다 차츰 이유를 깨달았다. 나는 옷장 문을 충분히 힘껏 닫지 않았던 것이다. 내가 바퀴벌레를 잡은 건 맞았다. 어쨌든 벌레는 더이상 앞으로 움직일 수는 없게 되었다. 하지만 벌레는 살아 있었다.

살아서 나를 바라보고 있었다. 미칠 듯한 구역질이 치밀어 올라 나는 재빨리 시선을 돌려버렸다.

그러니까 결정적인 타격이 한 번 더 필요했다. 문을 한 번 더 닫아야 할까? 벌레를 쳐다보지는 않으면서, 나는 마음속으로 반복해서 되뇌었다. 한 번 더 해야 해. 나는 이 문장을 천천히 여러 번 반복해서 생각했다. 한 번씩 문장을 되뇌일 때마다 내 심장의 박동에게 명령을 내리려는 것처럼, 너무 먼 간격을 두고 간헐적으로 울리는 심장 박동에게, 마치 내가 느끼지 못하는 고통의 쓰라림처럼.

잠시 후에야 나는 마침내 스스로의 말에 귀 기울이고 스스로에게 명령을 내릴 만한 상태가 되면서 손을 높이 쳐들었다. 팔뿐만 아니라 온몸의 체중을 실어 옷장 문을 힘껏 내리치려는 자세로.

그러자 바퀴벌레의 얼굴에 나타난 표정이 내 눈에 들어왔다.

우리는 서로 정면으로 마주보고 있었다. 한동안 나는 팔을 치켜든 자세 그대로 가만히 서 있었다. 그리고 천천히 팔을 내렸다.

아마 조금만 더 빨랐더라면, 내가 벌레의 얼굴 표정을 보지 않는 것이 가능했을 것이다.

하지만 1000분의 1초 정도인 그 짧은 찰나 때문에, 이미 너무 늦어버린 것이다. 나는 보고 말았다. 내리치기를 포기하고 그대로 아래로 늘어뜨린 내 손은 다시 서서히 위로 올라가 위장 부위에 머물렀다. 내가 한자리에서 조금도 움직이지 않았음에도, 내 배는 그사이 홀쭉해져 있었다. 입속은 바싹 말라버렸다. 마찬가지로 건조한 혀로 나는 거칠어진 입술을 핥았다.

그것은 윤곽이 없는 얼굴이었다. 주둥이 가장자리에는 더듬이가 수염처럼 솟아났다. 갈색 주둥이는 선명한 하나의 선으로 이루어졌다. 가늘고 길다란 수염은 뻣뻣했고 느리게 움직였다. 다면체 모양의 검은 눈동자는 보고 있었다. 바퀴벌레, 화석물고기만큼이나 나이가 많은 한 마리 바퀴벌레였다. 샐러맨더, 키메라, 그리핀 그리고 리바이어던*만큼이나 나이가 많은 한 마리 바퀴벌레였다. 벌레는 전설만큼이나 나이먹었다. 나는 그것의 주둥이를 보았다. 진짜 주둥이였다.

전에는 한 번도 바퀴벌레의 주둥이를 본 적은 없었다. 사실 바퀴벌레를 지금처럼 자세히 들여다본 적은 한 번도, 단 한 번도 없었다. 그냥 그들의 오래됨, 그들의 영원한 현존을 혐오스럽게 여기기만 했다. 그러면서도 한 번도 그들과 마주한 경험은 없었다. 상상도 해보지 못했다.

벌레는 단단하게 응축된 몸에도 불구하고 무수한 짙은색 껍질 층을 입고 있다는 걸 이제야 발견했다. 층층이 싸인 양파처럼 얇은 껍질을 손톱으로 하나하나 떼어내면, 매번 그 아래서 새로운 껍질이 나타날 것 같았다. 어쩌면 그 껍질은 날개일지도 몰랐다. 그렇다면 벌레의 단단하게 뭉친 몸은 셀 수도 없이 많은 겹의 얇은 날개가 압축되어 만들어진 셈이다.

벌레는 불그스름한 갈색이었다. 그리고 조그만 털이 무척 많았다. 하지만 털처럼 보이는 것이 벌레의 수많은 다리일 수도 있었

• 순서대로 각각 뱀의 형상을 한 전설상의 도마뱀, 여러 동물이 조합된 그리스신화 속 짐승, 독수리의 머리와 앞발, 날개에 뒷발은 사자인 상상의 동물, 구약에 나오는 최강의 괴물.

다. 거칠거칠하고 먼지가 가득한 더듬이 가닥들은 조금의 움직임도 없었다.

바퀴벌레는 코가 없었다. 나는 벌레의 얼굴을 보았다. 벌레의 주둥이와 눈을 보았다. 벌레는 죽음을 앞둔 물라토* 여인처럼 보였다. 그러나 벌레의 검은 눈동자에는 광채가 흘렀다. 신부의 눈동자였다. 각각의 눈동자는 그 안에 한 마리의 바퀴벌레를 품고 있었다. 술장식이 달린 검고 생기 넘치며 먼지 한 톨 없는 눈동자. 다른 눈동자도 마찬가지였다. 한 마리 바퀴벌레의 몸에 깃든 두 마리의 바퀴벌레, 각각의 눈동자에서 복제되는 바퀴벌레의 총체.

• mulato. 라틴아메리카에 있는 백인과 흑인의 혼혈 인종.

각각의 눈동자에서 복제되는 바퀴벌레의 총체.

　—이런 말을 전달하는 나를 용서해주기 바란다, 내 손을 잡고 있는 손이여, 하지만 이건 나 자신을 위한 게 아니다! 이 바퀴벌레를 가져가다오, 내가 본 것을 나는 원하지 않으니.

　상처받고 뒤로 내쳐진 내가 말없이 서 있었다. 나를 쳐다보는 이 먼지투성이 벌레 때문에. 내가 본 것을 가져가다오, 내가 본 것, 내가 홀린 듯이 뚫어지게 바라본 그것은, 오직 한없는 고통, 황망함, 그리고 순수함, 내가 뚫어지게 바라본 그것은, 나를 뚫어지게 바라보고 있는, 생명이었으므로.

　이 끔찍한 것, 이 흉측한 것을 뭐라고 불러야 할까. 내가 숨막히는 구역질에 괴로워하며 내면의 가장 깊은 곳으로 퇴각하는 동안, 세기와 세기가 흐르도록 점점 더 깊이 진흙탕 아래로 가라앉는 동안, 이 자리에 버티고 있는 이 천연물, 이 건조한 플라스마를. 그래, 진흙탕이다, 단 한 번도 마르지 않았으며 대신 나날이 더 축축해지고 더 꿈틀거리며 살아나는 진흙탕, 견딜 수 없이 느린 속도로 내 정체성의 뿌리가 뻗어나가고 있는, 그 진흙탕.

가져가, 제발 이 모든 걸 다 가져가다오, 나는 살아 있는 인간이기를 원하지 않는다! 나는 역겨워하면서 감탄한다, 나 자신을, 서서히 부풀어오르는 걸쭉한 진흙탕을.

그랬다―바로 그랬다. 나는 살아 있는 바퀴벌레를 보았고, 그 안에서 내 가장 은밀한 삶과의 일치점을 발견했다. 엄청난 충격과 붕괴로, 내 안의 돌투성이 협소한 통로가 입을 벌렸다.

나는 바퀴벌레를 바라보았다. 나는 그것이 너무도 혐오스러워서, 차라리 벌레 쪽으로 건너가서 벌레와 한편이 되고 싶었다. 들끓는 공격심을 홀로 간직하기가 힘들었기 때문이다.

불현듯 내 입에서는 신음이 흘러나왔다. 이번에 나는 자신의 신음소리를 분명히 들었다. 마치 고름이 흐르듯이, 내 가장 은밀한 내면의 것이 꾸역꾸역 흘러나왔다. '나-존재'가 인간의 기원보다 훨씬 더 이전의 원천에서 나왔다는 사실에 나는 공포와 역겨움을 느꼈다. 그리고 그것이 인간보다 훨씬 더 심오한 원천이라는 것도 충격과 함께 깨달았다.

육중한 돌문이 열리듯이 느리게, 내 안에서 광대한 침묵의 생명이 입을 열었다. 하늘에 고정된 태양 안에 존재하는 바로 그 생명, 움직이지 않는 바퀴벌레 안에 존재하는 바로 그 생명. 그 생명이 내 안에도 있다! 포기할 용기가 내게 있다면…… 내 느낌을 포기할 용기? 희망을 포기할 용기가 내게 있다면.

무슨 희망 말인가? 그동안 항상 단 한 번이라도 나 아닌 다른 것으로 살고 싶다는 희망을 품고 살았음을 그제야 처음으로 인식하며 깜짝 놀랄 수밖에 없었다. 그 희망을—그것을 희망 말고 도대체 다른 무슨 이름으로 부를 수 있단 말인가?—나는 이제 처음으로 그 희망을, 용기와 치명적인 호기심으로, 포기하리라. 내 이전 생에서의 희망은 진실에 기반하고 있었을까? 어린아이처럼 어리둥절한 심정으로 지금 나는 그것을 의심한다.

내가 정말로 무엇을 희망할 수 있는지 알기 위해서는 그 전에 먼저 내 진실을 통과해야만 하는 걸까? 지금까지 나는, 은밀히 다른 운명을 빌려 살아오면서, 내 운명을 얼마나 많이 꾸며내왔던 것일까.

나는 다시 눈을 감고, 당혹감이 지나가버리기를 기다렸다. 내 호흡이 조금 전 내가 들었던 그 신음이 아니기를 기다렸다. 바싹 말라버린 깊은 물탱크 바닥에서 올라오는 것 같은 신음소리, 바퀴벌레는 곧 메마른 물탱크의 짐승이므로. 나는 여전히 내 안의 한없이 깊은 곳에서 솟아나는 신음을 느꼈으나, 그것은 더이상 목구멍으로 올라오지는 않았다.

이건 미친 거야, 하고 나는 눈을 감은 채 생각했다. 그러나 한낱 먼지에서 태어났다는 느낌은 도저히 부인할 수 없어서, 내가 정확히 알고 있는 생각 그대로 따를 수밖에 없었다. 이건 미친 게 아니라, 세상에, 미친 것보다 훨씬 더 나쁜, 즉 소름 끼치는 진실이라는 사실을. 그런데 왜 소름 끼치는가? 진실은 말 한마디 없이 이전의 내가 마찬가지로 말 한마디 없이 익숙하게만 여기던 것 모두를 전복해버린다.

나는 당혹스러움이 사라지고 편안함이 다시 자리잡기를 기다렸다. 그러나 엄청난 노력으로 기억해낸 바에 의하면, 이런 당혹감을 나는 이전에도 이미 느낀 적이 있었다. 이것은 바로, 내 몸의 외부에서 내 피를 목격할 때의 바로 그 당혹감이었다. 몸 바깥으로 나온 피는 내 것 같지 않게 낯설면서 동시에 매혹적이었다. 그것은 나에게 속했다.

나는 두 번 다시 눈을 뜨고 싶지 않았다. 보는 행위를 이제 멈추고 싶었다. 규칙과 법을 잊으면 안 된다. 규칙과 법을 잊으면 질서도 사라진다는 것을 알아야 한다. 그렇다, 규칙과 법을 잊지 말아야 하는 건 필수이다. 규칙과 법을 옹호해야 하는 건 필수다. 나 자신을 옹호하기 위해서.

하지만 나를 더이상 제어할 수가 없다.

전혀 원하지 않았는데도, 최초의 연결고리는 이미 파괴되고 말았다. 법과 연결되어 있다는 느낌을 상실해버렸다. 이대로는 내가 살아 있는 물질들의 지옥으로 들어서게 된다고 직감하면서도, 그런데 어떤 지옥을 기대하는 것인지? 어쨌든 나는 들어가야 했다. 호기심이 나를 집어삼켰으므로, 내 영혼을 타락으로 밀어넣어야만 했다.

그래서 나는 단번에 눈을 뜨고 방의 무한한 광대함을 바로 눈앞에서 보았다. 침묵으로 전율하는 방, 지옥의 실험실을.

방, 알려지지 않은 방. 그 안으로의 입장은 마침내 이루어졌다.

이 방으로 들어오기 위해서는 단 하나의 통로만이 있었는데, 무척 좁았다. 그건 바로 바퀴벌레를 통해서였다. 사막의 방울뱀

이 꼬리를 흔들어대듯 바퀴벌레가 발산하는 떨림이 이 방에 가득했다. 사방에서 덤벼드는 방해물을 물리치고, 나는 벽 사이로 깊숙하게 갈라진 틈새에 도달했다. 바로 이 방 말이다. 이 틈새는 마치 동굴처럼 자연적으로 형성된 텅 빈 공간을 이루고 있다.

단 한 사람만을 위해서 준비된, 벌거숭이 방. 이곳으로 들어서는 자는 '그녀'가 되거나 '그'가 될 것이다. 이 방은 나를 '그녀'라고 불렀다. 방이 그녀라는 차원을 부여한 영역으로, 하나의 '나'가 들어갔다. 마치 내가, 앞에서는 보이지 않는 주사위의 측면이라도 한 것처럼.

거대한 팽창을 겪은 나는 사막에 서 있었다. 당신에게 어떻게 설명하면 좋을까? 내가 단 한 번도 있어본 적이 없는, 그런 사막이었다. 멀리서 들려오는 단조로운 노래처럼 나를 부르고 있는 사막. 나는 유혹으로 빠져들었다. 그리하여 언약의 광기를 향해 다가갔다. 하지만 내 두려움은 광기로 다가가는 자의 두려움이 아니라 진실을 향해 다가가는 자의 두려움이었다. 내 두려움은 나중에 내가 원하지 않게 될 진실을 얻는 두려움이었다. 굴욕을 주는 진실, 나를 엎드려 기어가게 하고 바퀴벌레의 수준으로 추락시키는 진실. 진실과의 첫 조우는 내게 항상 굴욕이었다.

—내 손을 꼭 잡아다오, 내가 가고 있다는 느낌이 들어. 난 원초의 신성한 삶을 향해 다시 돌아가고 있어. 날것 그대로인 삶이란 지옥으로 다가가고 있어. 나를 보게 만들지 마라, 지금 난 삶의 핵을 목격하기 직전이니까—지금 이 순간 다시 보게 된 바퀴벌레를 통해, 고요하면서 생생한 공포의 표본으로 인해, 이 핵의 내부

에서 희망을 알지 못하게 될 것이 두렵기 때문에.

바퀴벌레는 순수한 유혹이었다. 조그만 털들, 계속 신호를 보내며 경련하듯 떨리는 털들.

나 역시, 서서히 나 자신을 더이상 쪼갤 수 없는 하나의 핵으로 축소시키고 있는 나 역시, 수백만 개의 떨리는 섬모로 뒤덮인 존재였다. 몸에 난 섬모들을 이용하여 앞으로 움직이는 나는 하나의 원생생물, 순전한 단백질이었다. 내 손을 꼭 잡아다오, 이중의 숙명으로 인해 나는 더이상 돌이킬 수 없는 곳에 다다랐다. 모든 것이 늙었고, 모든 것이 광막함을 느낀다. 느리게 움직이는 바퀴벌레의 상형문자에서 극동 아시아의 글자를 느낀다. 이 거대한 유혹의 사막에는 생물체가 있다. 나와 그리고 살아 있는 바퀴벌레이다. 생명은, 내 사랑이여, 그 안의 모든 존재가 서로를 유혹하고 있는 거대한 유혹이다. 바로 그 이유로 인해 그 황폐한 방은 근본적으로 살아 있었다. 나는 '그 어디도 아닌 곳'에 도착했으며, '그 무엇도 아닌 것'은 촉촉한 생명의 습기로 넘쳤다.

나는 '그 어디도 아닌 곳'에 도착했으며, '그 무엇도 아닌 것'은 촉촉한 생명의 습기로 넘쳤다.

그때 그 일이 일어났다. 마치 튜브에서 내용물이 빠져나오듯, 짜부라진 바퀴벌레의 몸통에서 내부의 물질이 아주 느리게 비어져 나온 것이다.

바퀴벌레의 내장, 걸쭉하고 희끄므레하고 느릿느릿한 덩어리가 점점 바깥으로 크게 비어져 나오는 중이었다. 치약 튜브에서 치약이 비어져 나오듯이.

혐오로 치를 떠는 동시에 현혹당한 내 눈앞에서 바퀴벌레는 몸 바깥을 향해 부풀어오르는 형체로 변해갔다. 몸에서 분출되는 내장의 흰색 물질은 벌레의 등 위에서 점점 커지며 짐처럼 큰 덩어리를 형성했다. 먼지투성이 옆구리를 깔고 누운 벌레는 자신의 고름 덩어리를 등에 진 채로 꼼짝도 하지 않았다.

"비명을 질러!" 나는 자신에게 소리 없이 명령했다. "비명을 질

러!" 다시 한 번 더, 소리 없는 깊은 탄식처럼 반복했으나 소용없
었다.

껍질 위에 쌓인 걸쭉한 흰 덩어리는 이제 변화가 없었다. 나는
눈동자에게 약간이라도 평화를 주기 위해 시선을 천장으로 돌렸
다. 천장은 그사이 더 높고 더 커져 있었다.

여기서 단 한 번이라도 비명을 터뜨린다면, 아마도 나는 영영
멈추지 못하리라. 내가 일단 비명을 터뜨려버린다면, 그 누구도
나를 도울 수 없으리라. 하지만 내가 내 곤경을 누설하지 않는 한
그 누구도 두려워하지 않고, 아무것도 알지 못하는 채로 그들은
나를 도와주리라. 단 내가 규칙의 바깥에서 무모한 짓을 벌여 그
들을 겁먹게 하지만 않았다면 말이다. 만약 알아차린다면 그들은
겁먹을 것이다. 우리, 불가침의 비밀처럼 비명을 지켜낸 우리. 내
가 살아 있다는 표시로 비명을 터뜨리는 즉시 그들은 무정한 침
묵의 태도로 나를 추방해버릴 것이다. 가능한 세계를 넘어선 자
들을 추방당한다. 예외적인 존재는 추방당한다. 비명을 지른 존
재는.

무거운 눈으로 나는 천장을 올려다보았다. 내 온 힘은 오직 첫
번째 비명을 내지르지 않는 데만 온전히 집중되었다. 첫 번째 비
명은 다른 모든 비명을 풀어놓을 것이고, 귀에 들리는 첫 번째 비
명은 생명을 풀어놓을 것이다. 내가 비명을 지르면, 수천의 비명
지르는 존재들이 깨어나 지붕 위에서 한꺼번에 소름 끼치는 공포
의 절규를 합창할 것이다. 내가 비명을 지르면, 나는 이 존재들을
모두 풀어놓게 된다. 어떤 존재 말인가? 세계의 존재. 세계의 존

86

재 앞에서 나는 두려운 경외심을 느꼈다.

— 왜냐하면, 나를 지탱해주는 손이여, 왜냐하면 나는, 두 번 다시 겪고 싶지 않은 시련을 통해서, 그로 인해 나 스스로에게 용서를 구해야 하는 시련을 통해서, 나는 나의 세계에서 걸어 나와 세계로 들어갔기 때문이다.

왜냐하면 이제 나는 나 자신을 보는 게 아니라 그냥 보고 있기 때문에. 솟아오른 하나의 문명 전체를, 보는 것이 곧 느낌이 되어버리리라는 언약의 문명, 스스로의 구원을 토대로 삼는 문명 전체를. 나는 그것의 폐허 위에 서 있었다. 이 문명을 벗어나기 위해서는 벗어날 수 있는 특별한 역할을 부여받아야만 한다. 한 명의 과학자가 허락을 받았고, 한 명의 사제도 승인을 얻었다. 그러나 최소한의 칭호도 보장받지 못하는 여자는 아니다. 그래서 나는 달아났다. 구토가 목구멍까지 치민 채 달아났다.

내 첫걸음이 얼마나 고독했는지 당신이 안다면. 그것은 인간의 고독과는 비교할 수 없었다. 그건 마치 죽은 사람이 되어 홀로 다른 삶으로 걸어 들어가는 고독이었다. 마치 고독의 이름이 영광으로 불리듯 나 또한 그것을 영광이라고 알았으나, 이해하지도 못했고 사실 진심으로는 전혀 원하지도 않았던 원초적인 신성한 영광 속에서 나는 전율했다.

—왜냐하면, 나는 거칠고 흉포한 자연의 영광 속으로 들어섰음을 알았기 때문이다. 유혹에 빠져든 자인 나는, 내 온몸을 송두리째 집어삼키는 모래지옥과 필사적으로 맞서 싸우고 있었다. '안 돼! 안 돼!'를 표현하는 모든 동작은, 불가피하게도 나를 점점 더

깊이 아래로 끌어당길 뿐이었다. 이러다 싸울 힘이 모조리 소진되어버리는 것, 그것만이 내게 허용된 유일한 자비였다.

나는 탈출구를 찾아, 내가 갇혀 있는 방 안을 둘러보았다. 절망적으로 출구를 찾아 헤매었다. 내 안으로 얼마나 깊숙이 파고들었던지, 내 영혼은 이미 벽에 거의 찰싹 달라붙은 상태였다. 도저히 피할 수 없이 강하게 끌어당기는 확고한 자력에 매혹된 나는, 그 힘에 저항할 능력은 전혀 없고 또 그러고 싶지도 않은 채, 내면으로부터 벽을 향해 점점 움츠러들다가 마침내는 벽에 그려진 여인의 몸에 그대로 쑤셔넣어져버렸다. 줄어들고 줄어든 나는 최후의 피난처인 내 뼈의 골수로 파고들었다. 벽 속의 그 자리에서 나는 그림자조차 갖지 못할 정도로 무효했다.

그리고 크기, 나는 크기가 완전히 일치하는 것을 분명히 느끼며 또한 알고 있었는데, 나는 벽 속의 여인을 한 치도 넘어서지 않았던 것이다. 나는 바로 그녀였다. 이 길고 교훈적인 여정에서 나는 조금도 훼손되지 않은 채 원래 그대로였다.

소음이 갑자기 끊기듯이, 내 긴장이 갑작스레 툭 끊어졌다.

그리고 최초로 진실된 침묵의 숨결을 느꼈다. 사진 속 내 얼굴의 신비로운 미소처럼, 바로 그 고요하고 아득하고 낯선 어떤 것이, 최초로 나의 외부에서, 닿을 듯 근접한 곳에서, 이해할 수는 없지만 그래도 손을 뻗으면 닿을 듯이 근접한 곳에서.

그것은 죽을 듯한 갈증을 겪다가 마침내 얻은 해방감과 같았다. 중독자가 코카인을 갈망하듯이 바싹 마른 내 육신에게 생명이 될 물을 찾아 일생을 헤매다가 마침내 그 갈증에서 해방된 것 같았다. 내 육신은 침묵으로 채워지며 조용한 평화를 회복했다. 소리 없는 동굴 벽화 속으로 들어갔다는 사실이 내게 안도감을 주었다.

그때까지 내가 벌인 투쟁이 얼마나 극심했는지는 미처 알아차리지 못했다. 너무도 깊이 투쟁에 몰입해 있었던 까닭이다. 하지만 마침내 침잠하게 된 침묵을 통해 나는 내가 투쟁했음을, 패배했음을, 그리고 항복했음을 깨달았다.

그리고 실제로, 내가 방에 있다는 것도.

30만 년 동안 동굴에 있었던 벽화처럼. 그렇게 나는 나 자신의 내부에 잘 맞았으며, 그렇게 벽화처럼 나 자신 안으로 새겨졌다.

좁은 입구는 견디기 힘든 바퀴벌레의 길이었다. 껍질과 진창으로 이루어진 몸을 통과하느라 토할 것 같은 역겨움에 힘들었다. 그러다 결국, 나 역시 부정한 몸이 되었다. 나는 벌레를 통하여, 오늘과 그리고 영원의 날들 동안 벽에 붙잡힌 내 과거에, 결코 사그라들지 않는 내 현재이며 지속되는 내 미래이기도 한 과거에 도착했기 때문이다. 1500만 명의 내 딸들이, 그리고 나 자신이 바로 거기에 있었다. 내 삶도 죽음만큼이나 연속적이었다. 삶은 너무도 거대한 연속체여서 우리는 그것을 단계별로 나누고 그중 한 단계를 죽음이라고 부른다. 나는 항상 살아 있었는데, 정확히 말하면 그것은 내가 아니며 내가 나라고 불러오던 것이 아니라는 사실은 큰 의미가 없다. 나는 항상 살아 있기만 했다.

중립적 바퀴벌레의 몸인 나는, 마침내 내게서 달아나지 않는 생명을 소유한다. 마침내 내 외부에 있는 생명을 보기 때문이다.

나는 바퀴벌레이다. 나는 내 다리이며, 나는 내 털이고, 나는 회칠한 벽의 가장 환한 빛이 쏟아지는 구역이다. 내 지옥의 조각들 하나하나가 전부 나의 총체이다. 내 안의 생명은 너무도 끈질겨서, 사람들이 나를 도마뱀처럼 조각조각 잘라도 그것들은 떨리고 꿈틀거리며 계속 살아갈 것이다. 나는 벽에 새겨진 침묵이며, 가장 오래된 태고의 나비가 펄럭이며 나를 발견한다. 늘 날아오던 바로 그 나비이다. 탄생부터 죽음의 순간까지 나는 스스로를 인간이라고 부르며, 정말로 죽는 일은 결코 일어나지 않을 것이다.

그러나 그것은 영원이 아니라 저주이다.

이 침묵이 얼마나 안락한지. 수 세기에 걸쳐 형성된 침묵이다. 이것은 보고 있는 한 마리 바퀴벌레의 침묵이다. 내 안에서 자신을 보고 있는 세계이다. 만물이 만물을 바라본다. 모든 것이 다른 것을 산다. 이 사막에서 사물은 사물을 알고 있다. 사물은 사물을 너무도 잘 알기에, 인간의 세계에서 나를 구원하기를 원한다면, 나는 그것을…… 나는 그것을 용서라고 부를 것이다. 그것은 용서 자체이다. 용서는 살아 있는 물질의 속성이다.

용서는 살아 있는 물질의 속성이다.

　―보아라 내 사랑, 보아라, 공포심 때문에 나는 벌써 체계화하기 시작했는데, 즉시 희망을 체계화하려는 바람 말고는 이 실험의 근본요소를 다루는 방법을 알지 못한다. 지금 당장은 내가 나 자신으로 변신하는 과정이 아무런 의미가 없다. 내가 가진 것을 모조리 상실하는 과정에 불과하기 때문이다. 내가 가진 것, 그것이 곧 나였다. 나는 오직 나라는 존재만을 갖고 있다. 그럼 이제, 나는 무엇인가? 나는, 공포 앞에 꼼짝없이 서 있다. 나는, 내가 본 것이다. 나는 이해하지 못한다. 나는 이해하는 것이 두렵다. 우주의 물질은, 행성과 바퀴벌레로, 나를 위협한다.

　나, 예전에는 자선이나 자부심, 혹은 그런 종류의 말들로 살았던 나, 그러나 말과 말하고자 하는 것 사이에는 얼마나 깊은 심연이 가로놓여 있는가. 사랑이라는 말과 단 한 번도 인간이 생각하는 의미를 가진 적이 없는 사랑 사이에는 얼마나 깊은 심연이 가로 놓여 있는가. 왜냐하면, 왜냐하면 사랑은 살아 있는 물질이기 때문이다. 사랑은 살아 있는 물질인가?

어제 내게 일어난 일은 무엇이었을까? 그리고 지금은? 나는 혼란스럽다, 나는 사막과 사막을 건너가다가 뭔가 사소한 장애물에 붙잡혀, 마치 바위에 걸리듯 비틀거린 것일까?

아니, 잠깐만, 잠깐만, 내가 이미 어제 그 방을 나왔고, 지금은 바깥에 있다는 사실을 상기하자, 마음이 놓인다. 난 자유다! 아직은 원래대로 회복시킬 기회가 있다. 내가 원하기만 한다면.

그런데 난 원하는가?

내가 본 것은 정리할 수 있는 종류가 아니다. 하지만 내가 정말로 원한다면, 나는 내 경험을 통용되는 개념으로, 바로 지금 인간의 용어로 번역할 수 있으며 어제의 그 시간을 별 의미 없이 간과해버릴 수도 있다. 원하기만 하면 나는 우리의 언어 범위 내에서 내게 일어난 일을 다른 방식으로 질문하는 것이 가능하다.

그런 식으로 질문하면 나를 회복시킬 답변이 돌아올 것이다. 내 회복은 G.H.가 여자이며, 잘 살았다는 것, 잘 살았다는 것, 잘 살았다는 것, 세계의 최상층 모래에서 살았다는 것, 그녀 발밑의 모래가 단 한 번도 꺼지지 않았다는 사실을 아는 데에 있다. 발의 움직임이 모래의 움직임과 구별될 수 없을 만큼 너무도 완벽하게 똑같이 들어맞았고, 그 둘의 일치는 빈틈 하나 없이 견고했다. G.H.는 허공에 세워진 건물의 꼭대기 층에 살았다. 건물은 비록 허공으로 솟아 있었지만 안정적이었고, 그녀는 벌들이 공중에 집을 짓고 삶을 직조해내듯이 그렇게 공중에서 살았다. 이것은 수 세기 전부터 영위되던 일이었고, 불가피하거나 혹은 우연한 변화의 과정을 겪으며 작동되어왔다. 잘 작동되어왔다. 최소한 아무도 그 무엇도 반대 의견을 내지 않았다. 그 누구도 아니오, 라고 말하지 않았다. 그래서 문제없이 작동되어왔다.

그러나 수 세기가 느린 속도로 서로의 머리 위로 겹겹이 쌓이는 바로 그 자동적인 과정이, 누구도 눈치채지 못하는 사이 허공의 구조물을 점점 무겁게 만들었다. 건물은 자체적으로 점차 포화상태로 치달았으며, 가벼워지는 대신 점점 밀도가 커져갔다. 나날이 축적되는 삶은 건물이 허공에서 지탱하기 어렵게 만들었다.

기초구조가 비틀리고, 평온한 외양에 기만당하는 매 순간, 한 세기당 1밀리미터씩 밀려 느슨해진 대들보의 기둥이 일순 무너질 수도 있다는 것을 전혀 모르는 채, 다들 평화롭게 잠든 집처럼. 그러다가 예상치 못하게, 어느 파티에서 유리잔을 미소 띤 입술로 옮겨가는 그런 흔하게 일어나는 일상의 어느 평범한 순간에, 어제와 같이 뜨거운 햇볕이 온통 내리쬐는 그런 한여름날, 남자들은 일을 하고 부엌에서는 연기가 피어오르며 채석공들은 돌을 깨고 아이들은 웃고 성직자는 멈추게 하려고 애쓰는데, 그런데 무엇을 멈추게 한다는 걸까? 어제, 그 어떤 경고도 없이, 육중하고 튼튼한 건물이 한순간에 와르르 무너지는 굉음.

수 톤의 흙더미가 연이어 붕괴했다. 나, 가방에서조차 G.H.인나, 군중의 한 명인 나는 두 눈을 뜨고 서 있었다. 폐허 위가 아니었다. 폐허의 잔해조차도 모래 속으로 빨려들어갔기 때문이다.

한때 대도시였던 장소는 끝없이 펼쳐진 고요한 평지가 되었고 나는 그 위에 서 있었다. 이제 사물은 원래의 모습으로 되돌아갔다.

세계는 원래의 현실을 반환해줄 것을 요구했고, 내 문명은 대재앙을 만난 듯 몰락하고 말았다. 이제 나는 역사적인 데이터에 불과했다. 모든 시대의 근원과 나 자신의 근원이 머리부터 발끝까지 내 모든 것을 청구했다. 나는 원초의 시간 최초의 단계에 오게 되었다. 바람의 침묵 속, 구리와 주석의 시대에 나는 서 있었다. 그것은 생명의 최초 세기였다.

─들어라, 살아 있는 바퀴벌레와 직면한 후 최악의 발견은, 세계는 인간이 것이 아니며, 우리는 인간이 아니라는 사실이다.

아니, 겁내지 마라! 우리 안의 최고 항목인 탈인간성, 사물성이야말로 아마도 그동안 삶의 과도한 감성으로부터 나를 지켜준 것일지도 모른다. 비록 내가 그 감성의 삶을 파먹으며 살아오긴 했지만 말이다. 잘못된 인간인 나는 바로 그 이유 때문에 감성적이고 공리적인 구조물 아래에 깔리지 않았던 것이다. 인간적인 감정은 내게 공리적인 것이었다. 하지만 나는 그 아래 깔려버리지는 않았는데, 신의 물질인 사물성의 자질이 너무 강해서 내 귀환을 기다리고 있었기 때문이다. 보편적인 생명이라는 위대하면서 중립적인 처벌은 개인의 삶을 갑작스럽게 약화시킬 수 있다. 감당할 만한 힘이 없으면 댐이 무너지듯이 무너지고 만다. 그리하여 순수한, 아무런 불순물이 섞이지 않은 순수 그 자체인 상태에 이른다. 그것은 커다란 위험이었다. 사물의 중립성이 개인의 삶에 충분히 배어들지 않으면 생명 자체가 완전히 순수한 중립에 도달해버린다.

그런데 이 최초의 침묵은 왜 하필이면 내 안에서 재현된 것일까? 침착하기만 하던 한 여인이, 어디선가 들려오는 단 한 번의 부름 소리에, 놓고 있던 자수를 가만히 의자 위에 올려둔 채, 일어서서, 한마디 말도 없이, 삶을 포기하고, 자수와 사랑과 그리고 이미 형성된 영혼까지도 포기해버리고, 말 한마디 없이 그 여인이, 평온한 얼굴로 네 발로 엎드리고, 침착하게 반짝이는 눈동자로, 바닥을 기어다니기 시작한 것처럼. 이전의 생이 그녀를 불렀고, 그녀는 고요히 그 부름에 순응했으므로.

그런데 왜 나인가? 그런데 나여서는 안 될 이유는 또 무엇인가. 그게 내가 아니었다면, 나는 몰랐을 것이다. 그게 나였기 때문에 나는 알았다. 그게 전부다. 나를 부른 건 무엇이었을까, 광기일까 아니면 실제일까?

삶은 내게 복수했고, 그 복수란 오직 귀환일 뿐 더이상 다른 건 없었다. 모든 광기의 발작은 무엇인가의 귀환이다. 사로잡힌 자는 도래하는 것에 사로잡히는 게 아니라, 귀환하는 것에게 사로잡힌다. 때로는 삶이 귀환한다. 힘이 관통하면서 내 안의 전부가 붕괴해버린다면, 그건 붕괴가 그것의 역할이어서가 아니다. 그냥 관통 그 자체가 필요하기 때문이다. 힘이 너무도 강력해져서 스스로 고삐를 당길 수도 없고 피할 수도 없게 된 탓이다. 범람이 천지를 뒤덮는다. 그런 다음, 마치 대홍수가 끝난 뒤처럼 옷장 하나와 한 인간, 길 잃은 창문, 세 개의 가방이 물 위를 떠간다. 내게 이것은 지옥의 풍경처럼 보인다. 인간 고고학의 무수한 지층이 파괴되었다.

지옥이다, 이제 세계는 내게 더이상 인간의 의미가 없으므로. 이제 인간은 내게 더이상 인간의 의미가 없으므로. 이제 인간도 감성도 없는 이 세계, 나는 공포를 느낀다.

조금의 비명도 없이, 나는 바퀴벌레를 본다.

가까이서 보는 바퀴벌레는 커다랗고 사치스러운 대상이다. 검은 보석으로 치장한 신부이다. 거기다 아주 희귀하고도 유일한 표본처럼 보인다. 벌레의 몸 한가운데를 옷장 문으로 찍어버린 탓에 나는 하나뿐인 이 표본을 좀 특별하게 만들어놓았다. 벌레의 몸에서 눈에 보이는 부분은 절반뿐이다. 보이지 않는 나머지는 엄청나게 클 수도 있으며, 수천 개의 아파트 안 옷장과 가구 뒤에 나뉘어서 숨어 있을지도 모른다. 그런데 나는 내게 할당된 부위를 원하지는 않았다. 건물의 표면 아래로, 광택 없는 어두운 보석들이 기어다니고 있는 걸까?

나는 스스로를 불결하게 느꼈다. 성서가 불결함에 대해서 말하듯이. 왜 성서는 그토록 불결함에 열중하면서 금지된 불결한 동물들의 리스트를 만들어놓았을까? 그것들 역시 다른 동물과 마찬가지인 피조물인데? 그리고 왜 불결한 것은 금지되었을까? 나는 금지된 행위를 저질렀다, 불결한 피조물을 만진 것이다.

나는 금지된 행위를 저질렀다, 부정한 피조물을 만진 것이다.

　나는 얼마나 불결한가, 갑작스럽게 간접적으로 스스로를 인식하면서 나는, 도움을 요청하기 위해 입을 벌렸다. 성서는 모든 것을 말한다, 모든 것을, 그러나 그 말들을 내가 이해한다면, 그들은 나를 미쳤다고 하리라. 성서의 말을 한 자들은 나와 같은 인간이었다. 그러나 그들을 이해한다면 그건 곧 나의 종말일 것이다.

　"그러나 너희는 불결한 것을 먹지 말아라. 독수리와 그리핀, 매가 그것이다." 그뿐만 아니라 부엉이도 안 되고 백조도 안 되고 박쥐도 안 되고 황새도 안 되고 까마귀 종류도 전부 안 된다.

　성서에서 불결한 동물을 금지하는 건 불결함이 원초적이기 때문이다. 창조되었으나 단 한 번도 아름다움에 근접하지 못한 것들이 있다. 창조된 순간 이후로 그것들은 항상 똑같은 모습으로 머물러 있었고 최초의 형태 그대로 변화 없이 존재해왔다. 바로 원초의 존재이기 때문에 인간은 그것을 먹을 수 없다. 선과 악 모두의 열매인 것들, 살아 있는 물질을 먹으면 나는 치장된 낙원에서 추방될 것이고, 죽는 날까지 목동의 지팡이를 짚고 사막을 헤매고 다녀야 하는 저주를 받으리라. 목동의 지팡이를 짚고 사막을 방황했던 많은 이들이 있다.

더 나쁜 점은, 그렇게 되면 나는 사막도 촉촉하게 살아 있다는 걸 깨닫고, 만물은 살아 있으며 모두 같은 재료로 만들어졌음을 발견할 것이다.

형성 가능한 영혼, 머리가 자신의 꼬리를 잡아먹지 않는 영혼을 만들기 위해 법은 명령한다, 살아 있는 듯 위장한 것만을 섭취하라고. 그리고 법은 명령한다, 불결한 것을 먹는 자는 알지 못하고 행해야 한다고. 그것이 불결하다는 걸 알면서 먹는 자는, 불결함이 불결하지 않다는 것을 알고 있을 테니까. 맞는가?

"그리고 기어다니는 것, 날개가 있는 것은 불결하니 먹지 말아야 한다."

충격에 빠진 나는 입을 벌렸다. 도움을 요청하기 위해. 왜? 왜 나는, 바퀴벌레처럼 불결해지는 걸 원하지 않았을까? 어떤 이상적인 생각이 나를 이데아의 감성에 묶어두는 걸까? 왜 나는 불결해지면 안 되는가? 이미 내 안에서 다 발견한 다음인데도? 나는 무엇을 두려워하는가? 불결해지다니, 무엇으로?

기쁨으로 불결해진다.

이제부터 나는, 이미 느끼고는 있었으나 깨닫지도 이해하지도 못했던 감정이 기쁨이라는 것을 알게 된다. 소리 없이 도움을 요청하면서, 나는 최초의 희미한 기쁨과 대항하며 싸웠다. 나는 그 기쁨을 인식하고 싶지 않았는데, 비록 희미하긴 하지만 충분히 소름 끼쳤기 때문이다. 그것은 구원 없는 기쁨이었다. 당신에게 어떻게 설명해야 할지 모르겠는데, 그러나 그 기쁨에는 한 줌의 희망도 없었다.

　—그렇다고 당장 손을 거두지는 말아다오, 받아들이기 힘든 이 이야기가 끝날 즈음에는 아마 이해하게 되리라고 기대한다. 어쩌면 나는 지옥을 지나는 도중에 우리에게 결핍된 것을 찾아낼 수도 있다. 손을 거두지 말아다오, 난 이미 알고 있다, 찾는다는 것은 우리 자신이라는 길을 따르는 여정임을. 내가 결정적으로 우리 자신 안에 침몰하지만 않는다면.

　내 사랑 당신, 내가 찾기로 되어 있는 것, 그게 무엇이든 나는 그것을 찾을 용기를 잃었다. 나를 그 여정에 바칠 용기를 잃었다. 그리고 이 지옥에서 희망을 찾겠다고 이미 약속하고 있다.

　—아마도 그건 과거의 희망이 아닐 것이다. 아마도 그건 희망이라고 불릴 수조차 없으리라.

　나는 투쟁했다. 알지 못하는 기쁨을 원하지 않았기 때문이다. 기쁨은 내 미래의 구원을 위해 금지될 것이다. 불결하다고 칭해지는 동물이 금지되듯이. 극심한 고통을 느끼며 나는 입술을 움직여 도움을 청하려 했다. 그때까지는 아직 내가 손을, 지금 내 손을 잡고 있는 손을 발명하지 못했기 때문이다. 어제 나는 두려움 속에서 혼자였고, 내 최초의 탈인간화를 막기 위해 도움을 청하고 싶었다.

　탈인간화는 내 전부를 상실하는 것만큼이나 아팠다. 전부를 상실하는 것만큼, 내 사랑. 나는 입을 움직여 도움을 요청했으나, 소리를 낼 수도 없었고, 소리를 내는 방법도 알지 못했다.

그건 더는 소리 내어 할 말이 없기 때문이었다. 내가 벌이는 사투는 죽기 전에 뭔가 할 말이 남은 자의 안간힘이었다. 나는 무엇인가와 영원한 작별을 하고 있음을 알았다. 무엇인가 죽어가고 있으며, 나는 죽어가는 그것을 한 단어로 요약하여 소리 내기를 원했다.

그러다 마침내 나는 최소한 어떤 생각을 소리 낼 수가 있었다. "나는 도움이 필요해."

그리고 이어서 떠오른 것은, 나는 도움을 청할 일이 없다는 사실이었다. 나는 요청할 필요가 없었다.

갑작스러운 일이었다. '요청'은 점점 멀어지고 있는 반박 가능한 세계의 마지막 잔여물이었다. 내가 계속 요청하기를 원한다면 그건 내 과거 문명의 마지막 잔해에 매달려 있기 위해서였다. 지금 나를 요구하는 것에 끌려가지 않도록 필사적으로 붙들고 있는 행위였다. 그리고 내가 희망 없는 기쁨으로, 이미 항복해버린 것에 끌려가지 않도록. 아, 나는 진작에 항복하고 싶었다. 경험했다는 것, 그것은 이미 갈망이라는 지옥의 시작이었다. 갈망이라는, 갈망이라는…… 갈망을 원하는 내 욕구가 구원을 향한 소망보다 더욱 강했던가?

요청할 것이 하나도 없다는 사실은, 시간이 갈수록 더욱더 명백해졌다. 내 미라를 감싸던 옷가지들이 메마르고 부패한 채 바닥에 흩어져 있었고 나는 매혹과 공포에 사로잡혀 그것을 바라보았다. 내가 번데기에서 축축한 애벌레로 변신하는 과정을 지켜보았다. 검게 그을린 내 날개는 서서히 움츠러들고 있었다. 그리고 새로운 몸통, 완전히 새롭고 땅바닥에 적합하게 만들어진 몸통이 다시 태어났다.

바퀴벌레에게 시선을 고정한 채, 나는 천천히 침대로 몸을 내렸다. 바퀴벌레에게 시선을 고정한 채, 나는 그대로 앉았다.

이제 나는 시선을 위로 들어 바퀴벌레를 올려다보게 되었다. 몸통 한가운데에서 꺾여 아래로 숙인 자세로 이제 벌레는 위에서 나를 내려다보았다. 나는 세계의 불결함을 내 눈앞에 결박해놓았다. 나는 살아 있는 사물의 마력을 해제했다. 나는 이데아를 상실했다.

그때, 다시 한 번 더 걸쭉한 흰색 물질이 1밀리미터 정도 더 비어져 나왔다.

그때, 다시 한 번 더 걸쭉한 흰색 물질이 1밀리미터 정도 더 비어 져 나왔다.

성모마리아여, 성스러운 어머니시여, 만약 어제의 그 순간이 현실이 아닐 수만 있다면 내 삶을 전부 바치겠나이다. 흰 덩어리 를 인 바퀴벌레가 나를 쳐다보고 있었다. 벌레가 정말로 나를 보 았는지는 모른다. 바퀴벌레가 무엇을 보는지 나는 모른다. 마찬 가지로 벌레와 나, 우리는 서로 마주 쳐다보고 있었지만, 여자가 무엇을 보는지 나는 모른다. 그러나 설사 벌레의 눈이 나를 보고 있지 않았더라도 벌레의 존재는 나의 현존을 알고 있었다. 내가 발을 들여놓은 이 원초적인 세계에서, 생명은 다른 생명을 보는 방식에 따라 타자로 존재할 수 있었다. 그리고 이제 막 내가 알아 가기 시작한 이 세계에는, 본다는 것의 유형이 매우 다양했다. 대 상을 보지 않으면서 응시하기, 대상을 소유하기, 대상을 먹기, 그 냥 대상이 있는 그 자리에 있기, 이 모두가 '본다'는 것을 의미했다. 바퀴벌레는 나를 정면으로 쳐다본 것은 아니었다. 벌레는 나와 같이 있었다. 벌레는 나를 눈으로 보는 것이 아니라 몸으로 보고 있었다.

그리고 나는, 나는 보았다. 벌레를 보지 않는 건 불가능했다. 그걸 부인하는 것도 불가능했다. 내 신념과 날개는 빠르게 말라버리고 무의미해졌다. 더이상 부인하기란 불가능했다. 무엇을 더 부인할 수 없다는 건지, 나도 몰랐다. 하지만 난 더이상 부인할 수 없었다. 그럴 수 없었다. 그리고 예전처럼 내가 본 것을 부인하기 위해 내 과거의 문명 전체를 사용해서 스스로를 구하는 일도, 이제는 불가능했다.

그래서 나는, 바퀴벌레를 온전히 다 보았다.

바퀴벌레의 흉측한 전신에는 반짝반짝 윤기가 흘렀다. 벌레는 거꾸로 뒤집어진 존재였다. 아니 틀렸다, 벌레는 원래 올바른 모습도 뒤집어진 모습도 있을 수 없다. 벌레는 그냥 보이는 것 그 자체일 뿐이다. 벌레가 겉으로 내보이는 모습은, 내가 내 안에 숨겨둔 것의 정체이다. 내가 겉으로 내보이는 모습은, 내가 은폐하는 내면의 정체이다. 벌레는 나를 바라보았다. 그런데 그건 얼굴이 아니었다. 얼굴이 아닌 가면이었다. 다이버의 가면. 갈색으로 녹슨 쇳덩이인 소중한 보석. 눈동자는 두 개의 난소처럼 생명력으로 충만했다. 벌레는 맹목적인 다산성이 넘치는 시선으로 나를 바라보고 있었다. 죽어버린 내 생식력을 수태시키고 있었다. 벌레의 눈은 짠맛일까? 내가 그것을 만지면, 어차피 난 이제 점점 불결해지고 있을 뿐이니, 내가 그것을 입으로 만지면, 그것의 짠

맛이 정말로 느껴질까?

이미 나는 한 남자의 눈동자를 맛본 경험이 있었다. 입안에서 느껴지는 짠맛으로 인해 나는 그가 울고 있음을 알아차렸다.

그러나 검은 바퀴벌레 눈동자의 짠맛을 떠올리자, 나는 갑자기 멈칫하면서 메마른 입술을 움츠렸다. 땅바닥을 돌아다니는 파충류! 정체된 실내의 광선 속에서 바퀴벌레는 한 마리 조그맣고 느린 악어였다. 메마르고 전율하는 방, 바퀴벌레와 나는 사화산의 표층처럼 바싹 마른 그 건조함 속에 자리잡고 있었다. 이 사막으로 나는 걸어 들어왔다. 또한 이 사막에서 나는 생명과 소금을 발견했다.

또다시 바퀴벌레의 희끄므레한 일부가, 아마도 1밀리미터보다 더 적게, 새어 나왔다.

이번에 나는 그 물질이 만들어내는 미세한 움직임을 거의 인식하지 못했다. 꼼짝도 없이 나는 멍하니 앞만 바라보고 있었다.

—그때까지, 나는 낮을 살아본 적이 없었다. 햇빛 아래서는 단 한 번도 없었다. 오직 나의 밤에만, 세상은 천천히 흘러갔다. 오직 밤의 어둠 자체에서 벌어지는 일들만이, 동시에 나의 내장 속에서도 일어났다. 내 안의 어둠은 외부의 어둠과 구별되지 않았다. 그러다 아침에 눈을 뜨면, 세계는 다시 하나의 표면으로 돌아갔고, 밤이 지닌 비밀스러운 삶은 내 입안에서 빠르게 사라져가는 희미한 악몽의 맛으로만 남았다. 그러나 지금 이 낮에, 삶이 벌어지고 있었다. 부인할 수 없고, 받아들여야만 하는 삶이었다. 내가 눈을 돌려 외면하지 않는 한은.

나는 눈을 돌려 외면할 수도 있다.

—그러나 지옥은 이미 나를 사로잡아버렸으니, 내 사랑이여, 해로운 호기심의 지옥. 나는 보았고, 그로 인한 쾌락으로 이미 쇠락해가기 시작했으므로, 내 미래를 팔아치우고, 내 구원을 팔아치웠다. 나는 우리를 팔아치웠다.

"나는 도움이 필요해." 마침내 내 입에서는 침묵의 비명이 터져나왔다. 흘러내리는 모래로 입안이 점차 가득 메워지는 사람의 비명이었다. "나는 도움이 필요해." 꼼짝도 없이 앉아서 나는 생각했다. 그렇지만 일어나서 방을 나가야겠다는 생각은, 마치 그것이 영영 불가능한 일인 듯, 꿈에서도 들지 않았다. 바퀴벌레와 나는 하나의 광산에 매몰되었다.

그것은 접시가 하나뿐인 저울이었다. 거기에는 바퀴벌레에 대한 내 극심한 거부감만이 올려져 있었다. 그러나 지금 '바퀴벌레에 대한 극심한 거부감'이란 그야말로 말에 지나지 않았다. 죽음을 맞는 순간의 나 역시 하나의 말로 번역될 수 없다는 것을, 나는 잘 안다.

그래, 나는 죽음을 알았다, 왜냐하면 죽음은 미래이고 상상 가능한데, 나는 늘 뭔가를 상상하는 데 시간을 바쳐왔기 때문이다. 그러나 지금 이 순간, 바로 현재인 이 순간은 상상이 불가능하다. 왜냐하면 지금 현재와 나 사이에는 빈 공간이 없기 때문이다. 이 순간은 바로 나의 내면이다.

—이해해다오, 나는 이미 진작에 죽음을 알고는 있었지만, 죽음은 아직 나를 요구하지 않았다. 그런데 '바로 지금'이라고 불리

는 순간과 마주치는 일은 한 번도 경험해보지 못했다. 오늘은 바로 오늘 나를 요구했다. 생명의 시간에는 그 어떤 말도 해당되지 않음을 예전에는 전혀 상상하지 못했다. 생명의 시간이란, 내 사랑이여, 너무도 절박한 바로 지금이어서, 내 입이 생명의 물질을 건드렸다. 생명의 시간은 한쪽씩 천천히 열리면서 끼익거리는 소리를 끊임없이 뱉어내는 문이다. 두 개의 커다란 문이 열리고 있는데, 열리기를 결코 멈추지 않는다. 그러나 언제까지나 열리고 있는 문은, 무엇으로 통하는가—아무것도 아닌 것으로?

생명의 시간은 끔찍하게 무미건조하여, 아무것도 아닌 것이다. 그럼에도 불구하고 그 '아무것도 아닌 것'이 내게 너무도 단단히 박혀 있으니, 나에게 그것은 …… 나에게 그것은 나인가? 그런 이유로, 내가 나 자신에게 보이지 않듯이, 그것은 보이지 않게 되었고, 아무것도 아닌 것이 되었다. 늘 그렇듯 문들은 쉴 새 없이 열리고 있는데.

마침내, 내 사랑이여, 나는 무너지고 말았다. 그리하여 지금이 되었다.

마침내, 내 사랑이여, 나는 무너지고 말았다. 그리하여 지금이
되었다.

　마침내 지금이 되었다. 그냥 지금이었다. 다음과 같았고, 그뿐
이었다. 오전 11시의 시골. 가장 우아한 피상성을 지닌, 초록의 정
원처럼 보이는. 초록, 초록, 초록은 정원이다. 나와 초록 사이에는
공기의 물이 있다. 공기의 초록 물. 나는 가득 찬 유리잔 너머로
모든 것을 본다. 아무 소리도 들리지 않는다. 집의 나머지 부분은
깊은 그늘로 덮여 있다. 완숙한 피상성. 브라질의 오전 11시. 지금
이다. 바로 지금 일어나는 일이다. 지금이란 경계에 닿을 만큼 확
장된 시간이다. 열한 번째 시간은 깊이가 없다. 열한 번째 시간이
란 열한 개의 시간이 초록 유리잔에 넘칠 만큼 가득 찼다는 의미
이다. 시간은 땅에 결박된 기구氣球처럼 몸을 떤다. 공기는 수태
되었고, 씩씩 소리 내어 숨을 쉰다. 11시 반을 알리는 종소리가 국
가를 울리며 기구의 케이블을 끊어버릴 때까지. 그러면 우리 모

두는 단번에 점심시간에 도달한다. 지금처럼 초록일 점심시간.

예기치 않게 잠시 동안 완벽한 안식을 누리던 초록의 오아시스로부터, 나는 급격하게 깨어났다.

나는 사막에 있었다. 지금이란 오아시스에서 만끽한 행복감만은 아니다. 사막 역시 지금이고, 역시 충만하다. 그게 지금이었다. 생애 최초로 나는 지금 여기를 충만하게 느꼈다. 그것은 내게 부여된 가장 소름 끼치는 계시였다.

바로 지금 이 순간의 현재는 희망이 없으므로, 바로 지금 이 순간의 현재는 미래가 없으므로. 미래는 그대로 바로 지금이라는 현재가 될 것이므로.

공포를 느낀 나의 내면은 도리어 더욱 고요해졌다. 마침내 비로소 느껴야 할 것만 같았기 때문이다.

내가 문 저편에 두고 온 모든 것을 포기해야 할 것 같다. 그리고 나는 안다, 알고 있었다, 항상 열려 있는 그 문을 통과하기만 하면 자연의 심장으로 들어갈 수 있다는 사실을.

그 문을 통과하는 것은 죄가 아니다. 하지만 죽는 일만큼이나 위험이 따른다. 어디로 가는지 알지도 못하는 채로 죽는 일, 그것은 육체가 발휘하는 가장 위대한 용기이다. 그 문으로 들어감이 죄라면, 그 이유는 오직 내가 아마도 영영 되돌아오지 못할 삶에 대한 저주이기 때문이다. 그 문을 통과하면 나와 바퀴벌레를 구분할 수 있는 차이는 사라져버린다. 내 눈에도, 혹은 신이라 불리는 존재의 눈에도.

그리하여 나는, 무nothing의 세계로 첫걸음을 내디뎠다. 내 삶을 떠남으로써 생명을 향해 머뭇거리며 다가가는 첫걸음을. 한발을 공중으로 들어올려 천국 혹은 지옥인 곳, 핵의 땅을 디뎠다.

손으로 이마를 쓸어 올렸다. 내가 땀을 흘리기 시작한 것을 알고는 비로소 안도하는 마음이 되었다. 방금 전까지만 해도 타는 듯이 뜨겁고 건조한 공기가 우리를 그을리고 있었는데 이제 촉촉한 기운이 생겨나기 시작한 것이다.

아, 얼마나 피곤한지. 지금 당장의 내 소원은 즉시 모든 걸 중단하고—순전히 기분전환과 휴식을 위해서—피곤하기 짝이 없는 이런 글에 근사한 이야기를 짜 넣는 것이다. 예를 들자면 최근에 들었던 어떤 커플의 별거 사유와 같은 이야기를. 그런 흥미진진한 이야기가 얼마나 많은데. 또한 마음을 가라앉히기 위해서라면 비극적인 이야기도 가능하다. 나는 비극도 많이 알고 있다.

내 땀이 나를 안심시켰다. 나는 고개를 들어 천장을 올려다보았다. 어룽거리는 빛 속에서 천장은 둥글게, 아치형 궁륭을 연상시키는 형체로 변했다. 어른거리며 떨리는 열기는 노래로 불려진 오라토리오의 떨림과도 같았다. 오직 내 청각만이 감각을 느꼈다. 굳게 닫힌 입에서 나오는 노래. 소리 없이 떨리는 음성, 붙잡히고 억제된 소리, 아멘, 아멘. 한 존재가 다른 존재를 살해한 것에 대한 감사의 성가.

가장 심오한 살해. 한 생명이 다른 생명으로 사는 일종의 관계 맺기. 서로를 보고, 서로를 소유하고, 서로 상대방이 되는 하나의 방식. 희생자도 집행자도 없는 살해. 그러나 서로를 향한 잔인함으로 연결되는 유대. 생명의 획득을 위한 내 가장 원초적인 투쟁.

"불지옥처럼 이글거리는 캐니언에서 길을 잃은 여자는 살아남기 위해서 필사적으로 발버둥친다."

나는 소리 없이 억눌린 이 음성이 멈추기를 기다렸다. 그러나 작은 방의 광대함은 점점 더 확장에 확장을 거듭했고, 침묵의 오라토리오가 불러일으키는 진동은 천장의 갈라진 틈새에 닿을 때까지 방을 더욱더 넓혀나갔다. 그 오라토리오는 기도가 아니었다. 그것은 아무것도 간청하지 않았다. 그것은 오라토리오의 형태를 가진 수난곡이었다.

그때 바퀴벌레 몸통의 균열부에서 또다시 희고 부드러운 물질이 분출되듯 왈칵 쏟아져나왔다.

─아, 나는 누구에게 도움을 청해야 하는가, 당신도─이런 생각과 함께 나는 한때 내가 소유했던 남자를 떠올렸다─ 당신조차도 나를 도와줄 수가 없다면. 왜냐하면 나처럼 당신도 삶을 초월하기를 원했고, 그리하여 마침내 그것을 넘어서버렸으므로. 하지만 나는, 이제 더이상 삶을 초월할 수 없을 것이다. 삶을 마주해야 하고, 도움을 요청하고 싶었던 당신 없이 가야만 한다. 나를 위해 빌어주소서 어머니, 초월하지 않는 것은 희생이고, 예전에 초월은 구원받고자 하는 인간으로서의 내 노력이었으므로, 초월은 직접적인 용도를 갖고 있었다. 초월은 죄이다. 하지만 뭐든지간에 그 내부에 머물기 위해서는, 두려워하지 말아야 한다!

그리고 나는 무조건 내부에 머물러야만 하리라.

말해져야만 할 것이 있다. 꼭 알아야만 할 것이 있다는 느낌을, 당신도 갖는가? 비록 시간이 흐른 다음에는 초월해야 하더라도,

비록 시간이 흐른 다음에는 초월이 생물체의 호흡처럼 내게서 불가피하게 발산되더라도.

그러나 내가 발견한 것이 무엇이든, 나는 받아들일 수밖에 없다, 마치 호흡하는 숨결처럼, 혹은 페스트의 숨결처럼? 아니, 페스트의 숨결이라니, 나 자신에게 연민을 느낀다! 만일 초월이 내 운명이라면, 그러면 나는 초월이 호흡과 같기를 원한다, 내 입에서 흘러나오는 숨결, 현존하는 진짜 입에서 나오기를, 팔이나 머리에 뚫린 잘못된 구멍을 통해서가 아니라.

나는 죽을 것 같은 지옥의 환희를 느꼈다. 지금 홀린 듯이 내디디는 이 걸음은 결코 되돌릴 수 없으며, 인간으로서의 구원을 점차 포기하는 길임을 느꼈다. 내 안의 내장이, 비록 그것들은 희고 부드러운 물질이지만, 그럼에도 동시에 은빛으로 아름다운 내 얼굴을 파열시킬 만큼 강하기도 하다는 것을 느꼈다. 세상의 아름다움이여, 안녕. 지금 내게서 멀어졌으며 내가 더이상 갈망하지 않는 아름다움—나는 아름다움을 원할 능력마저 상실해버렸다—아마도 아름다움을 향한 내 갈망은 단 한 번도 진심인 적은 없었을 테지만, 그래도 그건 얼마나 좋은 기분이었는지! 아름다움과 장난치는 일이 얼마나 즐거웠는지 모른다. 아름다움은 형질의 끊임없는 변화였다.

하지만 이제, 지옥 같은 안심과 함께, 나는 아름다움에 작별을 고한다. 바퀴벌레의 배 속에서 나온 물질은 초월하지 못한다. 그래도 그것이 아름다움의 반대라고 말하고 싶지는 않다. '아름다움의 반대'는 아무 의미 없는 말이다—바퀴벌레의 배 속에서 나온 것을 한마디로 하면 '오늘', 네 자궁의 열매이니 복이 있으라—나는 구원의 미래로 장식되지 않은 즉각적인 현재를 원한다. 심지어 희망도 싫다. 지금까지 내게 희망의 효과란 오직 현재를 사라지게 만드는 마술에 불과했기에.

그러나 내가 원하는 건 그 이상이다. 나는 오늘 안에서 구원을 찾기 원한다, 지금 안에서, 언약이 아니라 현존하는 리얼리티 안에서. 나는 이 순간의 희열을 원한다—바퀴벌레의 배에서 튀어나온 내용물 속에서 신을 찾기를 원한다—비록 예전의 내 인간적 개념으로는 그것이 최악이고 지옥처럼 끔찍하기는 하지만.

그렇다, 나는 그것을 원했다. 하지만 동시에 나는 두 손으로 배를 움켜쥐었다. "난 할 수 없어!" 나는 다른 남자를 향해 이렇게 애원했다. 그러나 그 남자 역시 그럴 만한 능력이 결코 없으며 앞으로도 영영 없을 터였다. 난 할 수 없어! 지금 내가 '무nothing'라고 부르는 것이 무엇으로 이루어졌는지, 나는 절대 알고 싶지 않다! 부드러운 내 입안에 바퀴벌레의 눈동자에서 배어나오는 소금기를 느끼고 싶지 않다, 왜냐하면 나는, 내 어머니여, 겹겹이 흠뻑 배어든 눅눅함에 익숙해 있을 뿐 단순히 촉촉한 습기는 알지 못하기 때문이다.

바퀴벌레 눈동자의 소금기를 생각하자 굴복할 수밖에 없는 내 입에서는 한숨이 흘러나왔고, 그 순간 나는 내가 아직도 인간의 낡은 아름다움, 소금을 필요로 한다는 것을 깨달았다.

소금의 아름다움과 눈물의 아름다움까지도, 나는 버려야 한다. 왜냐하면 내가 본 것이 인간을 앞서기 때문이다.

왜냐하면 내가 본 것이 인간을 앞서기 때문이다.

아니, 그 눈에는 소금이 없었다. 바퀴벌레의 눈에 한 톨의 소금도 없었다고 나는 확신한다. 나는 언제라도 소금을 받아들일 준비가 되어 있었다. 소금은 내가 맛보곤 했던 초월, 내가 무라고 부르던 것으로부터 달아날 때 사용하던 초월이었다. 나는 언제라도 소금을 받아들일 준비가 되어 있었다. 소금을 위해서 내 전 존재를 구축해왔다. 그러나 내 혀가 이해하지 못하는 맛, 그것은 무염이었다. 내가 조금도 알지 못하는 상태, 그것은 중립이었다.

그리고 중립은 과거 내가 무라고 불렀던 삶이었다. 중립은 지옥이었다.

그새 태양은 조금 이동했고, 이제 내 등에 딱 꽂혀 있었다. 두 쪽으로 갈라진 바퀴벌레의 몸도 태양빛에 고스란히 노출되었다. 너를 위해서 해줄 수 있는 게 아무것도 없구나, 바퀴벌레여. 나는 너를 위해서 아무것도 하지 않을 것이다. 행동은 이제 더이상 중요하지 않았다. 바퀴벌레의 중립적인 시선은 그게 중요하지 않다고 말하고 있었으며, 나도 그것을 알았다. 단지 가만히 앉아서 기다리는 일이 더이상 견디기 힘들었기 때문에, 단지 그런 이유로 나는 뭔가 행동하기를 원하곤 했다. 행동은 초월일 것이고, 초월은 출구가 될 것이므로.

하지만 그것이 더이상 중요하지 않은 순간이 닥친 것이다. 바퀴벌레는 희망이나 동정을 모르기 때문이다. 벌레가 갇혀버리지 않았다면, 벌레가 나보다 더 크다면, 중립적인 쾌락이 이끄는 대로 벌레는 나를 죽일 것이다. 벌레의 생명에 내재된 폭력적인 중립성이 그렇게 하듯이, 나 또한 내가 갇히지 않았으며 벌레보다 더 크다는 이유로 벌레를 죽였다. 우리가 있는 이 사막의 고요하고 중립적인 잔인함은 바로 거기에 있었다.

그리고 벌레의 눈은 무염이었다. 내가 기대했던 바와는 달리, 짜지 않았다. 소금은 감각이고, 말이고, 맛일 것이다. 바퀴벌레의 중립성에는 그것의 흰 덩어리와 마찬가지로 맛이 결핍되었음을 나는 알았다. 거기 앉은 채로, 나는 존재하고 있었다. 거기 앉은 채로, 존재하면서, 나는 깨달았다. 내가 사물을 짜다고, 달다고, 슬프다고, 즐겁다고, 아프다고, 혹은 그보다 더 섬세하고 미묘한 기준으로 구분하여 부르지 않는다면, 그렇다면 나는 더이상 초월을 경험하지 못하고 영원히 사물 그 자체에 얽매여버릴 것임을.

내가 이름을 모르는 그것을, 그것을 바라보면서, 나는 이제 그 사물을 이름 없이 부르기 시작했다. 특질이나 속성이 없는 그 사물과의 접촉은 구역질을 불러일으켰다. 이름도 맛도 냄새도 없이 살아 있는 사물은 혐오스러웠다. 무미. 오직 씁쓸함만 남았는데 그건 나 자신의 뒷맛이었다. 잠시 동안 나는 온몸이 떨리는 일종의 황홀감을 느꼈다. 구역질, 불안, 그리고 행복이 동시에 북받쳐 올랐고, 알려지지 않은 내 정체성의 뿌리가 건드려질 때마다 항상 그렇듯이, 내 다리가 그대로 사라져버리는 듯했다.

아, 이제 적어도 나는 바퀴벌레의 본질로, 이를 위해서 더이상은 아무것도 하고 싶지 않은 정도까지 들어선 것이다. 나는 나 자신의 도덕성으로부터 해방되었고, 그것은 소란도 비극도 없는 재앙이었다.

도덕성. 다른 이와 관련된 도덕적 문제가 행동에, 행동하는 방식에 있다고, 그리고 자기 자신과 관련된 도덕적 문제가 느낌에, 느낌의 방식에 있다고 생각하는 일이 정말로 너무 단순한 걸까? 해야 할 행동을 하고 느껴야 할 느낌을 갖는다면 나는 도덕적일까? 그러자 갑자기 도덕적 문제들이 숨막힐 뿐만이 아니라 한없이 유치하게 보였다. 그런 문제들은 덜 강제적이고 더 포괄적이어야만 우리가 거기 맞춰나가는 것이 가능해진다. 이상적인 것은 한편으로는 너무 사소하면서 동시에 도달 불가능하기 때문이다. 우리가 도달하면 그것은 사소해진다. 반면에 우리는 조금도 이해하지 못하므로, 결국 도달 불가능하다. "불쾌함은 불가피하지만, 불쾌함의 원인이 되는 자에게는 화가 있도다." 이 말은 신약에 나오던가? 해답은 비밀이어야 할 것이다. 도덕의 윤리는 그것을 비밀로 간직하라고 말한다. 자유는 비밀이다.

비록 비밀이라도, 자유는 책임을 신경쓰지 않는다는 걸 나는 잘 안다. 하지만 우리는 책임에 연연해서는 안 된다. 내 안에 있는 가장 미미한 신적인 요소조차도 내 인간적인 책임보다 더 위대하기 때문이다. 신은 내 근본적인 책임을 능가한다. 그러므로 내게는 책임보다 신이 더 중요하다. 스스로에게 면죄부를 주고 회피하려는 말이 아니라 책임이 나를 축소시키기 때문이다.

나는 더이상 바퀴벌레를 위해서 아무것도 하고 싶지 않았다. 나는 스스로의 도덕성으로부터 해방되는 과정에 있었다. 그것은 불안과 호기심, 그리고 동시에 매혹의 감정을 불러일으켰는데, 가장 비중이 큰 것은 불안이었다. 나는 너를 위해서 아무것도 하지 않을 것이다, 나 역시 너처럼 땅바닥을 기어다닐 뿐이야, 나는 너를 위해서 아무것도 하지 않을 것이다, 이제 난 사랑의 의미를 알지 못하니까, 예전에는 안다고 믿었지만 이제는 아니다. 그뿐만 아니라 사랑에 대해서 가졌던 과거의 생각과도 나는 작별한다. 그게 뭐였는지 이제는 거의 알지도 못하고 기억나지도 않는다.

아마도 나는, 새로운 이름을 찾을 것이다. 일단은 훨씬 더 잔인하고 훨씬 더 적절한 이름. 하지만 어쩌면 찾지 못할지도 모른다. 사물의 정체성에 이름을 주지 못하는 것, 그것은 사랑인가?

그러나 이제 나는 새로운 공포를 배웠다. 궁핍이 뭔지 알게 된 것이다. 궁핍, 궁핍. 이건 새로운 종류의 궁핍인데, 중립적이고 소름 끼친다고밖에 표현할 수 없는 수준이다. 내 궁핍에 대해 그리고 바퀴벌레의 궁핍에 대해 조금의 연민도 갖지 않는 궁핍이다. 나는 그 자리에 가만히, 땀으로 목욕한 상태로, 꼼짝없이 앉아 있었다. 정확히 바로 지금처럼. 세상에는 내가 익숙하게 이름으로 부르던 것들보다 더 진지하고 더 운명적이고 더 핵심적인 것이 있음을 나는 안다. 나, 사랑에 대한 희망을 사랑이라는 이름으로 불렀던 나는.

그러나 지금, 자연과 바퀴벌레, 그리고 내 육신의 살아 있는 잠이 이루어지는 이 중립적인 현존의 한가운데서, 나는 사랑을 경험하기를 원한다. 그리고 희망이란 불가능과의 동시화였는지 알고 싶다. 혹은 지금은 가능해졌는데 단지 두려움 때문에 내가 갖지 못했던 그 무엇을 유예하는 한 방법이었던 건지. 나는 지금 현재의 시간을 원한다, 언젠가 되리라는 언약이 아니라, 지금 막 존재하는 중인 시간. 그것이 바로 내가 바라는, 그리고 동시에 두려워하는 핵심이다. 예전에는 단 한 번도 원하지 않았던 바로 그 핵심이다.

바퀴벌레는 다면체의, 광채가 흐르는, 중립적인 어두운 시선으로 내 전부를 속속들이 건드리고 있었다.

그리고 이제, 나는 벌레가 나를 건드리는 것을 조금씩 허용하기 시작했다. 사실 나는 뭔가가 나를 만지게 하고 싶다는 비밀스러운 욕구를 일생 동안 억눌러왔다. 나는 힘겹게 투쟁했다, 왜냐하면 내가 선의라고 부르는 것의 죽음을, 인간적 선의의 죽음을 받아들일 수 없었기 때문이다. 그러나 이제 나는 더이상 그것에 대항해서 싸우고 싶지 않았다. 선의와는 조금의 공통점도 없는, 그런 또다른 종류의 선의가 있어야 했다. 나는 더이상 투쟁을 원하지 않았다.

역겨움, 절망, 그리고 용기로, 나는 굴복해버렸다. 너무 늦었고, 나는 원하고 있었다.

그런데 정말로 단지 그 순간에만, 나는 원하고 있었던가? 아니다, 만일 그랬다면 벌써 한참 전에, 적어도 바퀴벌레를 발견한 순간 나는 방을 나가버렸을 것이다. 바퀴벌레가 불쑥 내 눈앞에 나타나는 바람에 고개를 돌려버린 경험이 얼마나 자주 있었던가? 나는 굴복했으나 내면은 갈갈이 찢기고 불안으로 가득했다.

만약 지금 전화벨이 울린다면, 전화를 받아야 하고, 그러면 구원받게 되겠지! 하고 나는 생각했다. 하지만 곧, 마치 멸망한 세계를 떠올리듯이, 수화기를 내려놓은 것이 기억났다. 그러지 않았더라면 전화벨이 울릴 것이고 나는 전화를 받기 위해 방을 뛰쳐나갈 것이다. 그리고 두 번 다시는, 오, 두 번 다시는 돌아오지 않으리라.

─나는 당신을 기억했다. 당신의 남자 얼굴, 그것에 입맞추었을 때를, 느리게 아주 느리게 입맞추었을 때를 기억했다. 그리고 마침내 당신의 눈동자에 입맞출 순간이 왔을 때, 내 입안에서 느껴지던 소금의 맛을 나는 지금도 기억한다, 당신의 눈물 속 소금은 당신을 향한 내 사랑이었다. 하지만 사랑의 공포에 떨던 그 순간, 다른 무엇보다도 나를 가장 불타오르게 만든 건, 소금의 가장 심오한 심연 속에서 소금기 없이 결백하고도 천진난만하던 당신의 본질이었다. 입맞춤을 통해서 나는 사무치게 소금기 없는 당신의 삶을 선사받았다. 당신의 얼굴에 입맞추는 것은 소금기 없이 부지런하고 인내심 강한 사랑의 작업이었다. 그것은 한 남자를 만들어내고 있는 여자였다. 당신이 나를 만들어냈듯이, 그것은 삶의 중립적인 기술이었다.

그것은 삶의 중립적인 기술이었다.

어느 날 눈물의 소금기 속 소금기 없는 잔여분에 입맞추었던 기억을 통해, 비로소 방의 생소함들이 마치 이미 경험해본 맛처럼 생생하게 다가왔다. 그때까지 전혀 알아차리지 못한 건, 사무치게 소금기 없는 내 피가 그것을 오직 소금기 없는 맛으로만 느끼게 한 탓이다. 불현듯 나는 모든 것을 친숙하게 인식하기 시작했다. 벽 속의 인물, 변화된 시선으로 나는 그들을 재인식할 수 있었다. 또한 바퀴벌레의 신중함도 알아차렸다. 바퀴벌레의 신중함은 살아 있는 삶이었고, 나 자신의 긴장되고 신중한 삶 자체였다.

모닝가운의 주머니를 더듬으니 담배와 성냥이 나왔다. 나는 담배에 불을 붙였다.

햇빛 아래 드러난 바퀴벌레의 흰색 덩어리는 살짝 노르스름해지면서 물기가 말랐다. 그래서 나는 생각보다 더 많은 시간이 지나갔음을 알았다. 한순간 태양이 구름 뒤로 모습을 감추었고, 그러자 나는 똑같은 방을 태양 없이 바라보게 되었다.

어둡지는 않았다. 단지 햇빛이 없는 것뿐이었다. 비로소 나는 이 방이 그 자체로 존재한다는 것을 알았다. 방은 이글거리는 태양의 열기로 이루어진 게 아니며, 달처럼 차갑고 고요할 수도 있는 것이다. 이 방에 달빛이 비치는 밤의 풍경을 상상하면서, 나는 잔잔한 호수로 가라앉는 사람처럼 깊이 숨을 들이마셨다. 물론 달의 차가움도 방을 이루는 주된 속성은 아니라는 것을 알고는 있었지만. 방은 방 자체로 존재했다. 그것은 숨쉬는 영원의 장엄한 단조로움이었다. 그것이 나를 두렵게 했다. 내가 세상과 하나가 되는 단계에 이르러서야 세상은 나를 두렵게 하지 않으리라. 내가 세상과 하나가 된다면 나는 두려워하지 않으리라. 우리가 세상과 하나가 된다면 우리는 섬세한 레이더가 이끄는 대로 움직일 것이다.

구름이 물러가자, 방은 이전보다 더욱 환하고 더욱 흰빛으로 가득 찼다.

1000분의 1초만큼 짧은 순간, 바퀴벌레는 더듬이를 움직였다. 벌레의 눈은 여전히 단조롭게 나를 바라보고 있었다. 두 개의 비옥하고 중립적인 난소들이. 그 안에서 나는 아직 모르고 있던 나 자신의 중립적인 난소를 발견했다. 그건 원하지 않은 일이었다, 아, 정말로 정말로 나는 원하지 않았다!

수화기는 내려놓았지만, 초인종이 울릴 수도 있고, 그러면 나는 자유다! 블라우스! 내가 주문한 블라우스, 그게 배달되어 올 것이고, 그러면 초인종이 울리겠지!

아니, 초인종은 울리지 않을 것이다. 나는 인식하기를 계속해야 했다. 나는 과거 임신했을 당시 소금의 결핍을, 바퀴벌레 안에서 다시 인식했다.

—지금도 기억한다, 의사 선생님, 나는 낙태할 거예요, 그것을 알면서, 거리를 배회하던 나를. 아이에 대해서라면 나는 오직 단 한 가지, 내가 낙태할 거라는 사실, 그것만을 알았고, 앞으로도 그것만 알 터였다. 하지만 최소한 임신이 뭔지는 경험했다. 거리를 걷는 동안, 나는 내 안에서 아직은 움직이지 않는 아이를 느꼈고, 진열장의 미소짓는 밀랍인형을 구경하기 위해 걸음을 멈추었다. 그리고 식당에 들어가서 내가 밥을 먹자, 아이는 탐욕스럽게 입을 벌린 물고기처럼 전신의 모공을 모두 벌리고 허겁지겁 집어삼켰다. 내가 걷고 있었을 때, 내가 그렇게 걸었을 때, 내 안에는 아이가 있었다.

낙태하기로 마음을 굳히면서 거리를 배회하던 영원한 그 시간 동안, 비록 의사와 그렇게 하기로 이미 합의를 마친 상태였지만, 그 시간 동안 내 눈동자 역시 소금 없는 상태였을 것이다. 그날 거리에서 나 역시 수천 개의 떨리는 섬모로 이루어진 하나의 중립적 원생동물에 지나지 않았다. 나는 이미 내 안에서 허리가 반으로 꺾인 바퀴벌레의 번득이는 시선을 발견한 다음이었다. 말라버린 입술로 나는 거리를 걸었고, 산다는 것은 나에게, 의사 선생님, 범죄의 이면이었다. 임신. 나는 살아 움직이는 중립적 삶의 행복한 공포 속으로 빠져들었다.

코로 숨쉬지 못하는 사람처럼 바싹 말라버린 입술로, 의사 선생님, 진열장을 구경하는 동안, 표정의 변화 없이 미소짓는 밀랍 인형을 바라보는 동안, 나는 중립적인 플랑크톤으로 가득 찼고, 질식할 듯 숨이 막혀 소리도 없이 입을 벌렸다. 선생님, 내가 말했다, "호흡하기 힘든 게 가장 괴로워요." 플랑크톤은 나에게 색을 주었다. 타파주스Tapajós 강은 초록이다, 강의 플랑크톤이 초록이기 때문에.

어두워진 다음 나는 침대에 누워 낙태를 결정했다. 이미 한참 전에 하기로 결정된 낙태를. 수천 개의 다면체 눈동자로 어둠 속을 염탐하면서, 숨쉬느라 새까맣게 변한 입술로, 생각 없이, 생각 없이, 나 자신과 대결하면서, 나 자신과 대결하면서. 그런 밤을 지나는 동안 내 온몸은, 바퀴벌레의 흰 덩어리가 점차 노르스름해지듯이, 나 자신의 플랑크톤으로 서서히 새까맣게 변했으며, 점차적인 내 흑화 과정은 흘러가는 시간의 기록이 되었다. 그 모두가 아이에 대한 사랑이었을까?

그렇다면 사랑은, 사랑 이상의 것이다. 사랑은 사랑보다 훨씬 이전에 태어났다. 사랑은 투쟁을 벌이는 플랑크톤이며 살아 있는, 위대한, 투쟁하는 중립이다. 허리 중간이 꺾인 바퀴벌레 안의 생명처럼.

생명을 이루는 침묵이 나는 항상 두려웠다. 그건 중립에 대한 두려움이었다. 중립은 가장 뿌리깊고 가장 생생한 내 근원이었다—바퀴벌레를 보고, 나는 알았다. 바퀴벌레를 보던 그 순간까지, 나는 늘 내가 경험하는 대상에게 항상 이름을 주고 있었다. 그러지 않았다면 나는 달아날 수 없었으리라. 중립에서 탈출하기 위해 나는 아주 오래전에 존재를 페르소나로, 인간의 마스크로 대체해버렸다. 나 자신을 인간화함으로써, 나는 사막에서 벗어났다.

그래, 나는 사막에서 벗어났다. 하지만 동시에 나는 사막을 상실한 것이다! 또한 숲과 공기를 잃었다. 내 안의 배아를 잃었다.

그렇지만 중립적인 바퀴벌레가 있다. 고통의 이름도, 사랑의 이름도 없이. 벌레의 생명에서 유일하게 구분이 되는 점은, 암컷이냐 수컷이냐 하는 것뿐이다. 나는 벌레를 당연히 암컷이라고 생각했다. 몸통 한가운데가 꺾인 존재는 암컷일 수밖에 없기 때문이다.

나는 손가락을 태우고 있는 꽁초를 눌러서 껐다. 바닥에서 실내화로 확실하게 비벼 끈 다음 땀에 젖은 다리를 꼬았다. 다리에 땀이 그토록 흥건할 수 있다고는, 전에는 한 번도 생각해보지 못했다. 여기 우리 둘, 생매장당한 자들. 용기가 있었다면 나는 바퀴벌레의 땀을 닦아주었으리라.

내 눈이 벌레에게서 본 것, 그와 같은 것을 벌레도 속으로 느꼈을까? 벌레는 자신을, 그리고 자신의 자아를 어디까지 활용할 수 있는 걸까? 최소한 간접적으로라도, 자신이 기어다닌다는 것을 알고는 있을까? 아니면 우리가 알지 못하는 기어다닌다는 행위는 그냥 저절로 벌어지는 사건인 걸까? 다른 이들이 내게서 명백하게 발견하는 그 무엇을, 나는 과연 다 알고 있는 것일까? 내가 배를 깔고 엎드린 채 바닥의 먼지를 쓸면서 기어다닌다 해도, 그것을 내가 어떻게 안단 말인가? 진실은 증거가 없는가? 존재는 앎이 아닌가? 보지 않고 살피지 않으면, 그래도 진실은 존재하는 가? 보는 이에게조차 결코 드러나지 않는 진실. 그것이 인간이라는 비밀인가?

지금, 모든 일이 벌어지고 난 다음이지만, 원하기만 한다면 나는 내가 보았다는 사실을 부인할 수 있다. 하지만 그러면 지금 내가 새로이 경험하고자 하는 진실에 두 번 다시 다가가지 못할 것이다— 아직은 모든 것이 내게 달려 있다!

나는 건조하고 하얀 방을 둘러보았다. 내 눈에 들어온 것은 오직 모래와, 무너져 내린 모래더미, 천지를 뒤덮은 모래의 산뿐이었다. 내가 서 있는 미너렛은 딱딱한 금이었다. 나는 그 누구도 받아들이지 않는 딱딱한 금 위에 있었다. 그런데 나는 받아들여지기를 간절히 원하고 있었다. 나는 두려웠다.

—어머니. 나는 한 생명을 죽였고, 이곳에 나를 받아줄 팔은 하나도 없습니다, 지금, 그리고 우리의 황량한 시간에, 아멘. 어머니, 이제 모든 것이 딱딱한 황금으로 변해버렸습니다. 내가 어떤 법칙을 망가뜨렸군요, 어머니, 그건 살해보다 더 나쁜 거예요. 그것이 나를 죽음보다 더 나쁜 탈선으로 이끌었고, 노랗게 변색한, 중립적인 걸쭉한 물질을 내 눈앞에 보여주었어요. 바퀴벌레는 살아 있고, 벌레는 시선으로 수태시키는군요. 목이 막혀 소리가 나지 않아 두려워요, 어머니.

소리 없는 내 목막힘은 온화한 지옥을 즐기는 자의 목에서 나오는 바로 그런 종류였으므로.

쾌감을 느끼는 자의 목쉰 신음소리. 내게 지옥은 쾌적했다. 나는 내가 흘린 그 흰 피를 즐기고 있었다. 바퀴벌레는 진짜였어요, 어머니. 더이상 바퀴벌레에 대한 상상이 아닙니다.

　—어머니, 난 그냥 죽이고 싶었을 뿐이에요, 그런데 지금, 내가 뭘 부서뜨렸는지 보세요, 내가 부순 것은 껍데기입니다! 살해가 금지된 이유는 딱딱한 껍질을 부수는 행위이기 때문이다. 그런 다음에야 끈적이는 생명을 손에 넣게 된다. 껍질의 내부에서 희고 걸쭉한 심장이 밖으로 튀어나온다, 고름처럼 살아 있는, 어머니, 바퀴벌레 중에 복되시며, 이제와 그리고 죽을 때에, 나 자신의 것이기도 한 죽음, 바퀴벌레와 보석.

　마치 '어머니'라는 말이 소리로 나오면서 내 안에서도 걸쭉하고 흰 덩어리가 분비된 것처럼, 오라토리오의 격렬한 진동이 갑자기 멈추었고, 미녀렛도 조용해졌다. 죽음과도 같은 극심한 구토가 지나가자 내 머리는 가벼우면서 맑고 서늘해졌다. 더이상의 불안도 두려움도 없이.

더이상의 불안도 두려움도 없이.

나는 내 인간됨을 최후의 한 조각까지 전부 토해버린 것일까? 나는 더이상 도움을 요청하지 않았다. 하루의 사막이 내 앞에 펼쳐져 있었다. 이제 오라토리오는 다시 시작되었으나 이전과는 좀 다른 방식이었다. 이번에는 벽과 천장, 아치형 공간에서 굴절되어 둔탁하게 웅웅거리는 열기의 음향으로 들렸다. 오라토리오는 뜨끈하고 축축한 공기의 떨림으로 이루어졌다. 그뿐만 아니라 내 두려움도 조금 양상이 달라졌다. 그것은 막 들어서는 자의 두려움이 아니라, 이미 들어선 자가 갖는 훨씬 더 커다란 두려움이었다.

훨씬 더 커다란. 그것은 두려움이 없다는 두려움이었다.

그러므로 두려움 없이, 나는 바퀴벌레를 응시했다. 그리고 나는 보았다. 다른 종에게 그것은 아름다움 없는 생물체였다. 내가 그것을 보자, 이전의 두려움이, 비록 크지는 않았지만, 잠시 동안이나마 밀려왔다. "너희가 원하는 건 뭐든지 다 한다고 맹세할게! 하지만 나를 이 바퀴벌레의 방에 두지는 말아줘! 안 그러면 뭔가 끔찍한 일이 일어날 것 같아, 나는 다른 종을 원하지 않아, 난 오직 사람만을 원해!"

하지만 내가 살짝 움츠러드는 동안, 오라토리오는 점점 더 강렬해졌고, 나는 달아나려는 시도를 멈추었다. 나는 자신을 포기해버린 것이다. 내가 떠나온 길의 처음에 벗어던졌던 육신이 거의 눈에 보일 정도였다. 때때로 나는 그 몸을 소리쳐 불렀다. 나 자신을 소리쳐 불렀다. 그러나 내 대답을 들을 수 없었으므로, 나는 내가 자신으로부터 아득히, 닿을 수 없는 거리만큼 멀어졌음을 알았다.

그렇다, 바퀴벌레는 다른 종에게 아름다움 없는 생물체였다. 입, 벌레는 이빨이 있을까? 만약 있다면 그건 큼지막하고 누런 정사각형 모양일 것이다. 천지만물을, 심지어는 가능성마저도 발가벗겨버리는 태양빛은 얼마나 증오스러운지. 바퀴벌레의 눈에서 시선을 떼지 않고, 나는 가운 자락으로 이마의 땀을 닦았다. 벌레의 눈은 나와 똑같은 속눈썹을 가졌다. 하지만 그 누구도 네 불결한 눈을 만지지는 않을 테지. 바퀴벌레를 갈망하는 것은 오직 다른 바퀴벌레뿐이다.

그리고 나, 나를 갈망하는 건 누구일까? 나와 마찬가지로 침묵하게 된 자는 누구일까? 누가 두려움에게, 나처럼 사랑이라는 이름을 주었을까? 사랑하고자 하는 욕망, 사랑에 대한 갈구를 사랑이라고 이름 붙인 자는 누구일까? 동굴의 돌벽에 한 남자와 한 마리 개와 더불어 그려진 그날 이후로, 내 형태가 영영 변하지 않았음을 나처럼 의식하고 있는 자는 누구일까?

지금부터 나는 모든 만물을 내가 상상해낸 이름으로 부를 수 있으리라. 이 건조한 방에서는 그것이 가능하다, 왜냐하면 어떤 이름이라도 상관없을 테니까, 어차피 맞는 이름은 없을 것이므로. 모든 것에 붙여진 모든 이름이 아치형 천장에서 울려 퍼지고, 어차피 모든 소리는 다 똑같이 떨리는 침묵으로 변해버리리라. 바퀴벌레의 훨씬 더 위대한 본질은, 지금 이곳에 들어서는 전부가, 그게 사람이든 이름이든, 잘못된 초월을 상실하게 만들 것이다. 지금 내가 벌레의 몸이 토해놓은 흰 구토물을, 오직 그것만을 분명하게 보고 있듯이. 나는 단지 사실과 사물을 볼 뿐이다. 나는 내가 더이상 쪼개지지 않는 핵 속에 있음을 알았다. 비록 더이상 쪼개지지 않는 핵이 무엇인지는 알지 못했으나.

그러나 불가분의 법칙을 모른다고 해서 변명이 될 수 없다. 불가분의 법칙을 알지 못했다고 내가 아무리 주장해도 소용없으리라, 자신과 세계를 아는 것, 비록 도달하기는 불가능하지만 그래도 그것이야말로, 절대적이기 때문이다. 아무도 몰랐다는 말로 회피할 수 없다. 더 나쁜 점은, 바퀴벌레와 나는 반드시 복종해야 할 아무런 법칙도 없다는 것이다. 우리가 복종해야 할, 우리가 모르는 법칙은 우리 자신이었다. 항상 새로이 반복되는 원죄는 이렇다. 나는 내가 모르는 법칙을 엄수해야 한다, 내가 내 무지를 이행하지 않는 즉시, 나는 삶에 원죄를 짓게 된다.

천국의 정원에서 누가 괴물이었고 누가 아니었는가? 집들과 아파트들 사이, 높이 솟은 고층건물들 사이의 깊숙한 협곡에서, 허공에 매달린 이 공중 정원에서—누가 괴물이고 누가 아닌가? 나를 지켜보는 것이 무엇인지조차 모르는 상태를 나는 얼마나 더 오래 견딜 수 있을까? 징그러운 바퀴벌레가 나를 지켜보고, 그것의 법칙이 내 법칙을 지켜본다. 나는 알 것 같은 느낌이었다.

—지금 나를 버리지 말아다오, 이미 결정된 것을, 지금 내가 홀로 결정하게 내버려두지 말아다오. 맞다, 분명 나는 나 자신의 연약함으로 도피하고 싶었고, 내 어깨가 연약하고도 갸날픈 여인의 어깨라는, 교활하면서도 진실한 주장을 펼치고 싶은 욕망이 있었다. 언제나 필요할 때마다, 나는 여자라고 주장하며 스스로를 용서해왔다. 하지만 보기를 두려워하는 건 여자만은 아니다. 누구나 다 신을 보기를 두려워한다.

나는 신의 얼굴이 두려웠다. 나는 벽에 그려진 내 궁극의 나체가 두려웠다. 아름다움이 나를 경악시켰다. 내가 예전에 아름다움이라고 부르던 것과 조금이 관련도 없는 아름다움의 그 새로운 부재가.

—내 손을 잡아다오, 내가 무슨 말을 하는지 나는 더이상 알지 못한다. 아무래도 전부 다 내가 상상으로 만들어냈고, 진짜로 존재한 건 아무것도 없다는 생각이 든다! 하지만 어제 일어난 일이 내 상상이라면, 그 전의 내 일생 전체가 상상이 아니라고, 누가 보장해줄 것인가?

내 손을 잡아다오, 왜냐하면

내 손을 잡아다오, 왜냐하면

내가 어쩌다가 맹목적으로 은밀하게 찾아 헤매던 표현 없음의 세계로 들어서게 되었는지 이제 당신에게 설명해주려 하니까. 어쩌다가 숫자 1과 숫자 2 사이에 존재하는 세계로 들어서게 되었는지, 어쩌다가 신비와 불의 결합을 보게 되었는지, 그리고 그것이 비밀의 결합이었다는 것도. 두 개의 음표 사이에는 한 음표가 있고, 두 개의 사실 사이에는 하나의 사실이 있으며, 두 개의 모래알갱이 사이에는, 아무리 서로 촘촘히 붙어 있다 해도, 하나의 간격이 있고, 감각들 사이에는 하나의 감각이 있다. 태고물질의 결정 속에는 신비와 불의 결합이 흐르며 그것은 세계의 호흡이다. 우리가 듣고 침묵이라 부르는 것, 그것은 세계의 영속적인 호흡이다.

내가 플라스마의 신비스럽고 은은한 불을 느낄 수 있었던 것은 내 특성 중 하나를 도구로 사용했기 때문이 아니라, 도리어 나를 모든 특성으로부터 해방시키고 오직 내 살아 있는 삶만을 투입한 결과였다. 거기에 도달하기 위해, 내 살아 있는 중립성인 섬뜩한 그 무엇에 진입하기 위해, 나는 인간으로서의 내 구조를 포기했다.

　—내 손을 잡는 게 기분 나쁘다는 걸 안다. 공기도 없이 무너진 광산에 갇혀 있다니 참으로 견디기 힘들 것이다. 내가 연민 없이 당신을 끌고 온 곳, 하지만 한편으로는 나 자신에 대한 연민으로 함께 데리고 들어온 곳. 그러나 맹세할 수 있는데, 나는 살아 있는 당신을 데리고 여기서 나가겠다. 내가 거짓말을 해야 할지라도, 내 눈이 목격한 것을 부인해야 할지라도. 내가 당분간만 당신을 필요로 하는 이 끔찍한 곳에서, 당신을 해방시켜주겠다. 지금 당신이 얼마나 불쌍한지, 내가 달라붙어 있는, 당신. 아무 잘못도 없이, 당신은 내게 손을 내밀었고, 오직 그 손을 잡을 수 있었기 때문에 나는 나를 침몰시킬 용기가 생겼다. 하지만 나를 이해하려고 하지는 말아다오, 그냥 내 곁에 머물러 있기만 하면 충분하다. 당신의 손이 뭔가를 알아차린다면, 내 손을 놓아버릴 테니까.

　당신에게 어떻게 보상해야 할까? 최소한 당신 역시 나를 이용해야 한다. 최소한 어두운 터널로 나를 이용해야 한다. 내 어둠을 건너간다면, 당신은 반대편의 당신을 만나게 될 것이다. 하지만 나와 함께 있지는 못할 것이다. 왜냐하면 내가 건너가게 될지는 확신할 수 없기 때문에, 그러나 당신 자신은 만날 수 있으리라. 최소한 당신은 혼자가 아니다, 마치 어제의 나처럼, 어제 나는 오직 단 한 가지만을 빌었다, 제발 살아서 이곳을 나가게 해달라고. 단지 그냥 살아서가 아니라—원시괴물인 그 바퀴벌레처럼 살아 있는 게 아니라—사람으로서의 반듯함을 유지한 채, 그렇게 살아서.

정체성—가장 우선적인 고유함인 정체성—나는 정체성에 굴복하려 한 것일까? 나는 그 안으로 들어선 것일까?

정체성은 내게 금기이다. 나는 그것을 안다. 하지만 그래도 위험을 감수해볼 생각이다. 내 미래의 비겁함을 믿기 때문이다. 내가 다시 한 번 더 사람으로 재조직된다면, 그건 내 근본적인 비겁함 덕분일 것이다.

비겁함뿐 아니라 내가 태어나게 된 의례를 통해서 나는 나 자신을 재조직할 것이다. 중립적인 정액 속에 삶의 의례가 자리잡고 있는 법이니까. 정체성은 내게 금기이다. 하지만 내 사랑은 너무도 크기에, 나는 신비의 구조 속으로 들어가려는 의지를 억누를 수가 없다. 내가 결코 두 번 다시 빠져나오지 못할 그 플라스마 속으로. 하지만 내 믿음은 너무도 강하기에, 설사 내가 빠져나오지 못한다 해도 신의 플라스마는 새로운 비현실의 삶에서조차 나와 함께할 것임을 나는 확신할 수 있다.

오, 하지만 그러면서도 어떻게 나는 내 심장이 보기를 원할 수 있나? 심지어 태양을 한 번 쳐다보기만 해도 진짜로 눈물이 쏟아질 정도로 내 육신이 형편없이 허약한데, 이 벌거벗은 맨몸뚱이로, 정체성을, 신을 느낄 때, 육체에서 흘러내린 유기체인 눈물에 흠뻑 젖어 번들거리는 심장을 어찌해야 한단 말인가? 천 겹의 망토로 휘감긴 내 심장.

내가 경험한 일의 거대한 중립적인 리얼리티는 극한의 객관성으로 나를 추월해버렸다. 이미 나를 따라잡아버린 리얼리티와 동등하게 현실적으로 존재할 자신이, 나는 없었다. 지금이라도 필사적으로 안간힘을 쓰면, 내가 본 것과 같은 벌거벗은 리얼리티에 닿을 수 있을까? 그러나 나는, 리얼리티의 비현실성으로, 그 모든 리얼리티를 살아내고 있었다. 나는 진실이 아니라 진실의 신화를 살았던 것은 아닐까? 내게 진실의 체험은 항상 피할 수 없는 꿈의 인상 아래서 일어났다. 그 피할 수 없는 꿈이 바로 내 진실이었다.

이제 나는 당신에게, 내 안의 중립과 표현 없음에 도달하게 된 이야기를 해주려 한다. 사실 말을 하고는 있지만, 나 스스로도 그걸 이해하는지는 잘 모르겠다. 그러나 분명 느낄 수는 있는데, 나는 이 느낌이 아주 두렵다. 왜냐하면 느낌이란 존재의 한 유형에 불과하기 때문에. 그럼에도 나는 무로부터 피어오른, 감각을 마비시키는 이 축축한 열기를 횡단해야 하고, 느낌의 도움으로 중립을 이해해야만 하리라.

중립. 나는 사물을 연결하는 근본적인 요소를 말하는 것이다. 오, 당신이 이해하지 못하더라도 나는 두렵지 않다. 하지만 내가 나 자신을 올바로 이해하지 못할 것은 두렵다. 내가 나를 이해하지 못한다면, 나는 나를 살게 하는 바로 그것으로 인해 죽을 것이다. 이제 소름 끼치는 사실을 말해주겠다.

나는 악마의 수중으로 떨어졌다.

표현 없음이란 악마의 일이므로. 희망을 포기해버리면 삶은 지옥이 된다. 느낌을 포기해버릴 용기가 있다면, 바퀴벌레의 것과 같은, 별의 것과 같은, 하나의 자아에 내재한 바로 그 침묵, 극도로 열심인 침묵의 광범위한 삶을 발견하게 된다. 악마성은 인간성에 앞선다. 지금 당장의 현존성과 직면하면, 인간은 불탄다, 마치 신을 목격한 것처럼. 인간을 앞서는 신성한 삶은 불타는 현존성을 갖는다.

인간을 앞서는 신성한 삶은 불타는 현존성을 갖는다.

나는 당신에게 말한다, 서서히 나를 장악하기 시작한, 미쳐 날뛰는 맹목적인 모종의 희열이 두렵다. 그래서 나를 상실할 것이 두렵다.

상실의 희열은 안식일의 희열이다. 상실은 위험한 형태의 발견이다. 나는 이 사막에서 사물의 불을, 중립의 불을 느끼는 중이었다. 나는 사물을 구성하는 음역에 의존해 살고 있었다. 그건 지옥이었는데, 내가 사는 세계에는 동정도 희망도 없기 때문이다.

나는 안식일의 난교에 참여했다. 이제 나는 안다, 밤마다 어두운 산속에서 벌어지던 난장판의 향연 중에 무슨 일이 벌어졌는지를. 나는 안다! 소름 끼치게도, 나는 전부 알게 되었다. 사물이 사물 자신을 즐겼다. 모든 사물의 원천인 사물이 그 자신을 즐겼다. 그것은 흑마법의 미친 희열이었다. 그 중립을 섭취하면서 나는 살았다. 중립은 내 문화의 진정한 원시 수프였다. 나는 앞으로 나

아갔고, 지옥의 희열을 느꼈다.

그리고 지옥은 고통스러운 고문이 아니다! 그것은 쾌락의 고문이다.

내 말을 이해해다오, 중립은 설명할 수 없으며, 살아 있다. 원형질과 정액, 그리고 단백질이 살아 있는 중립이듯이. 방금 밀교의 가입을 마친 소녀처럼 나는 모든 것이 새로웠다. 마치 이전에는 혀가 소금과 설탕에 길들여지고 영혼이 쾌락과 고통으로 중독된, 그래서 원초적인 고유한 맛이라곤 단 한 번도 느껴본 적이 없었던 것 같았다. 그런데 마침내 나는 무의 맛을 알게 된 것이다. 그건 오직 갓난아기만이 느낄 수 있는 모유의 맛과 같았다. 아주 빠르게 나는 중독된 입맛으로부터 벗어났다. 내 문명과 인간성의 붕괴를 통해—그건 내게 고통스러울 만큼 커다란 갈망이었다—그런 인간성의 상실을 통해, 나는 사물의 정체성을 맛볼 수 있는 무절제한 향연에 참여하게 되었다.

맛을 느끼기란 매우 어려운 일이다. 그때까지 나는 감상적인 과장에 사로잡힌 나머지 실제 정체성의 맛을 혓바닥에 떨어진 빗방울처럼 무미건조하게만 느껴왔다. 내 사랑, 그것은 끔찍할 정도로 아무런 맛이 없다.

내 사랑, 그것은 아무런 맛이 느껴지지 않는 즙과도 같다. 그 자체로 아무런 냄새가 없는 공기와도 같다. 그때까지 중독된 내 감각은 사물의 맛에 아무런 반응을 보이지 않았다. 그러나 근원적이고 악마적인 갈증이 나를 유혹해, 그동안 구축된 모든 기반을 무너뜨리도록 만들었다. 죄 많은 갈증이 나를 유혹했고, 이제 나는 알게 되었다. 거의 무에 가까운 맛의 탐미가 신들의 비밀스러운 즐거움이라는 것을. 무란 바로 신이다, 아무런 맛도 없는.

하지만 그것은 기쁨 중의 기쁨, 가장 원초적인 기쁨이다. 그리고 오직 그것이, 마침내, 마침내! 기독교-인간-감각계의 극과 반대 극을 형성한 것이다. 그 원초적이고 악마적인 기쁨을 통해서 막연하게나마 나는 처음으로 상반되는 극이 정말로 존재한다는 것을 알게 되었다.

감각의 만취상태로부터 깨끗하게 치유된 나는, 신의 삶으로 들어설 정도가 되었다. 그것은 그 어떤 매력도 없는, 하늘에서 떨어지는 만나가 아무 맛도 없는 것처럼 철저하게 원초적인 생명이었다. 만나는 비와 같으며 맛이 느껴지지 않는다. 아무것도 아닌 맛을 맛보기, 그것은 나의 저주이며 희열에 찬 나의 공포였다.

오, 내가 모르는 나의 사랑이여, 내가 그곳 무너진 광산에 갇혀 있을 때 그 방은 진실된 꿈의 친숙함과 같은, 말로 형용할 수 없는 친숙함을 갖추었던 것을 기억해다오. 그리고, 꿈속에서처럼, 나는 당신에게 방의 분위기에 깃든 본질적인 색조를 재현해줄 수가 없다. 꿈속에서처럼, 그곳의 '논리'는 다른 종류였다. 우리가 깨어나는 순간 꿈의 심오함이 사라지며 따라서 의미도 함께 사라지는 종류.

그러나 기억해다오, 그 모든 일은 내가 깨어 있을 때, 한낮의 태양빛에 마비된 상태에서 일어났다는 것을, 이 꿈의 진실은 밤의 마취효과 없이 일어났다는 것을. 나와 함께 잠자면서 깨어 있으라, 오직 그리해야만 내 거대한 잠을 알게 될 테니, 오직 그리해야만 살아 있는 사막을 인식하게 될 테니.

거기 앉아 있는 상태로 갑자기 나는 나른함이라고는 조금도 없는 엄청나게 단단한 피로를 느꼈다. 피로감이 조금만 더 심했더라면 나는 그 자리에서 그대로 돌이 되었을 것이다.

그래서 내 몸의 일부가 이미 마비된 듯이 천천히 조심스럽게 거친 매트리스 위로 몸을 뉘었다. 그리고 몸을 구부린 채 그대로, 역시 마찬가지로 갑자기 잠이 들었다. 한 마리 바퀴벌레가 수직의 벽 위에서 잠이 들듯이. 내 잠은 사람의 잠처럼 깊지 않았다. 그 잠은 석회벽 위에 매달린 채 잠든 바퀴벌레처럼 지속적인 균형의 유지였다.

내가 깨어났을 때, 방 안의 햇볕은 전보다 더욱 하얗게 이글거리는 중이었다. 내 짧은 다리로 매달려 있던 잠의 얇은 표면, 거기서 깨어난 직후 나는 한기에 몸을 떨었다.

그러나 일시적인 엄습은 곧 지나갔고, 다시 쩽쩽 내리쬐는 뜨거운 햇볕에 고스란히 노출된 나는 열기로 숨이 막혀왔다.

정오는 지났을 것이다. 생각하기도 전에 벌떡 일어선 나는, 소용없는 짓이었지만 이미 활짝 열려 있는 창을 더 열어보려고 시도했다. 나는 숨을 쉬어보려고 했고, 비록 시각적인 드넓음에 불과할지라도, 드넓은 공간을 찾아보려고 애썼다.

드넓은 공간을 찾아보려고 애썼다.

집 건물의 암벽 속에 들어앉은 그 방에서, 내 미너렛의 창 밖으로, 햇볕에 맹렬하게 달구어진 셀 수도 없이 많은 지붕이 눈길이 닿는 끝까지 멀리 뻗어 있었다. 웅크린 마을과 같은 아파트 건물들. 그 면적은 스페인보다도 더 컸다.

바위 협곡 뒤편 콘크리트 고층건물 사이로 언덕 비탈에 자리잡은 빈민가가 보였다. 염소 한 마리가 언덕을 느리게 올라가고 있었다. 그 너머로는 소아시아의 고원지대가 펼쳐졌다. 나는 현재의 제국을 응시했다. 저 건너편에 다르다넬스 해협이 있었다. 그보다 더 뒤로 울퉁불퉁 뻗어 있는 가파른 산등성이. 당신의 장엄한 단조로움이여. 태양 아래 끝없이 원대한 당신의 제국.

그리고 뒤편 저 멀리에서 모래가 시작되었다. 발가벗은 채 불타는 사막. 어둠이 내리면 냉기가 사막을 집어삼킬 것이고, 사막의 매서운 밤 추위는 사람을 벌벌 떨게 만든다. 그보다 더욱 먼 곳에는 푸른 호수와 반짝이는 소금이 보였다. 저곳은 거대한 소금 호수들이 있는 지역이 분명했다.

물결치듯 떨리는 무더운 습기, 그 단조로움 아래, 다른 아파트의 창들 그리고 시멘트 발코니에는 사람의 그림자들이 최초의 아시리아 상인들처럼 왔다 갔다 움직이고 있었다. 그들은 소아시아의 부를 놓고 흥정을 벌이는 중이었다.

아마도 나는 미래를 파헤쳤을 것이다. 아니면 너무도 아득하게 깊어서 그것을 파헤친 내 손조차 측량할 수 없는 머나먼 고대의 구덩이 바닥으로 내려앉았거나. 그곳에서 나는 아이처럼 서 있었다. 수도사의 복장을 하고, 잠에 취한 한 아이. 그러나 종교재판관처럼 엄혹한 눈으로 응시하는 아이. 이 고층 아파트의 높이에서 현재가 현재를 응시한다. 그리스도 이전의 두 번째 천년과 마찬가지로.

그리고 나는 더이상 엄혹한 눈으로 응시하는 아이가 아니었다. 나는 자라났고, 여왕처럼 정결해졌다. 왕들, 스핑크스와 사자들—이것이 내가 살고 있는 도시이며, 도시의 모든 것은 멸종했다. 오직 나만이 유일하게 살아 있다, 굴러떨어진 바위에 깔린 상태로. 내가 꼼짝도 없이 침묵하고 있으므로 다들 한 여자가 죽었다고 믿었다. 그래서 그들은 나를 빼내주려는 시도도 없이 그냥 떠나버렸고, 나를 잊었다. 죽은 것으로 간주된 나는 거기 쓰러진 채 이 모두를 목격해야만 했다. 나는 보았다, 진짜로 죽은 자들의 침묵이 내 안으로 서서히 침투하는 동안 담쟁이가 사자 석상의 입속으로 자라나는 것을.

그 순간, 굴러떨어진 바위에 사지가 깔려 결국 그 자리에서 굶어 죽게 될 거라고 확신하고 있던 나는, 내가 보는 것을 영원히 말할 일이 없을 사람처럼, 그렇게 그것을 보았다. 나는 그것을 영원히 자기 자신에게조차 단 한 번도 말할 일이 없을 사람의 한없이 무관한 시선으로, 그것을 보았다. 나는 자신이 본 것을 이해할 필요가 결코 없을 사람의 시선으로, 그것을 보았다. 마치 도마뱀의 본성이 보듯이, 나중에 기억해야 할 필요를 전혀 느끼지 못하면서. 도마뱀이 본다—느슨한 눈동자가 보듯이.

아마도 나는 공중에 매달린 그 성에 발을 디딘 첫 번째 인간이었을 것이다. 아마도 5백만 년 전 최후의 동굴 인간이 당시 산속이었을 바로 이 자리에서 밖을 내다보았으리라. 산은 시간이 흐른 후 침식에 의해 텅 빈 평야가 되었고, 그리고 나중에 그 평야 위에 새로이 도시가 건설되었으며, 다시 시간이 흐른 후, 도시 또한 사라져버린 자리. 오늘 지구의 이 자리는 다양한 종족으로 채워져 있다.

창가에 선 내 시선은, 어쩌면 하늘의 한 조각에 지나지 않을 수도 있는 푸른 호수 위에 여러 번 머물렀다. 하지만 호수의 푸른빛은 무시무시하게 강렬한 빛의 응축이었으므로 내 눈은 금세 피곤해졌다. 그래서 최소한 무자비하게 강렬한 색채가 없는 헐벗고 뜨거운 사막에서 시린 눈이 쉴 만한 장소를 찾았다. 3천 년 후면 저곳에 숨겨진 석유가 모래에서 솟아날 것이다. 현재는 새로운 현재에 대한 압도적인 관점을 열어젖혔다.

그런데 나는 오늘, 3천 년이 지난 후 침식되고 세워지기를 반복하다가, 다시 계단이 되고 크레인이 되고 인간이 되고 건물이 될 것들의 침묵 속에서 살고 있었다. 나는 미래의 선사시대를 살고 있었다. 한 번도 아이들을 낳아보지 않았으나 3천 년 뒤에 그들을 갖게 될 여인처럼, 오늘의 나는 3천 년 뒤 솟아나올 석유로부터 이미 살고 있었다.

해질녘에 방으로 들어왔다면—오늘 밤은 보름달일 것이다. 나는 지난밤 테라스에서의 파티를 떠올리며 생각했다—최소한 사막 위로 보름달이 떠오르는 것을 볼 수 있을 텐데.

"아, 집으로 가고 싶어." 갑자기 내 입에서는 이런 소망이 흘러나왔다. 서늘한 달을 생각하자 나 자신의 삶이 불현듯 그리워졌기 때문이다. 그렇지만 이 플랫폼에서는 어둠과 달의 가장 흐릿한 빛조차도 낚아챌 수 없었다. 단지 타다 남은 잉걸불만이, 단지 길잃은 바람만이. 더구나 나는 물병도 없고, 음식이 담긴 그릇도 없었다.

그러나 어쩌면 1년이 지나기도 전에 나는 그 누구도 발견한 적이 없으며 나조차도 감히 기대할 수 없었던 보물을 발견하게 될지도 모른다. 어쩌면 그것은 황금 성배일까?

왜냐하면 나는 내가 사는 도시의 보물을 찾고 있으니까.

리우데자네이루, 황금과 돌의 도시, 그곳의 주민인 60만의 걸인들이 태양빛 아래 살아가는 곳. 이 도시의 보물은 돌무더기 틈새 어딘가에 숨겨져 있을 것이다. 그런데 어떤 돌무더기? 이 도시는 지도 제작자의 작업이 필요했다.

내 시선은 점점 가파른 각도로 상승하며 저 높은 꼭대기까지

이르렀고, 그러자 내 눈앞에는 거대한 고층건물의 군집이 나타났으며, 그것들의 어마어마한 설계는 아직 그 어떤 지도에도 표기되지 않았다. 내 눈길은 더욱 먼 곳으로 향했고, 언덕 위 요새 성벽의 잔해를 찾고 있었다. 조그만 언덕 꼭대기에 이르러서는 멀리 사방으로 시선을 돌렸다. 나는 머릿속으로 반쯤 무너진 빈민가의 폐허를 중심으로 원을 그리며 빙빙 돌았고, 오래전 그곳에서 한 도시가 살아 숨쉬었음을 알게 되었다. 아테네처럼 크고 환한 도시가 전성기를 누렸고, 아이들은 길가에 내놓은 상품들 사이로 활발하게 뛰어다녔다.

내가 보는 방식은 그 어디로도 치우치지 않았다. 나는 내 눈에 들어온 시각적 증거들을 전적으로 신뢰했고, 외부의 영향이 내 결론을 미리 단정하도록 허락하지 않았다. 나는 스스로를 놀라게 할 준비를 완벽하게 마쳤다. 설사 그 증거라는 것이 한없이 고요한 섬망상태에서 내 눈앞에 나타난 모든 형상을 부정한다 할지라도.

나는 안다, 나 자신의 유일한 목격자를 통해, 이렇게 찾아 헤매기 시작할 초반에는 내가 언어에 대해서 조금도 알지 못했음을, 어느 날 마침내 내가 콘스탄티노플에 도착하는 그때까지, 내게 서서히 형체를 드러내게 될 그 언어를. 하지만 나는 이미 각오한 상태였다. 이 방 안에서 우리 기후의 뜨겁고도 습기 찬 계절을 견뎌낼 거라고, 그뿐만 아니라 뱀과 전갈, 독거미, 그리고 도시가 몰락할 때 출몰하는 수천 마리의 모기떼까지도. 그리고 나는 탁 트인 들판에서 여러 번이나 작업해본 경험상, 잠자리를 가축과 함께 나누어야 한다는 것도 잘 알고 있었다.

창가에 서 있는 내 몸은 태양의 열기로 익어버리는 듯했다. 이제 태양은 나를 머리부터 발끝까지 송두리째 집어삼켰다. 그러나 서 있는 나에게 태양이 비칠 때만이 나 자신이 곧 그늘의 원천이 될 수 있는 것도 사실이었다. 차가운 물이 든 내 항아리를 보관할 수 있는 그늘의 원천.

나는 12미터 길이의 천공기, 낙타, 염소, 양 그리고 나를 이끌어 줄 광맥이 필요할 것이다. 그리고 무엇보다도 일하기 위해서는 광대함이 필요할 것이다. 태양의 표면에 있는 풍족한 산소의 양을 수족관에서 재현하기란 불가능하기 때문이다.

지질학자들은 사하라 사막 지하에 끝없이 넓은 담수호가 자리하고 있다는 것을 안다. 일에 대한 열정이 느슨해질 때마다 나는 언젠가 책에서 읽은 이런 내용을 떠올린다. 심지어 사하라 사막 한가운데서도 고고학자들은 살림살이 잔해와 거주지의 유적을 발굴했다. 7천 년 전 그 '공포의 땅'에서 농업이 번성했다는 것도 읽었다. 사막에는 언젠가 다시 찾게 될 수분이 숨겨져 있다.

어떻게 일을 시작해야 할까? 모래언덕을 그 자리에 보존하려면 2백만 그루의 녹색 나무, 특히 유칼립투스를 심어야 한다. 나는 잠들기 전에 늘 책을 읽는 습관이 있는데, 그래서 유칼립투스의 성질에 관해 좀 알게 되었다.

그리고 작업에 들어가기 전에, 내가 착각할 가능성도 있다는 것을 잊으면 안 된다. 종종 오류가 내 길이 되었음을 잊으면 안 된다. 내 생각이나 느낌이 잘 맞지 않을 때마다, 종국에는 항상 돌파

구가 나타났던 것이다. 만약 내게 용기가 있었다면 나는 일찌감치 그 길로 접어들었을 것이다. 그러나 나는 늘 섬망과 오류가 두려웠다. 그래도 내 오류는 진실의 길이 맞을 것이다. 오류를 통해서만이 나는 내 지식, 내 이해를 넘어설 수 있기 때문이다. 만약 '진실'이 내게 이해 가능한 차원이라면, 그것은 나 자신의 차원에 걸맞은 작은 진실에 불과할 것이다.

진실은 정확히 내가 절대 이해할 수 없는 곳, 바로 거기에 있어야 한다. 그러면 언젠가 나중에 나는 나를 이해하게 될까? 그건 모른다. 미래의 인간은 오늘의 우리를 이해할 수 있을까? 건성으로, 약간 건성이면서도 상냥하게, 그는 우리의 머리를 쓰다듬는다. 가까이 다가와, 어둠의 눈동자 너머 말없는 번민의 시선으로 우리를 지켜보는 개의 머리를 우리가 쓰다듬듯이. 미래의 인간은 우리를 쓰다듬고 우리를 막연하게나마 이해할 것이다. 내가 나중에 자신을 막연하게나마 이해하게 되듯이. 이미 상실한 고통의 시간을 기억하는 기억의 기억 아래서, 아이는 영원한 아이가 아니라 자라나는 존재이듯이, 우리 고통의 시간은 그렇게 흘러가버린다는 것을 모르는 채로.

그래, 유칼립투스를 이용해 모래언덕을 제자리에 보존하는 것 이외에도, 만약 필요하다면, 쌀이 소금기 있는 토양에서 자란다는 것, 고농도의 소금은 성장을 촉진한다는 것 또한 잊으면 안 된다. 이 역시 침대에서 책 읽는 습관 덕분에 기억하는 것이다. 나는 의도적으로, 그런 습관은 개인차와 상관없이 누구나 다 쉽게 잠들 수 있게 해준다고 생각했다.

그리고 땅을 파려면 그 밖에 어떤 도구가 필요할까? 끝이 뾰쪽한 갈고리, 150개의 삽, 권양기,* 비록 권양기가 뭔지는 나도 모르지만, 강철 회전축이 달린 묵직한 수레, 휴대용 용광로, 풀무. 못과 노끈을 제외하고서도. 허기에 대해서 말하자면, 내 허기는 땅콩과 올리브는 말할 것도 없이, 천만 그루 야자나무의 대추야자에 해당할 것이다. 그리고 내가 미리 분명히 알고 있어야 하는데, 내 미너렛에서는 오직 모래에게만 기도할 수 있다.

하지만 아마도 나는 원래 태어날 때부터 모래를 위해 준비되었을 것이다. 나는 모래를 기도하는 법을 알았다. 사전에 배울 필요도 없이 그냥 알았다. 사물을 향해서 기도하는 게 아니라 사물을 기도하는 마쿰바* 여사제들처럼. 나는 항상 준비되어 있었다. 그만큼 혹독하게 공포는 나를 훈련시켰다.

나는 기억해냈다. 내 의식에 깊이 각인되어 있었으나 그 순간까지는 아무런 소용도 없던 것을. 아랍인과 유목민들은 사하라를 엘 켈라El Khela라고, 무nothing, 타네스루프트Tanesruft, 공포의 땅, 티니리Tiniri, 목초지 너머라고 부른다. 모래를 기도할 만큼, 그들과 마찬가지로 나는 공포로 준비되어 있었다.

또다시 피부를 태울 듯 이글거리는 열기를 느낀 나는 메마른 눈동자를 푸른 물 속에 담그기 위해 커다란 호수를 찾았다. 호수 혹은 하늘의 빛나는 얼룩. 호수는 추하지도 아름답지도 않았다.

* 捲揚機. 밧줄이나 쇠사슬로 무거운 물건을 들어올리거나 내리는 기계.
* Macumba. 아프리카 토속 종교와 가톨릭이 혼합된 종교로 부두교와 유사하다.

유일하게 그것이 내 안의 인간을 두렵게 했다. 나는 흑해를 생각하려고 했다. 나는 협곡을 내려가는 페르시아인들을 생각하려고 했다. 하지만 그것들에서도 나는 추함도 아름다움도 느낄 수 없었다. 오직 세기를 거듭하여 반복되어온 무한한 연속일 뿐이었다.

갑자기, 그 모두를 더이상 견디기가 힘들어졌다.

그래서 불현듯 방의 내부로 시선을 돌렸다. 이글이글 불타고 있는, 하지만 적어도 단 하나의 거주민도 없는.

그래서 불현듯 방의 내부로 시선을 돌렸다. 이글이글 불타고 있는, 하지만 적어도 단 하나의 거주민도 없는.

아니다, 이 모두는 나를 미치게 하지도 않았고 제정신을 잃게 만들지도 않았다. 그건 단지 시각의 명상일 뿐이었다. 명상의 위험은 의도하지 않는데도 갑작스럽게 생각이 시작되는 것이다. 생각은 이미 명상이 아니다. 생각은 사람을 목적지로 이끈다. 가장 안전한 명상의 방법은 '보는 것'이다. 그것은 사고의 언어를 포기하기 때문이다. 요즘은 전자 현미경이 있어서 대상을 원래 크기의 16만 배로 크게 보여준다는 것을 나는 안다. 하지만 전자 현미경으로 보는 것을 환각이라고 부르지는 않겠다. 설사 극도로 작은 물체가 괴물처럼 거대해져서 알아볼 수 없을 지경이 되더라도.

내 시각적 명상이 틀렸다면?

분명 그럴 것이다. 의자나 주전자를 순수하게 시각적으로 인식할 때도 나는 오류의 피해자이기 때문이다. 내가 의자나 주전자를 봄으로써 그것들이 입증된다는 믿음은 여러 측면에서 결함이 있다. 오류는 내 작업의 불가피한 방식이기도 하다.

나는 다시 침대에 걸터앉았다. 이제 바퀴벌레를 보는 나는, 훨씬 더 많이 알고 있었다.

벌레를 응시하면서, 나는 엘셸레Elschele 인근의 광대한 리비아 사막을 보았다. 나보다 수백만 년을 앞서 그곳에 있었던 바퀴벌레는 공룡보다도 더 앞섰다. 바퀴벌레를 보는 나는 이미 저 멀리 가장 오래된 도시 다마스쿠스까지도 볼 수 있었다. 리비아의 사막에 있는 바퀴벌레와 악어? 이미 한참 전부터 내가 생각하고 있던 그것을 나는 결코 생각하고 싶지 않았다. 바퀴벌레는 랍스터와 마찬가지로 식용 가능하다는 것. 가능했다. 바퀴벌레는 갑각류였다.

나는 악어가 기어다니는 것이 징그럽고 혐오스럽다. 단지 내가 악어가 아니기 때문에 그렇게 느낀다. 비늘로 덮인 악어의 침묵이 나는 무섭다.

그러나 내게 혐오감은 하천의 생물들이 번식하는 데 더러운 찌꺼기가 필요한 것만큼이나 필수적이다. 혐오감은 나를 인도하고, 나를 비옥하게 한다. 혐오감을 통해서, 나는 갈릴리에서의 하룻밤을 본다. 갈릴리의 밤, 마치 어둠 속에서 광대한 사막이 움직이는 것만 같은. 바퀴벌레는 움직이는 어두운 광대함이다.

나는 이미 지옥을 경험했고, 그 속을 계속 통과하는 중이었다. 하지만 그냥 통과해서 나갈 것인지, 아니면 그 안에 계속 머물게 될지는 모르는 상태였다. 지옥이 끔찍하고도 좋다는 것을 이미 체험했고, 그러므로 아마도 자발적으로 거기 머물기를 원했으리라. 나는 바퀴벌레의 심오한 태고의 삶을 보았으므로. 나는 포옹의 심오함을 지닌 침묵을 보았으므로. 태양은, 리비아 사막이 그렇듯이, 그 자체로 열기의 화신이다. 그리고 지구는 태양이다. 지구가 태양이라는 것을 전에는 왜 인식하지 못했을까?

그리고 이제 그 일이 일어난다. 리비아 사막의 메마르고 벌거벗은 바위 위에서 두 마리 바퀴벌레의 사랑이 이루어진다. 나는 그것을 눈으로 보듯이 잘 안다. 한 마리 바퀴벌레가 기다린다. 나는 그 짙은 색 사물의 침묵을 응시한다. 그리고 지금—다른 바퀴벌레 한 마리가 모래 위를 힘겹게 천천히 기어 바위를 향해 다가온다. 수백만 년 전의 대홍수가 집어삼켰다가, 물이 물러난 뒤 다시 드러난 바위 위, 두 마리의 바퀴벌레. 한 마리 바퀴벌레는 다른 한 마리의 침묵이다. 서로 조우한 살인자들. 세계는 극한으로 상호적이다. 바위는 완벽한 침묵의 술렁임으로 떨렸다. 오늘까지도 그 떨림은 우리 안에서 술렁이며 계속된다.

—미래의 어느 날, 이와 똑같은 침묵이 있을 것을 나는 스스로에게 약속한다. 지금 내가 배운 것을 우리에게 약속한다. 단 우리에게 그 일이 밤에 일어나야 한다는 점만 제외하면. 왜냐하면 우리는 축축하고 소금기 있는 존재들이므로, 우리는 바닷물과 눈물의 존재들이므로. 또한 그것은 바퀴벌레의 커다랗게 뜬 눈과 함께 일어날 것이므로. 그러나 때는 밤일 것이다, 나는 습기 찬 거대한 심연의 짐승이기에, 바싹 마른 저수조의 먼지에 대해서는 아

는 바가 없고 바위의 표면은 내 집이 아니다.

우리는 숨쉬기 위해서 심연으로 깊이 가라앉아야 하는 피조물이다, 물고기가 숨쉬기 위해 물속에 있어야 하듯이. 단지 내 심연이 밤의 대기 속에 있을 뿐. 밤은 우리의 잠재적 상태이다. 밤은 너무도 촉촉하여 식물은 싹을 틔운다. 집들의 불이 꺼지고 귀뚜라미 소리는 더욱 또렷하게 들리며 메뚜기는 이파리를 거의 건드리지도 않으면서 풀숲을 훌쩍훌쩍 뛰어다닌다. 이파리, 이파리 이파리―밤의 텅 빈 대기를 통해 무방비한 불안이 잔잔히 퍼져나간다. 비어 있음은 운송을 가능하게 하는 수단이다.

그렇다, 우리가 사랑을 나누는 사막의 낮은 없을 것이다. 우리는 헤엄치는 존재들이고, 밤의 대기는 눅눅하고 달콤하다. 소금기 있는 우리, 땀은 우리의 호흡이므로. 아주 먼 옛날, 우리 두 사람은 동굴의 벽에 그려졌고, 그 어둠의 깊은 동굴에서 우리는 함께 헤엄쳐 나와 오늘에까지 이르렀다. 무수한 내 섬모들을 움직여 나는 헤엄쳤다―아프리카 흑인 여인이 내 집의 벽에 내 모습을 그려 나를 벽에서 걸어 나오게 하기 전까지, 나는 채굴되지 않은 석유였다. 마침내 솟아나게 된 석유처럼, 잠에 취해서 걷는 나.

―맹세하건대, 그것이 사랑이다. 거기 앉아서 이해했기에, 나는 알고 있다. 오직 바퀴벌레의 빛을 통해서, 우리가 과거에 소유한 모든 것이 이미 사랑이었음을 알게 되었다. 바퀴벌레는 필연적으로, 손톱이 뽑혀 나가는 아픔을 내게 주었다―그리고 더이상 고문을 견디지 못한 나는 자백했으며, 지금 나는 밀고하고 있다. 더이상 견디지 못한 나는 어떤 진실을 알고 있다고, 전혀 쓸모

없고 그 무엇에도 사용할 수 없는 진실을, 그뿐만 아니라 나는 진실을 사용하기가 두렵기조차 한데, 스스로를 파괴하지 않고 진실을 다룰 수 있을 만큼 충분히 성숙하지 못하기 때문이라고.

만약 당신이 나를 통해 알게 된다면, 사전에 고문을 당할 필요 없이, 옷장 문짝에 몸이 반동강 날 필요 없이, 내가 나 자신의 껍데기를 집게를 이용해 강제로 잡아 뜯어낸 다음에야 자아의 말랑말랑한 중립성에 이른 것처럼, 당신도 시간이 흐르면서 돌처럼 딱딱하게 말라버린 당신 공포의 껍데기를 그렇게 부술 필요도 없이, 그냥 당신이 나를 통해서 알게 된다면…… 그렇다면 내게서 배우기를 바란다, 자신을 전적으로 드러내 보여야 했고 이니셜이 새겨진 모든 가방을 잃어버려야만 했던 내게서.

—나를 해독해보라, 나를 해독해보라, 날은 추운데, 갑각류의 껍질을 잃는 건 추위에 떤다는 의미일 테니. 나를 해독해서, 따뜻하게 품어다오. 나를 이해해다오, 나는 나를 이해할 수 없으므로. 나는 오직 바퀴벌레를 사랑할 뿐이다. 이 사랑은 지옥의 사랑.

그러나 당신은 두려워하고 있다. 이미 오래전부터 난 당신이 의례를 두려워한다는 걸 알고 있었다. 그래도 만약 고문당한다면, 자신의 가장 내밀한 핵에 도달할 때까지 고문당한다면, 그러면 사람은 누구나 설사 의례가 자신을 소진시킬지라도, 의례를 바치고자 하는 악마적인 욕망을 품게 된다. 향을 소유할 유일한 기회가 향을 태우는 길뿐이듯이. 들어라, 나는 섬모를 가진 바퀴벌레만큼이나 진지하니, 내 말을 들어라.

스스로 자기 자신의 핵인 자는 탈선하지 않는다. 그래서 스스로가 자기 자신의 성대한 엄숙이고, 의례를 바치며 자신을 소진시키기를 두려워하지 않는다—의례란 원래 핵의 생명을 내적으로 펼쳐 보이는 일이다. 의례는 외부에 있지 않다. 의례는 고유하다. 바퀴벌레의 의례는 벌레의 세포 안에서 일어난다. 의례는—나를 믿어라, 왜냐하면 나는 내가 알고 있다고 생각하기 때문에—의례는 신의 표식이다. 모든 아이는 동일한 의례와 함께 태어난다.

—나는 알고 있다, 우리 둘은 모두 내 엄숙을, 그리고 당신의 엄숙을 두려워해왔다. 우리는 그것을 형식의 엄숙이라고 믿었다. 우리는 항상 우리가 알고 있는 내용을 은폐했다. 산다는 것은 언제나 삶과 죽음에 대한 질문이라는 것을, 그런 이유로 엄숙하다는 것을. 또한 우리가 우리들 자신 내부에 갇힌 생명이며 우리 자신에게 복종하는 존재임을 알았으나, 그 앎을 축복으로 여기지는 못했다. 우리에게 주어진 유일한 운명은 의례의 운명이다. 나는 그것을 거짓의 마스크라고 불렀지만, 사실은 아니다. 그건 엄숙이라는 필연적인 마스크였다. 우리는 서로 사랑하기 위해 모두 의례의 마스크를 써야만 한다. 갑충甲蟲들은 이미 처음부터 스스로를 완성할 마스크를 쓰고 태어난다. 하지만 원죄 때문에 우리는 마스크를 잃었다.

나는 보았다, 바퀴벌레는 갑충이었다. 바퀴벌레는 온몸이 자신의 마스크였다. 그 철저한 웃음 없음을 통해서 나는 벌레가 지닌 전사의 잔혹함을 깨달았다. 벌레는 온화했으나, 그것이 타고난 과업은 흉포했다.

나는 온화하나, 내 인생의 과업은 흉포하다. 아, 인간보다 먼저 있었던 사랑이 나를 사로잡는다. 난 이해해, 이해한다고! 생명의 형태는 심오한 비밀이어서, 그 비밀은 침묵하며 기어다닌다. 사막의 비밀이다. 그리고 나, 나는 이미 알고 있었다. 두 마리 바퀴벌레의 사랑을 보고 있으니 내가 과거에 경험했던, 그러나 나 스스로는 인식하지 못했던 진실한 사랑의 기억이 떠올랐기 때문이다. 왜냐하면 당시에 나는 사랑을 오직 단어로만 이해했으므로. 하지만 말해야 할 것이 있다, 반드시 말해야 한다.

하지만 말해야 할 것이 있다, 반드시 말해야 한다.

　—지금까지 단 한 번도 말하지 않았던 것을 이제 당신에게 말하려 한다. 어쩌면 말했음, 그것이 실종되어버렸을 수도 있다. 내가 말하지 않았다면 그건 말을 아끼기 위해서가 아니고 입보다 눈이 더 많은 바퀴벌레의 침묵 때문도 아니다. 내가 말하지 않았다면 그건 단지 내가 안다는 것을 몰랐기 때문이다. 하지만 지금은 알고 있다. 나는 당신을 사랑한다고 말하려 한다. 내가 예전에도 이런 말을 했다는 것을 잘 안다. 그때 했던 말도 진실이긴 하지만, 지금에야 비로소 나는 그것을 정말로 말한다. 나는 말해야 한다, 내가 …… 하기 전에. 아, 그렇지만 죽는 것은 바퀴벌레이지, 내가 아니다! 나는 사형수 감옥에서 온 편지가 필요하지 않다…….

　—아니, 내 사랑으로 당신을 겁주려는 것이 아니다. 당신이 나를 무서워한다면 나도 내가 무서워질 것이다. 고통을 두려워할

필요는 없다. 내가 지금 굳게 확신하는 것은, 그 방에서 나는 살아 있었고, 바퀴벌레 또한 살아 있었다는 사실이다. 세상의 모든 일은 고통의 경계 위 혹은 아래에서 일어난다는 것을 확신한다. 고통은 사람들이 고통이라고 부르는 것의 정확한 이름이 아니다. 들어라, 나는 진심으로 그렇다고 확신한다.

더이상 나를 상대로 버티지 않게 된 지금에 와서, 나는 그것이 바퀴벌레였고, 고통은 고통이 아니었음을 고요히 깨달았다.

아, 이 방에서 무슨 일이 일어날지 미리 알았더라면, 들어오기 전에 담배를 좀더 가져왔을 텐데. 흡연하고픈 욕구가 미칠 듯이 강렬했다.

─아, 우리 두 사람은 살고 있었으나 그것을 알지는 못했구나, 지금 막 떠오른 이 생생한 기억을 당신에게 전달할 수 있다면. 당신은 나와 함께 기억을 공유하기를 원하는가? 물론 어려운 일인 건 알지만, 그래도 한 번 해보았으면 좋겠다. 우리 자신을 향해서 가보는 거다. 우리를 능가해버리자는 게 아니라. 겁낼 필요는 없다, 이미 일어난 일이기 때문에 당신은 안전하다. 그 일이 일어났다고 알고 있는 것 자체를 당신이 위험하게 여기지만 않는다면.

우리가 사랑이라고 불렀던 것이 존재하지 않았던 바로 그때 사랑이 더 많이 일어났다는 것을, 우리가 사랑하고 있을 당시의 나는 몰랐다. 우리가 경험하면서 멸시한 것은 사랑의 중립이었다.

아무 일도 일어나지 않았던 그때를 말하는 것이다. 그 '아무 일도 일어나지 않음'을 우리는 막간이라고 불렀다. 막간의 시간은 어떠했는가?

완전히 부풀어 잔뜩 무르익은 거대한 꽃잎이 저절로 열리고 있었다. 전율 속에서 일어난 내 위대한 비전이었다. 내가 본 것은 그 즉시 눈앞에서 굳어 내 소유가 되었다―하지만 그 상태는 영원하지 않았다. 내가 그것을 손으로 움켜쥐면, 마치 응고된 혈액처럼 다시 액체가 되어 손가락 사이로 흘러내릴 것이다.

그러나 시간은 항상 유동적인 액체인 것도 아니었다. 뭔가를 손으로 잡을 수 있으려면 그 물체는 과일처럼 단단해야 하므로. 우리는 막간을 텅 비고 조용한 시간이라고 칭했으며, 그동안 우리의 사랑은 죽었다고 생각했다…….

그 당시 내 목구멍의 통증을 나는 기억한다. 느닷없이 생겨난 딱딱한 덩어리처럼 부어오른 편도선. 그러다 나타날 때와 마찬가지로 순식간에 녹아버렸다. 목의 통증이 사라졌어, 하고 나는 당신에게 말했다. 마치 여름에 빙하가 녹아 강물로 사라지듯이. 우리의 모든 어휘는―텅 비어 있다고 우리가 불렀던 시기에―나비처럼 엷고 가벼웠다. 내면에서 나온 말은 날개를 펄럭이며 입안으로 날아들었다. 말은 꺼내졌으나, 우리의 귀에는 거의 들리지 않았다. 녹아서 흐르는 빙하는 매우 큰 소리를 내기 때문이다. 콸콸 소용돌이치는 물살 한가운데서 우리의 입술이 움직이며 말을 했다. 그러나 사실상 우리가 본 것은 입술의 움직임이 전부였고, 그 소리를 들은 건 아니었다. 우리는 상대편의 입술을 보았고, 그것이 말하는 것을 보았으니, 우리가 듣지 않았다는 건 거의 중요하지 않았다. 오, 진정 신의 이름으로, 그것은 거의 중요하지 않았다.

그리고 우리의 이름으로, 입술이 말하는 것을 보는 그 사실만으로 충분했다. 우리는 웃었다, 그 문제에 거의 신경쓰지 않았으므로. 우리는 이 '듣지 않음'을 무관심 혹은 사랑의 결핍이라고 불렀다.

그러나 우리는 실제로는 말을 하고 있었다, 그것도 많이! 무nothing를 말하고 있었던 것이다. 그 사이 모든 것이 촉촉하게 반짝였다. 눈동자에 맺힌 커다란 눈물방울처럼. 사물이 반짝이는 것은 그런 이유 때문이다.

그 막간의 시간에 우리는 서로가 상대방이 되어버리는 일에서 놓여나 휴식을 취하는 거라고 생각했다. 상대방이 아니라는 사실은 실제로 아주 큰 즐거움이었다. 그렇게 해서 우리는 각자가 둘 다를 가질 수 있었기 때문이다. 우리가 사랑의 막간이라고 불렀던 그것이 끝났을 때, 모든 것이 종말을 맞았다. 그리고 종말을 맞을 것이기 때문에, 이미 내재한 종말의 무거운 짐을 짊어진 채 미리부터 덜덜 떨고 있었던 것이다. 이 모두를 나는 흔들리는 수면을 통해 보듯이 기억하고 있다.

어쩌면 우리는 원래 인간이 아니었던 건 아닐까? 그런데 어떤 실제적인 필요성에 의해 인간이 되었던 건 아닐까? 이런 생각은 당신과 마찬가지로 나도 놀라게 만든다. 갑충의 단단한 껍데기에 싸인 바퀴벌레는 관과 안테나, 부드러운 시멘트 성분으로 이루어진 몸이 짜부라진 채, 나를 보고 있었다―그것은 우리의 말에 앞서는 거부할 수 없는 진실이었다. 그때까지 내가 단 한 번도 원하지 않았던, 그러나 거부할 수 없는 우리의 삶이었다.

—그리고—그리고 저주의 문을 통해 나는 삶을 먹었고 삶에게 먹혔다. 나는 내 왕국이 이 세계에 있다는 것을 깨달았다. 그것을 내 안의 지옥을 통해서 깨달았다. 내 안을 들여다보면서, 지옥을 알게 되었으므로.

내 안을 들여다보면서, 지옥을 알게 되었으므로.

지옥은 살아 있는 피투성이 고기를 물어뜯고 먹는 입이며, 먹히는 자는 즐거운 눈으로 울부짖는다. 지옥은 물질의 환락인 고통이다. 쾌락의 웃음이 터지면서 눈에서는 고통의 눈물이 흘러나온다. 고통의 웃음으로부터 흐르는 눈물은, 속죄의 반대이다. 나는 의례의 마스크로 무장한 바퀴벌레의 냉혹함을 보았다. 그것이 바로 지옥임을, 나는 보았다. 고통의 잔인한 수용, 자기연민의 엄숙한 결핍, 자신보다 삶의 의례를 더 많이 사랑하기, 이것이 지옥이었다. 그곳은 타인의 살아 있는 얼굴을 먹는 자가 고통의 환락에 몸부림치는 곳이었다.

생애 최초로 나는 한 번도 낳아보지 못한 아이를 갖고 싶다는 지옥의 탐욕을 느꼈다. 쾌락으로 가득한 내 육신의 지옥이 서너 명이 아니라 2만 명의 아이들에게 재현되기를 원했다. 아이들의 육체를 통해서 계속 살아가는 내 미래가 나의 진정한 지금 현재에 해당하기를, 나 자신의 현재일 뿐 아니라, 영원히 멸종하지 않을 내 유쾌한 종의 현재에 해당하기를. 아이를 낳지 않았다, 그것은 마치 중독물질을 거절당한 사람처럼 나를 경련으로 떨게 했다.

그 바퀴벌레는 자식이 있으나 나는 없었다. 몸이 짜부라진 바퀴벌레는 죽을 수 있으나 나를 결코 죽지 못하는 저주를 받았다. 내가 단 한 번이라도 죽는다면, 그것은 영원한 죽음일 것이므로. 나는 죽어버리고 싶지 않았다, 대신 끝없이 죽어가고 싶었다. 그것은 지상 최고의 고통을 즐기는 방법일 것이다. 나는 쾌락으로 사무치는 지옥에 있었다. 내 신경은 쾌락의 낮은 윙윙거림으로 소리 없이 떨렸다.

이 모두가—아, 얼마나 끔찍한지—이 모두가 무관심의 광대한 품에서 일어났다……. 소용돌이치는 운명 속에서 길을 잃고, 잃지 않은 모든 것들. 오직 잔인한 현재성이 전부인 그 무한한 운명 속에서 나는 하나의 애벌레의 형태로—내 탈인간성 안에 깊이 잠긴 채, 왜냐하면 그때까지 내게서 빠져나간 것은 오직 내 진정한 탈인간성뿐이므로—나와 우리는 애벌레들처럼 서로의 부드러운 살 속으로 파고들며 서로를 갉아먹고 있었다.

그리고 징벌은 없다! 그것이 지옥이다. 징벌은 없다. 왜냐하면 지옥에서 우리는 벌이라고 할 수 있는 것을 쾌락으로 바꾸어버리기 때문이다. 이 사막에서 우리는 벌을 웃음과 눈물의 황홀경으로 바꾸고, 지옥에서는 벌을 기쁨에 대한 희망으로 바꾸어버린다.

그렇다면 그것은 인간화와 희망의 다른 측면일까?

지옥에는 책임지지 않아도 되는 악마의 믿음이 있다. 그 믿음은 방탕한 삶에 대한 믿음이다. 지옥에서 벌어지는 한바탕의 광란은 중립의 신격화이다. 안식일의 기쁨은 무조無調의 소리에서 길을 잃는 기쁨이다.

또한 처벌되지 않은 공포까지도 영원한 시간의 심연에 의해, 무한한 높이의 심연에 의해, 그리고 신의 심오한 심연에 의해, 즉 무관심의 품으로 기쁘게 재흡수된다는 점이 여전히 나는 두려웠다.

인간의 무관심과는 매우 다른 종류이다. 그것은 자기 잇속을 챙기는 무관심이고 자랑스러워하는 무관심이기 때문이다. 그런데 이것은 극단적으로 활기찬 무관심이었다. 그리고 나의 지옥에서는 모든 것이 침묵으로 감싸여 있었다. 웃음도 결국 침묵의 용적을 구성하는 일부였으므로, 오직 눈에서만 무관심의 쾌락이 번득였다. 그러나 웃음은 피 자체에 스며 있었고, 아무도 그것을 듣지 못했다.

그리고 이 모두가 바로 지금, 이 순간의 일이다. 하지만 너무도 웅장한 신의 규모 때문에, 현재의 이 순간은 동시에 한없이 먼 거리에 떨어져 있기도 했다. 영속하는 무한의 차원 속에서는 지금 현재 존재하는 것조차도 아득히 멀리 있는 것이다. 바로 이 순간, 옷장 속에서 몸이 반토막 나버린 바퀴벌레조차도, 면책 특권을 누리면서 벌레를 재흡수해버리는 위대하고 이기적인 무관심의 가슴에서 보면 멀기만 할 뿐이다.

웅장한 무관심—그것이 혹시 내 안에 있었을까?

지옥의 웅장한 삶, 내 육신조차 나를 제한하지 않고, 연민도 내 몸이 나를 제한하게 두지 않으므로. 지옥에서 내 몸은 경계가 없다. 그건 영혼인 걸까? 더이상 내 육신의 것이 아닌 삶을 살기, 그건 비인격의 영혼인 걸까?

그리고 내 비인격의 영혼은 나를 태운다. 바퀴벌레의 영혼은 별의 웅장한 무관심이다. 바퀴벌레의 몸은 별의 비범한 용적과 일치한다. 바퀴벌레와 나는 평화를 원하나 우리는 거기 다다를 수가 없다. 평화는 벌레의 크기와 내 크기 너머, 벌레의 운명과 내 운명 너머에 있다. 내 영혼은 너무도 아득한 무한대여서 마침내 더이상 나 자신이 아니므로, 나를 넘어 저 멀리 가버렸으므로, 나는 항상 나로부터 멀리 있으므로, 나는 내가 영영 닿지 못하는 별이다. 나를 둘러싼 현재의 시간에 도달하려고 항상 노력하지만 나는 늘 지금 이 순간으로부터 멀리 있다. 슬프도다, 미래가 지금 이 순간보다도 내게 가까우니.

바퀴벌레와 나 우리는 둘 다 지옥처럼 자유롭다, 살아 있는 우리의 물질이 우리 자신보다 더욱 크기 때문이다. 우리는 지옥처럼 자유롭다, 나 자신의 생명이 내 육신에 거의 들어가지 않으므로 아무런 소용이 없기 때문이다. 나보다도 세계가 내 생명을 더 많이 활용한다. 나는 내가 '나'라고 부르는 것보다 훨씬 더 크기에, 세계 전체의 생명을 가져야만 나는 내게 유용할 것이다. 산더미 같은 바퀴벌레 무리가 있다고 해도 지상에 간신히 알아차릴 만한 점을 하나 찍는 정도이겠지만, 단 한 마리의 바퀴벌레라도,

그 생명에 주목한다면, 곧 세계 전체와 동등할 것이다.

내 영혼의 가장 도달하기 힘든 영역, 내게 속해 있지 않은 그 영역은 나와 더이상 내가 아닌 것의 경계에 있으며, 나는 그것에 나자신을 바친다. 언제나 극복할 수 없는 거리이면서 동시에 엄청나게 가까운 그 근접함이 내 모든 비통의 근원이었다. 나는 내 안에 부재하는 그 무엇을 훨씬 능가한다.

그때, 내가 잡고 있던 손이 나를 놓았다. 아니, 아니다. 내가 그손을 놓았다. 이제부터 나는 홀로 가야 하기 때문이다.

생명의 왕국 밖으로 돌아서는 일이 가능하다면, 나는 당신의손을 다시 잡을 것이다. 그리고 감사의 인사로 그 손에 입맞추리라, 그 손이 나를 기다려주었으므로, 내 길이 다 끝날 때까지 내가헐벗고 굶주리면서 갈증에 시달리고 굴욕당한 채 돌아올 때까지기다려주었으므로. 오직 적은 것만을 갈망하는, 오직 더 적은 것만을 갈망하는 허기로 굶주리면서.

거기 가만히 앉아 있는 동안에, 나는 자신과의 거리를 살고자원하게 되었다. 그것이 지금 현재를 인식할 유일한 가능성이기때문이다. 또한 명백히 결백해 보이는 그것은 참혹하면서도 우주적인 관능과 유사한 쾌락이었다.

그것을 다시 경험하기 위해서, 나는 당신의 손을 놓는다.

그 쾌락에는 연민이 없었기 때문이다. 연민이란 누군가의 혹은무언가의 아이가 되는 일이다. 하지만 세계 자체가 되는 것은 잔인하다. 교미 중에 바퀴벌레들은 서로를 이빨로 갉아먹고 죽이고서로의 살 속을 후벼파고 서로 잡아먹는다, 영원히 긴 어느 여름날, 밤으로 향하는 시간에―지옥은 밤이 내리기 직전의, 뜨겁게 끓어오르는 여름날이다. 지금 이 순간은 바퀴벌레를 보지 못한다. 현재의 시간은 아주 멀리 떨어진 거리에서 벌레를 보고 있기에 벌레를 높이로는 인식하지 못하고 단지 고요하고 편평한 사막을 볼 뿐이다―벌거벗은 사막에서, 현재의 시간은 집시들이 벌이는 광란의 축제를 짐작조차 하지 못한다.

사막에서 조그만 자칼로 변한 우리는 웃으면서 서로를 잡아 먹는다. 고통의 웃음으로―그리고 자유롭게. 인간 운명의 비밀은, 우리는 운명을 피할 수 없다는 것, 그렇지만 불가피한 그것을 수행하거나 하지 않을 자유 또한 가졌다는 점이다. 필연적으로 우리에게 부과된 운명을 실현하느냐 마느냐는 우리 자신에게 달려 있다. 반면 바퀴벌레와 같은 비인간 동물은 그들의 전체 생애주기를 조금의 실수도 없이 완벽하게 수행해내는데, 그건 그들에게 달리 선택권이 없기 때문이다. 하지만 필연적인 내 존재는 내 자유의지에 달려 있기에 불가피한 내 운명의 주인은 바로 나이다. 내가 내 운명을 수행하지 않기로 결정한다면, 그건 내게 특정된 생명의 본성 외부에 머물겠다는 의미이다. 그러나 내가 내 중립의 살아 있는 핵을 수행한다면, 그렇다면 나는, 내 종의 내부에서, 특별히 인간으로 존재하는 것이다.

―그러나 인간이 되는 것은 과도하게 이상화될 수 있고, 그러다 보면 덕지덕지 달라붙은 부가물 때문에 그만 숨이 막혀버린다……. 인간이 되는 것, 그 일은 불가피하게 인간일 수밖에 없는 인간의 이상이 되면 안 된다. 인간이 되는 것은, 살아 있는 사물인

내가, 그게 뭐든 생명 있는 것의 길을 자유로이 따름으로써 인간으로 존재하는 방식이어야 한다. 나는 내 영혼을 돌볼 필요조차 없지만 영혼은 필연적으로 나를 돌보게 된다. 그리고 나는 자신에게 영혼을 만들어줄 필요도 없다. 내가 해야 할 일은 단지 삶을 선택하는 것뿐이다. 우리는 자유롭고, 그것은 지옥이다. 하지만 너무도 많은 바퀴벌레가 있고, 그들은 기도하는 것처럼 보인다.

나의 왕국은 이 세계이지만…… 그러나 나의 왕국은 인간만의 것은 아니었다. 나는 알고 있었다. 하지만 그걸 안다는 것은 곧 죽음-삶을 흐트리게 되며, 내 배 속의 아이는 삶-죽음 자체에 의해 잡아먹힐 위험에 처한다. 그리스도의 말은 아무 의미도 없을 것이다……. 하지만 배 속에는 너무도 많은 아이가 있고, 그들은 기도하는 것처럼 보인다.

그 순간까지도 나는, 스스로 걸어 들어왔으며 다시는 떠나고 싶지 않은 행복한 지옥에서, 기도가 될 최초의 스케치가 탄생했음을 알지 못하고 있었다.

쥐와 독거미, 그리고 바퀴벌레의 땅, 내 사랑이여, 쾌락이 굵직한 핏방울로 맺히는 곳에서.

오직 신의 자비만이, 내가 온몸을 담그고 있는 소름 끼치게 무관심한 기쁨을 앗아갈 수 있으리라.

나는 환호하고 있었으므로. 나는 환희로운 어둠의 폭력성을 잘 알았다—나는 악마처럼 행복했고, 지옥은 나의 최대치이다.

지옥은 나의 최대치이다.

나는 고요하면서도 경계태세인 무관심의 심장부에 완전히 함몰되어 있었다. 무관심한 사랑의 품에, 무관심하게 깨어 있는 잠 속에, 무관심한 고통의 한가운데에. 나는 신의 무릎에 안겨 있었다. 내가 그를 사랑한다 해도, 그럼에도 그가 내게서 무엇을 원하는지 알지 못하는 채로 신의 무릎에 안겨 있었다. 이제 나는 안다. 그는 내가 자신과 동일한 모습이기를, 내 능력을 넘어서는 사랑을 통해 그와 동일해지기를 바랐다는 것을.

완전하게 무관심하고 완전하게 비인격적일 만큼 위대한 사랑을 통해—내가 사람이 아니어야만 가능한 그런 사랑을 통해. 그는 내가 그와 더불어 세계가 되기를 원했다. 그는 내 인간의 신성을 원했다. 그러려면 일단 인간으로 구성된 나를 먼저 벗어던져야만 한다.

그래서 나는 첫 번째 걸음을 이미 실행에 옮겼다. 적어도 나는 인간됨이란 육체적인 감각화, 자연의 오르가슴임을 알고 있었다. 우리는 신이 되는 대신, 다른 존재들이 그이므로, 그가 되는 대신, 오직 자연의 법칙을 통해서만 그를 보기를 원했다. 우리가 그와 마찬가지로 위대하다면 그를 보는 것이 큰 문제가 되지 않으리라. 바퀴벌레는 나보다 더 위대하다, 자신의 삶을 신에게 바침으로써, 영원으로부터 오고 의식하지 못하는 채로 영원으로 갈 수 있으므로. 끝없이 영원한 길을 갈 수 있으므로.

나는 최초의 위대한 걸음을 내디뎠다. 그래서 무슨 일이 일어났던가?

나는 보고자 하는 유혹, 알고 느끼고자 하는 유혹에 빠졌다. 신의 위대함을 찾아 헤매던 내 위대함은 나를 지옥의 위대함으로 이끌었다. 단지 악마적 환희의 경련을 통해서만이 나는 신의 법칙을 이해할 수 있었다. 호기심으로 인해 나는 쾌적한 생활로부터 추방당했다―그리고 나는 무관심한 신을 만났으며, 그는 대체로 선했는데, 왜냐하면 선하지도 악하지도 않았기 때문이다. 나는 그 자체의 무관심한 폭발인 물질의 한가운데 있었다. 이제 삶은 초인적인 무관심의 힘을 가졌다. 전진하려 하는 초인적인 무관심. 그것과 더불어 앞으로 나가고 싶었던 나는 자신을 오직 지옥으로 만드는 쾌락에 사로잡혀버렸다.

기쁨의 유혹. 유혹은 우물을 직접 맛보는 것이다. 유혹은 법을 직접 먹고 마시는 것이다. 그리고 벌이란, 먹기를 결코 멈추지 않는 것, 자기 자신마저 썹어 삼키는 것이다. 나 역시 먹을 수 있는 물질이므로. 나는 저주를 기쁨인 양 추구했다. 내 안에서 가장 극심한 방탕을 찾아 헤맸다. 나는 영원히 휴식하지 못하리라. 나는 기쁨의 왕이 가진 사냥말을 훔쳤다. 그리하여 나는 나보다 더 최악이었다!

나는 영원히 휴식하지 못하리라. 나는 안식일 왕의 사냥말을 훔쳤다. 단 한순간이라도 잠이 들면, 말 울음의 메아리가 나를 깨운다. 가지 않아도 소용이 없다. 어두운 밤, 힝힝거리는 콧김 소리가 나를 소름 끼치게 한다. 나는 잠자는 척한다. 그러나 밤의 고요 속에서 수말의 호흡 소리가 들린다. 말은 아무 말도 하지 않는다, 단지 숨을 쉴 뿐이다. 그러면서 기다리고 기다린다. 매일매일 같은 일이 반복된다. 해질 무렵이 되면 벌써 나는 멜랑콜리한 기분이 들면서 사색에 잠긴다. 산속에서 울리는 첫 번째 북소리와 함께 밤이 시작된다는 것을 나는 안다. 그리고 세 번째 북소리에서 이미 천둥이 치며 나는 휩쓸려 가버릴 것이다. 나는 안다.

다섯 번째 북소리가 울릴 때면, 나는 이미 탐욕으로 의식을 잃은 다음일 것이다. 새벽의 동이 터오고 최후의 북소리가 잦아들 무렵, 나는 아무것도 모르는 채로, 내가 무슨 일을 했는지 전혀 모르는 채로, 시냇가에서 피곤에 지친 말의 거대한 머리 곁에서 깨어날 것이다.

무엇 때문에 피곤한가? 우리가 무슨 짓을 했는가? 우리, 지옥의 기쁨으로 날뛰었던 우리는? 2세기 동안 나는 가지 않았다. 장식된 안장에서 마지막으로 내려오던 날, 인간적인 슬픔이 너무도 컸으므로 나는 두 번 다시 이런 일을 하지 않으리라 맹세했다. 그러나 말은 내 안에서 계속 전진하는 중이다. 나는 잡담하고 집을 정돈하고 미소짓지만, 그래도 내 안에서 전진하는 말을 느낀다. 그리움으로 나는 죽을 수도 있으리라. 나는 더이상 참을 수 없다.

그리하여 어느 날 밤, 나를 부르는 소리가 들린다면, 나는 가게 되리라. 다시 한 번만 더 말이 내 생각을 유도해주기를 원한다. 나는 말과 함께 배웠으므로. 짖는 소리 사이의 시간을 생각이라 부를 수 있다면. 개들이 짖고, 나는 슬퍼지기 시작한다. 두 눈이 촉촉히 젖어오기 시작하면, 그때 나는 갈 것이기에. 밤에, 지옥에서의 부름이 들려온다면, 나는 간다. 고양이처럼 나는 지붕에서 내려온다. 아무도 알지 못한다. 아무도 보지 못한다. 어둠 속에서 나타난 내 모습은 소리가 없고 환하다. 53개의 피리가 우리를 따라 흐른다. 우리 앞에는 클라리넷이 반짝이고 있다. 더이상 나는 아무것도 알지 못한다.

새벽, 우리는 지친 상태로 시냇가에서 발견된다. 불그스름한 동이 터올 때까지 무슨 범죄를 저지르고 다녔는지 우리는 전혀 기억하지 못한다. 내 입과 말의 발굽에 선명한 핏자국. 우리가 바친 제물은 무엇이었나. 이른 아침 나는 침묵하는 수말 곁에 서 있다. 교회의 첫 번째 종소리가 시냇물에 흘러가고 최후의 피리 소리가 내 머리카락에서 물방울로 뚝뚝 떨어지는 동안.

밤은 내 인생이다. 어둠이 내리면, 행복한 밤은 슬픈 인생이 된다. 훔쳐야 한다, 내 말을 훔쳐라, 밤새도록 약탈을 계속하면서 끝내 새벽마저 훔쳤고, 그러다 마침내 불길한 예감이 떠올랐으므로. 훔쳐라 아직 시간이 있을 때, 아직 어두워지기 전에, 내 수말을 훔쳐라, 시간이 있을 때 무조건 훔쳐라, 수말을 훔치면서 나는

왕을 죽여야만 했고 왕을 죽이면서 나는 왕의 죽음까지도 훔치게
되었다. 살인의 환희가 나를 좀먹는다.

나는 나 자신을 먹고 있었다, 나 또한 안식일의 살아 있는 물질
이므로.

나는 나 자신을 먹고 있었다, 나 또한 안식일의 살아 있는 물질이므로.

그것이 바로—실제로는 훨씬 더 심했지만—많은 성인들이 빠져들었던 유혹이 아니었을까? 그 결과에 따라 성인이 되거나 못되고, 인가를 받거나 받지 못한, 유혹. 사막의 이 유혹에, 세속의 여자일 뿐 성녀가 아닌 나는 굴복하고 말 것이다. 혹은 그 유혹으로부터, 살아 있는 최초의 존재가 되어 나올 것이다.

—들어라, 인간적인 신성이라 불리는 것이 있다. 그것은 성인의 신성이 아니다. 인간적인 신성이 신적인 신성보다 훨씬 더 위험하며, 세속의 신성이 훨씬 더 고통스럽다는 것을 신조차도 알지 못한다. 나는 그것이 두렵다. 그리스도도 잘 알고 있었다. 자신에게 일어난 일이 만약 우리에게 일어난다면 그것은 훨씬 더 극심한 고통일 거라고. 그는 이렇게 말했다. "푸른 나무에도 이같이 하는데, 마른 나무에는 어찌하겠는가?"

시험. 이제 나는 시험이 무엇인지 이해한다. 시험이란, 삶이 나에게 시련을 준다는 걸 의미한다. 하지만 또한 시험은, 내가 시도한다는 의미이기도 하다. 그리고 시험은 매번 도저히 해소되지 않는 갈증으로 변할 수 있다.

잠깐만 기다려다오, 나는 지옥으로 내려가 당신을 지옥에서 해방시켜주려 한다, 들어라, 내 말을 들어라.

속죄 없는 쾌락이 내 안에서 탄식을 터뜨렸고, 그것은 차라리 기쁨의 흐느낌처럼 들렸다. 절대 고통의 흐느낌은 아니었다. 이전에는 한 번도 들어본 적이 없는 그것은 나를 탄생시키기 위해 찢어지는 내 생명의 흐느낌이었다. 그 사막의 모래 속에서 나는 꽃처럼 여리고 수줍게 최초의 공물供物로 화하기 시작했다. 그래서 무엇을 바쳤는가? 내 무엇을 바칠 수 있었는가?─나, 사막이었던 나, 나, 사막을 간청했고 사막을 가졌던 나는?

나는 흐느낌을 바쳤다. 마침내, 나는 지옥에서 눈물을 흘렸다. 그 짙은 암흑의 날개를 나는 사용하고, 땀흘리게 한다. 내가 날개를 사용할 때마다 날개는 나를 위해 땀을 흘린다. 날개는 바로 당신이다, 당신, 빛나는 침묵인 당신. 나는 당신이 아니다, 그러나 당신은 바로 나다. 바로 그렇기 때문에 나는 일생 동안 단 한 번도 당신을 직접 느낄 수 없게 된다, 바로 당신이 나이기 때문에.

오 신이여, 너무나 놀랍게도 나는 이해하기 시작했다. 내 지옥의 광란은 인간의 고통 자체였다.

어떻게 그걸 추측했겠는가? 고통 속에서 인간이 웃는다는 것을 몰랐다면. 그것이 고통의 방식임을 몰랐디 때문에, 나는 기쁨을 내 가장 심오한 고통이라고 불렀다.

그리고 흐느낌 속에서 신이 내게로 왔다. 신은 나를 가득 채웠다. 신에게 나는 내 지옥을 바쳤다. 첫 번째 흐느낌이 터지고, 내 끔찍한 쾌락으로부터, 내 축제로부터 새로운 고통이 탄생했다. 지금 내 사막에 핀 꽃처럼 가냘프고 무력한 고통. 이제 흐르는 눈물은 사랑의 눈물과도 같았다. 단 한 번도 나를 이해하지 못했던 신, 오직 내가 그를 이해했을 때만을 제외하고. 막 싹트기 시작한 꽃처럼, 몸을 숙이고 금방이라도 부러질 듯이 고개를 차마 들지도 못하면서, 그렇게 내가 그를 이해했을 때만을 제외하고.

하지만 지금 내 기쁨이 고통이었음을 알게 된 나는, 혹시 내가 인간됨을 견딜 수 없는 나머지 신을 향해 달아났던 건 아닌지 자문했다, 왜냐하면 나처럼 나약하지 않은 누군가가, 나보다 훨씬 더 위대한 누군가가 필요했으므로, 그래야만 스스로를 동정하거나 위로할 필요 없이 내 불행을 마음껏 허용할 수 있을 테니까—그런 대상이, 반드시 그런 대상이 있어야만 했다! 나와 같지 않은, 나처럼 자연의 고발자가 아닌, 나와 같지 않은, 자신의 사랑과 증오의 과격함에 스스로 두려워하는 나와는 다른 어떤 누군가가.

지금 이 순간, 의심이 나를 엄습한다. 신이라도 좋고, 그 어떤 이름으로 불러도 상관없는 당신에게, 나는 오직 하나의 도움을 간절히 소망한다. 하지만 당신이 은밀한 방식으로 나인 것처럼, 지금 당신이 나를 그렇게 은밀한 방식으로 도와서는 안 된다. 이번

만큼 그 도움은 확실하고 또 공개적이어야만 한다.

이것을 알아야 하기 때문이다, 나는 내가 느끼는 것을 느끼는가, 아니면 느끼고 싶은 것을, 혹은 느껴야 하는 것을 느끼는가?

나는 이제 이상理想의 구체화를 조금도 원하지 않는다. 단지 한 알의 씨앗이 되고 싶을 뿐이다. 설사 나중에 그 씨앗에서 이상이 다시 싹트게 될지라도 말이다. 하나의 길이 탄생하는 진실된 이상이건, 아니면 단지 부차적으로 발생한 오류의 진실이건 상관없이. 나는 지금 내가 느끼기를 소망하는 것을 느꼈던가? 1밀리미터라 해도 엄청난 차이를 만들어내기 때문에 1밀리미터의 틈새는 진실을 통한 구원이 될 수도 있고, 혹은 반대로 내가 본 것을 다시금 전부 상실하게 할 수도 있다. 그래서 위험하다. 사람들은 느낌을 매우 찬양한다. 그 또한 느낌을 혐오하는 것만큼이나 위험하다.

나는 내 지옥을 신에게 바쳤다. 그러자 내 잔인함이, 사랑이여, 내 잔인함이 갑작스럽게 멈추어버렸다. 또한 순식간에 이 사막도, 사람들이 흔히 낙원이라고 부르는 것의 희미하게 사라져가는 윤곽이 되어버렸다. 낙원의 습기가 되어버렸다. 다른 무엇도 아닌, 바로 그 사막인데. 아무것도 없는 곳에서 갑자기 출현한 빛에 놀란 사람처럼 나는 소스라쳤다.

내가 경험한 것이, 지옥처럼 게걸스러운 탐욕의 그 핵이, 바로 사람들이 사랑이라고 부르는 그것이었나? 사랑, 그러나 중립적인 사랑, 그것이었나?

중립적 사랑. 중립은 속삭임이었다. 이제 나는 일생 동안 찾아

헤매던 그것에 도달했다. 내가 표현 없이 칭했던 궁극의 정체성
에. 그것은 사진 속의 내 눈에서 항상 보이던 표현 없는 기쁨이며,
자신이 쾌락임을 모르는 쾌락이다. 바로 그것이었다. 거친 관념
으로 조성되어 늘 거칠기만 한 내 인간됨에는 지나치게 섬세한
쾌락.

　―말로 묘사할 수 없는 지옥을 스스로에게 말해주기 위해 나는
많은 노력을 기울였다. 그런데 이제 사랑에 대해서 어떻게 말해
야 할까? 오직 느낌만을 알 뿐이며 그 앞에서 '사랑'이라는 어휘
는 먼지투성이 사물에 불과한 사랑에 대해서.

　내가 통과해온 지옥은―어떻게 설명할 수 있을까―사랑으로
발생한 지옥이었다. 아, 사람들은 성애를 죄라고 생각한다. 그렇
다면 얼마나 무결하고 어린아이같이 천진한 죄란 말인가. 진정한
지옥은 사랑의 지옥이다. 사랑이란 커다란 죄의 위험을 깨닫는
것이다. 그것은 진흙탕의 체험이며 타락의 체험이고 가장 나쁜
기쁨의 체험이다. 성애는 아이의 숨막히는 공포이다. 아, 내가 지
금 막 체험한 사랑을 나 자신에게 어떻게 설명해야 할까?

　그건 거의 불가능하다. 사랑의 중립성 안에는 바람에 흔들리는
나뭇잎의 소리와 같은 지속적인 기쁨이 있다. 그리고 나는 벽에
그려진 여자의 중립적인 나체에 그대로 들어맞았다. 유독하고 탐
욕스런 기쁨으로 나를 좀먹었던 그 중립성은, 지금 내 귀에 사랑
의 지속적 기쁨으로 들려오는 다른 유형의 중립성과 동일한 중립
성이었다. 하지만 신의 존재를 나타내는 것은 과거 인간으로서의
내 기도가 아닌, 바람에 흔들리는 잎사귀들의 중립적인 살랑거림

이었다.

내가 진짜 기도를 할 수 없다면, 그 소리는 다른 사람들에게, 그리고 심지어 나 자신에게도, 흑마법의 카발라*처럼 중립적인 웅얼거림으로 들릴 것이다.

인간적 의미가 없는 웅얼거림은 사물의 정체성과 맞닿은 내 정체성에 해당할 것이다. 인간의 관점에서는 이 중립의 기도가 기괴하다는 것을 나는 안다. 하지만 그게 무엇이든 신의 관점이라면, 그것은 곧 존재일 것이다.

나는 사막이 살아 있다는 것을 공포스럽게 깨닫기 위해, 바퀴벌레가 생명이라는 것을 깨닫기 위해, 어쩔 수 없이 사막으로 가야만 했다. 내 가장 깊숙한 생명이 인간의 삶에 앞선다는 것을 깨달을 때까지 나는 뒷걸음쳤다. 그로 인해 나는 느낌을 포기해버릴 악마적인 용기를 냈다. 신의 위대함은 인간의 것보다 훨씬 더 광대하므로 그것을 이해하려면 인간의 척도로 생명을 측정해서는 안 되었다. 가장 위험하고 가장 금지된 것을 내가 간청했던 것일까? 내 영혼을 위험에 빠뜨리면서 무모하게도 신을 보기를 요구했던 것일까?

그리고 이제 신 앞에서 아무것도 이해하지 못하는 자처럼, 아무 소용없이 나는 그 앞에 서 있었고, 다시 한 번 더 무nothing 앞에 서 있었다. 나머지 세상 전체가 그렇듯이 내게도 모든 것이 주어졌으나 나는 만족하지 못했다. 나는 이 세계 전체를 알기 원했다.

* kabbālāh. 유대교의 신비주의적 교파.

알기 위해서 나는 영혼을 팔았다. 그러나 지금 내가 아는 건, 내 영혼을 악마에게가 아니라—그보다 훨씬 더 위험한 대상인—신에게 팔았다는 사실이다. 신은 나를 보게 만들었다. 나는 내가 본 것을 진정으로 볼 능력이 없다고, 그는 알고 있었기 때문이다. 에니그마의 해독은 또다른 에니그마의 반복이다. 당신은 무엇인가? 그리고 그 대답은, 당신이다. 당신은 무엇을 사는가? 그리고 그 대답은, 당신은 당신이 사는 것을 산다. 나는 질문을 할 능력은 있으나 대답을 들을 능력은 없었다.

아니, 나는 질문하는 방법조차 알지 못했다. 그러나 탄생하는 그 순간부터 나는 대답을 강요당하고 있었다. 끊임없이 대답해야만 했으므로, 나는 거꾸로 거기 해당하는 질문을 찾아 헤매는 입장이었다. 그러다가 질문의 미로에서 길을 잃고 말았다. 나는 아무 생각 없이 무작위로 질문했고, 그중의 하나가 우연히도 내가 이해할 수 있는 대답에 들어맞기를 기대했다.

나는 선천적인 맹인과 같았다. 주변에 볼 수 있는 자가 하나도 없는 맹인. 그런 사람은 본다는 것에 대한 질문 자체를 만들 수가 없다. 본다는 감각의 존재 자체를 모른다. 그러나 그가 아무리 아무것도 모르고 본다는 일이 무엇인지 들어본 적조차 없다고 해도, 그럼에도 불구하고 본다는 일은 분명 존재하므로, 그는 불안하게 경계하면서 가만히 멈추어 있을 것이다. 존재 자체를 모르는 감각에 대해 질문할 생각도 하지 못하면서—그리고 원래는 그 자신에게 속했어야 할 무언가의 결핍을 느낄 것이다.

원래는 그 자신에게 속했어야 할 무언가의 결핍을 느낄 것이다.

　—아니, 나는 당신에게 모든 걸 다 말하지 않았다. 약간의 독백을 더한 다음 빠져나가버릴 방법을 찾는 중이다. 그러나 내가 나 자신의 몰이해에 대해서 뻔뻔해질 때, 비로소 내 해방이 가능하다.

　왜냐하면, 그때 침대에 앉아서 나는 생각했다.

　—그들은 내게 전부를 주었다. 보아라, 그 전부가 무엇인지! 그것은 살아 있는, 죽음을 앞둔 바퀴벌레이다. 그다음 나는 문 손잡이로 시선을 향했다. 그다음 나는 옷장의 목재를 보았다. 나는 창의 유리를 보았다. 보아라, 그 '전부'라는 것이 무엇인지. 그것은 한 조각의 사물, 그것은 한 조각의 쇠, 한 조각의 회반죽, 한 조각의 유리이다. 나는 생각했다. 보아라, 무엇을 얻으려고 너는 그렇게 투쟁했던가, 네가 이미 갖고 있는 바로 그것의 뒤를 너는 필사적으로 추적했다. 눈앞에서 문이 열릴 때까지, 네가 찾는 보물의

방. 그런데 보아라, 그 보물이란 것이 무엇인지!

보물이란 한 조각의 금속, 한 조각의 회벽, 그리고 바퀴벌레 형상의 물질 한 조각이었다.

선사시대 이후로 계속 나는 사막을 건너고 있었다. 길을 인도해줄 별 하나 없는 사막이었다. 오직 저주만이, 오직 오류만이 나를 인도했다. 마침내 나는 피로의 황홀경으로 반쯤 죽은 상태로, 열정의 광채에 이끌려, 숨겨진 함을 발견했다. 빛나는 후광에 둘러싸인 비밀의 함을. 속세로부터 가장 멀고 속을 알 수 없는 불투명한 비밀, 하지만 그 단순한 존재의 광휘는 눈이 멀 정도였고, 함에서 발광하는 영광의 빛으로 내 눈은 고통을 느꼈다. 비밀의 함 내부에는

한 조각의 사물.

한 조각의 쇠, 바퀴벌레의 더듬이, 벽에서 떼어낸 한 조각의 석회.

내 피로는, 지옥 같은 숭배를 바치며, 한 조각 사물의 발치로 몸을 던졌다. 힘의 비밀은 힘 자체였고 사랑의 비밀은 사랑 자체였다—세상의 보석은 한 조각의 불투명한 사물이다.

불투명함은 내 눈동자에서 반사했다. 그것은 수천 년에 걸친 광란과 죽음의 궤적, 축복과 갈증의 궤적이 지닌 비밀이었다. 그리고 마침내 나는 발견했다, 내가 항상 갖고 있었던 것, 얻기 위해서 내가 먼저 죽었어야만 했던 그것을. 아, 나는 너무나 직접 살아 있으므로 거의 상징적으로 보인다.

한 조각의 사물? 파라오의 비밀. 그 비밀을 위해서 나는 내 인생

거의 전부를 바쳤다······.

아니, 그보다 더 많이, 훨씬 더 많이. 지금도 그리고 앞으로도 영영 이해하지 못할 그 비밀을 소유할 수 있다면 나는 또다시 내 인생을 바칠 것이다. 나는 대답 뒤에 오는 질문을 찾아 헤매느라 세계를 위험에 빠뜨렸다. 해당 질문이 공개된 이후에도 여전히 비밀로 머물렀던 대답. 에니그마에 대한 인간의 대답을 찾지 못했다. 하지만 그보다 많이, 훨씬 더 많이, 에니그마 자체를 발견할 수 있었다. 내게 주어진 것이 너무 많았다. 내가 받은 그것으로 나는 무엇을 해야 하는가? "개에게 신성한 것을 주면 안 된다."

그리고 심지어 나는 사물을 조금도 건드리지 않았다. 내가 건드린 것은 오직 생명의 중심과 나를 연결하는 공간뿐이었다. 나는 생명의 중심을 이루는, 통제된 폐쇄 진동 영역의 내부에 있었다. 생명의 중심은 내 도착이 야기한 충격에 의해서 진동한다.

내게 가능한 최대의 접근은 한 걸음 떨어진 거리까지이다. 거기서 한 걸음 더 다가가지 못하게 만드는 것은 무엇인가? 그것은 사물과 나로부터 동시에 나오는 불투명한 발광 때문이다. 서로의 유사성 때문에 우리는 서로를 밀쳐낸다. 우리는 서로 닮았으므로 함께 섞여들지 못한다. 만약 여기서 한 걸음 더 진행된다면 어떻게 될까?

모르겠다, 나는 모른다, 그 사물에 닿는 것은 정말로 불가능하기 때문에. 생명의 중심은 그것을 가리키는 손가락이다—그리고 손가락이 가리키는 대상은 1밀리그램의 라듐처럼 고요한 어둠 속에서 깨어난다. 그리고 축축한 대기를 뚫고 귀뚜라미 소리가 들려온다. 1밀리그램의 발광체는 어둠을 바꾸지 못한다. 어둠은 밝힐 수 없기 때문이다. 어둠은 존재의 한 방식이다. 어둠은 어둠의 맥박 치는 중심이며, 사물의 맥박 치는 중심은 절대 건드릴 수가 없다.

그렇다면 사물은, 사물의 불가침성 바깥에 놓인 특성만으로 자신을 표현하는가? 오 이런 세상에, 당신이 한 일을 내게 다오, 아니 이미 그것을 내게 주었던가? 당신이 한 일을 얻게 될 이 한 걸음을, 끝내 실행에 옮기지 못하고 있는 것이 바로 나였던가? 당신이 한 일이란 것이, 바로 나였던가? 나에게로 가는, 사물이며 동시에 당신인 나에게로 가는 이 한 걸음을 나는 행하지 못한다. 내 안에 있는 당신을, 나에게 다오. 다른 것들 안에 있는 당신을, 나에게 다오. 당신이 바로 그임을 나는 알고 있다, 내가 건드리면, 그인 존재가 보이기 때문이다. 하지만 그 사람, 그는 당신에게서 받은 것을 돌보고, 내가 볼 수 있고 건드릴 수 있도록 특별히 만들어진 껍질로 자신을 둘러싼다. 나는 껍질을 사랑하지만 그 이상의 것을 원한다. 나는 내가 사랑하는 것을 원한다, 나는 내가 당신을 사랑하는 그것을 원한다.

하지만 껍질의 뒤편에서 내가 발견한 것은 에니그마뿐이다. 나는 신에 대한 두려움으로 온몸을 떨었다.

나는 떨었다, 두려움으로, 그리고 존재하는 것에 대한 이글거리는 흠모의 마음으로.

존재하는 것, 그리고 한 조각의 사물인 것, 그 사물의 불투명성 앞에서 눈을 보호하기 위해 나는 손으로 눈을 가려야만 한다. 아,

광포하고 사랑스러운 존재의 무의식이 내 의식의 가능성을 능가한다. 나는 수많은 물질들을 무서워한다―물질은 주의를 기울이면서 진동한다, 지속적인 과정으로 진동한다, 고유한 현재를 가지며 진동한다. 존재하는 것은 강력한 파동을 타고 쪼개지지 않는, 나 자신인 낟알과 충돌한다. 낟알은 존재의 고요한 솟구침이 만들어낸 심연 사이에서 소용돌이치며 회전한다. 회전하면서 용해되지는 않는다. 이 씨앗인 낟알, 그것은 나다.

나는 무엇의 씨앗인가? 사물의 씨앗, 존재의 씨앗, 중립적 사랑이라는 거대한 소용돌이의 씨앗. 나, 한 개인인 나는 하나의 배아이다. 배아는 오직 민감하다―그것이야말로 배아의 유일한 고유성이다. 배아는 아프다. 배아는 탐욕스럽고 영리하다. 내 탐욕의 뿌리는 원초적인 굶주림이다. 나는 탐욕스럽기 때문에, 순수하다.

이 즐거운 물질 역시 나 자신인 배아로부터 생겨났다. 존재인 사물, 자기 존재의 진행과정을 통해 만족감을 느끼며, 오직 전체적으로 진동하는 그 진행과정에만 깊이, 유일하게 몰두하는 사물. 함 속에 들어 있는 이 한 조각의 사물은 옷장의 비밀이다. 심지어 옷장 자체도 비밀로 이루어졌다. 세계의 보석이 보관된 함, 함 역시 마찬가지로 똑같은 비밀로 이루어졌다.

아, 난 이런 걸 원하지 않는다! 나는 내가 보는 것을 증오한다! 사물로 이루어진 이 세계가, 나는 싫다!

원하지 않는다. 그러나 초라한 중립과 불투명함을 통해 내 안에서 광대한 세계가 열리고 그것을 느끼는 일을 나는 멈출 수가 없다. 사물은 잡초처럼 살아 있다. 만약 그것이 지옥이라면, 그것이야말로 낙원 자체일 것이다. 선택권은 나에게 있다. 나는 악마도, 혹은 천사도 될 수 있다. 내가 악마가 된다면 그것은 지옥이고, 천사가 된다면 그것은 낙원일 것이다. 오, 나는 내 천사를 보내 내 길을 마련시키리라. 아니, 내 천사가 아니라, 내 인간적인 연민을.

내 천사를 보내 길을 마련하게 하고, 돌들에게 내가 올 것을 예고하여 내 몰이해를 대비해 미리 유연해지도록 준비시킨다.

그리고 천사 중에서도 가장 온유한 천사가 그 사물 한 조각을 발견했다. 천사는 오직 사물의 존재만을 발견했을 뿐이다. 하늘에서 뭔가가 떨어지면, 예를 들어 운석과 같은 그것은 한 조각의 사물이 된다. 천사는 나를 이끌어 한 조각의 쇠, 한 조각의 유리에 예배하도록 했다.

그러나 나는 사물에게 이름 주는 일을 멈추어야 한다. 이름은 부속물이며, 사물과의 접촉을 방해한다. 사물의 이름은 사물과의 거리이다. 그러나 부속물을 원하는 욕구는 너무도 크다. 벌거벗은 사물은 지루하기 때문이다.

벌거벗은 사물은 지루하기 때문이다.

아, 그렇기 때문에 나는 항상 지루함에 대해서 모종의 사랑을 느껴왔다. 마찬가지로 지속적인 증오 역시.

지루함이란 아무런 맛이 없으며 사물 자체와 비슷하기 때문이다. 그리고 나는, 나는 충분히 위대하지 못했기에. 위대한 자만이 단조로움을 사랑할 수 있으므로. 무조의 초음향과 접촉하면, 오직 사랑하는 육체만이 견딜 수 있는 표현 없는 기쁨을 얻는다. 위대한 자들의 육체는 필수적인 자질을 가지며, 단지 무조음향을 견뎌낼 뿐 아니라 심지어 그것을 갈망하기조차 한다.

과거의 내 양식은 쉴 새 없이 무조를 음조로 전환하고, 무한을 유한한 것들의 연쇄로 쪼개려는 구조로 이루어졌다. 유한함이 수량이 아니라 성질이라는 것을 모르는 채로. 그런 모든 행위에서 나를 낙담시킨 것은, 유한을 아무리 긴 연쇄고리로 만들어도 남아 있는 무한함의 성질은 결코 줄어들지 않는다는 예감이었다.

그러나 지루함, 지루함은 내가 무조를 느낄 수 있었던 유일한 형태였다. 나는, 지루함 때문에 고통을 겪었던 나는 그로 인해 내가 지루함을 좋아한다는 것을 알지 못했다. 하지만 살아 있는 물질에게 고통은 삶의 적절한 척도가 아니다. 고통은 치명적인 부산물에 불과하므로, 아무리 격렬하다고 해도 굳이 언급할 필요가 없다.

아, 그리고 나는 훨씬 더 일찍 이것을 깨달았어야 하는데! 나, 표현 없음을 은밀한 주제로 삼았던 나는. 표현 없는 얼굴이 나를 매혹시켰다. 절정이 없는 순간이 나를 매혹시켰다. 자연, 내가 자연에서 사랑한 것은 자연의 진동하는 표현 없음이었다.

—당신에게 어떻게 말하면 좋을까, 무슨 말을 해야 할지 모를 때 나는 많은 말을 사용하게 된다, 오류는 나를 불가피하게 논쟁과 사색으로 이끈다. 하지만 내가 오류를 저지르지 않아서 오직 침묵이 우리 사이를 지배하게 되면, 당신과 어떻게 대화를 할 수 있을까? 표현 없음에 대해서 어떻게 당신과 이야기를 나눌 수 있을까?

심지어 비극에서조차, 왜냐하면 진정한 비극은 무자비한 표현 없음에서 비롯되므로, 그것이야말로 비극의 벌거벗은 정체성이므로.

때때로—때때로 우리 자신도 표현 없음을 표현하곤 한다—예술에서, 그리고 육체적 사랑을 할 때—표현 없음을 표현하는 것은 창조이다. 궁극적으로 우리는 너무도 너무도 행복하다! 생명과 접하는 방법이 하나가 아니기 때문이다. 부정적인 방법들도 얼마든지 가능하다! 심지어 고통스럽고 심지어 불가능한 방법도—그리고 모든 것이, 죽음 앞에 있는 모든 것이, 심지어 우리가 깨어 있는 동안의 모든 것이! 또한 경우에 따라서는 깊은 환희로 넘실대는 무조의 격앙도 있다. 격앙된 무조는 이륙하는 비행이다.—자연은 격앙된 무조이다. 그런 식으로 세계의 탄생이 이루어졌다. 무조가 격동에 휩싸이면서.

그리고 잎을 보면, 초록의 무거운 잎새들, 사물인 그것들이 얼마나 격앙되어 있고, 얼마나 맹목적이고, 얼마나 초록인지. 모든 사물을 손에 쥐고 무게를 느껴보라, 무게는 표현 없는 손을 벗어나지 않는다. 완전하게 부재하는 사람을 깨우지 말라, 몰두해 있는 자는 사물의 무게를 느낀다. 무게는 사물이 존재한다는 한 증거이다. 무게를 갖는 것만이 날 수 있다. 그리고 무게를 갖는 것만이—하늘의 운석처럼—추락할 수 있다.

혹시 이건 내가 여전히 사물을 묘사하는 말의 기쁨을 원한다는 의미일까? 아니면 여전히 극단적 아름다움의 오르가슴을, 이해의 오르가슴, 극단적 사랑의 몸짓이 주는 오르가슴을 원한다는 의미일까?

왜냐하면 지루함은 지나치게 원초적인 기쁨이기 때문이다! 그래서 나는 천국을 견딜 수 없다. 나는 천국을 원하지 않는다, 나는 지옥이 그립다! 천국에 머무는 것은 내게 불가능하다, 천국은 인간의 맛이 아니기 때문이다! 천국은 사물의 맛이 난다. 살아 있는 사물은 입속의 피처럼 무미하다. 살을 베어서 피를 빨아먹을 때, 내 피가 인간의 맛이 아니라는 데 나는 두려움을 느낀다.

인간의 것인 어머니의 젖, 그것은 인간 이전의 먼 시간에서 유래하며 무미하다. 젖은 아무런 맛이 느껴지지 않는다. 내가 이미 맛을 보았기 때문에 아는 것이다―젖은 조각상에 새겨진 눈과 같다. 텅 비고 표현이 없다. 예술작품이 훌륭한 것은 표현 없음의 경지에 다다를 때이다. 저급한 예술은 표현이 넘친다. 한 조각의 쇠를 넘어서는, 한 조각의 유리와 한 조각의 미소와 한 조각의 비명을 초과하는 그런 예술.

―오, 내 손을 잡은 손이여, 내 삶을 빚기 위해 나 자신을 그처럼 필요로 하지 않았더라면, 그러면 나는 이미 삶을 소유했을 텐데.

그러나 인간의 개념으로 보면 그것은 파괴일 것이다. 자신의 삶이 아닌, 삶 자체를 사는 것은 금지되었으므로. 신성한 물질로 틈입하는 것은 죄이다. 이 죄는 반드시 처벌을 받는다. 그 비밀로 감히 난입해 들어간 자는 자기 개인의 삶을 상실하므로, 따라서 인간 세상의 질서가 교란된다. 나 역시 내 튼튼한 구조물이 허공에서 무너져버릴 것을 알면서도 그대로 두었을 것이다. 유혹이 없었더라면. 유혹은 사람이 건너편 해안으로 가지 못하도록 만든다.

그런데 반대편 해안으로 건너갈 생각 없이, 안에 머무는 것도 좋지 않느냐고? 광기란 사물의 내부에 머무는 것이다. 나는 내부에 머물고 싶지 않다. 그렇지 않다면 이전의 내 점진적 인간화는 기반을 잃고 말 것이다.

그리고 나는 인간성을 상실하고 싶지 않다! 그걸 잃는다면 얼마나 아플 것인지, 내 사랑하는 당신, 도마뱀의 잘려나간 몸통처럼, 죽기를 거부하며 발버둥치는 여전히 살아 있는 신체기관을 잘라내듯이, 그렇게 끔찍하게 아플 것이다.

그러나 이제 너무 늦었다. 나는 내 공포심보다 더 커져야만 하고, 과거의 내 인간화가 무엇으로 이루어졌는지 알아야만 할 것이다. 아, 나는 인간성의 숨겨진 진짜 배아를 필사적으로 믿어야만 한다. 그래서 인간화의 이면을 보기를 두려워하면 안 된다.

인간화의 이면을 보기를 두려워하면 안 된다.

—다시 한 번 더 손을 잡아다오. 진실에 상처받은 스스로를 위로할 방법을 나는 알지 못하므로.

그러나—잠시 동안만 나와 느낌을 함께 나눈다면—인간화의 진실을 의심하는 가장 큰 이유는 진실이 인간화를 파괴한다는 생각일 것이다. 기다려, 잠깐만 기다려다오, 시간이 지나면 이 모든 걸 일상에 활용하는 법을 알게 되겠지, 잊으면 안 된다, 나도 일상이 필요하다는 것을!

하지만 내 사랑이여, 진실은 비난받아서는 안 된다. 진실은 그냥 그 자체이다—진실의 논박 불가능성, 바로 그 때문에 진실은 우리가 가진 최대의 안전인 것이다. 아버지와 어머니를 향한 욕구가 너무도 필연적이므로 그것이 우리의 기초를 이루는 것처럼. 그렇지 않은가? 선과 악을 먹기를 왜 두려워해야 하는가? 그 둘이 존재한다면, 그건 그들이 존재의 일부라는 의미일 텐데.

기다려다오, 나는 다가가고 있다, 뭔가 고통스러운 것을 향해서, 왜냐하면 나는 다른 것을 상실했으므로—계속할 테니 좀더 기다려다오. 누가 알겠는가, 어쩌면 이 모든 일에서 하나의 이름이 탄생하게 될지! 말이 아닌 이름, 그러나 내 인간적 체계의 진실을 더욱 심화시킬지도 모르는 이름.

내가 두려워한 것처럼 두려워하지는 말아다오. 생명의 플라스마를 본 것은 비난받을 일이 아니다. 그것은 위험하고, 죄이기는 하지만, 비난받을 일은 아니다. 우리 역시 그런 플라스마로 이루어졌기 때문이다.

—내 말을 듣고, 두려워하지 말아다오, 내가 금단의 열매를 먹었음에도 아직 존재의 광란에 빠져들지 않았음을 기억해야 한다. 잘 들어야 한다, 그것은 내가 생명을 먹지 않았을 때보다 구원의 가능성이 더 커졌음을 의미한다……. 들어라, 나는 나 자신을 몰락의 구렁텅이로 빠뜨림으로써, 나 자신이기도 한 그 몰락의 밑바닥을 사랑하게 되었다. 오직 쾌락이기만 한 강렬한 쾌락 때문에, 정체성은 위험할 수 있다. 하지만 이제 나는 사물에 대한 내 사랑을 받아들인다!

그리고 그것은 위험하지 않다, 맹세컨대, 그것은 위험하지 않다.

은혜의 상태가 영구적이므로, 우리 모두는 항상 구원받는다. 세계 전체는 은혜의 상태에 있다. 은혜의 상태에 있다는 것을 깨닫는 순간, 인간은 상냥함의 번갯불을 맞는다. 최고의 재능은 은혜 안에 있음을 느끼는 것이며, 이것을 내면에서 인식하는 위험을 감수할 자는 거의 없다. 그러나 이제 나는 안다, 지옥불의 위험은 없다. 은혜의 상태는 천부적이다.

―들어라, 나는 오직 초월에만 익숙해 있다. 내게 희망이란 뒤로 미룬다는 의미이다. 단 한 번도 내 영혼을 자유롭게 펼쳐 보이지 못한 채로, 나는 금세 인간으로 조직되어버렸다. 형체를 잃는 것은 너무 위험했기 때문이다. 그렇지만 이제 정말로 일어난 일의 정체를 알게 되었다. 믿음이 너무 허약한 나는 오직 미래만을 염두에 두었고, 현존하는 것은 거의 믿지 않았기에 당장의 현재를 약속의 미래로 연기해버린 것이다.

하지만 나는 희망이 필수적이 아니라고 깨달았다.

그보다는 훨씬 더 심각한 종류이다. 아, 나는 다시 한 번 더 위험을 건드리고 있고 나 자신을 상대로 입을 다물어야 한다는 것을 안다. 희망이 필수가 아니라고 말해서는 안 된다. 잘못하면 자기 파괴적인 무기로 변해버릴 수 있기 때문이다. 특히 나처럼 나약한 사람에게는. 그러나 당신 같은 사람에게는 그 무기가 유용할 수도 있다.

나는 이해할 수 없을 것 같고, 아마 당신도 이해하지 못할 것이다. 희망의 포기가 실제로는 행동과 오늘을 의미한다는 것을. 아니, 그건 파괴적이지 않다. 잠깐만, 내가 우리를 이해할 때까지 좀 기다려다오. 이것은 금지된 주제이다. 비난받을 일이어서가 아니라 우리 자신을 위험에 빠뜨리기 때문이다.

희망을 중심으로 조직된 삶을 버린다면, 살아 있음을 의미하는 더 위대한 일을 위해서 버려버린다면, 그건 마치 아직 태어나지도 않은 아이와의 이별처럼 아프다는 것을 나는 잘 안다. 희망은 아직 태어나지 않은, 언약에 불과한 아이이므로, 그것은 마음의 상처가 된다.

하지만 나는 자신을 억누르는 동시에 자유롭게 풀어두기를 원한다. 마치 죽음과의 사투처럼. 죽음이 진행되는 동안 무언가가 자유로워진다. 그러나 아직은 육체라는 안전한 장소를 떠나기가 두렵다. 희망의 부재를 말하기란 위험하고, 나는 그것을 잘 안다. 그렇지만 내 안의 깊숙한 곳에는 지옥불에서 피어난 연금술이 자리잡고 있다. 그것이 내게 막강한 권리를 준다. 오류의 권리를.

두려워하지 말고 고뇌하지도 말고, 내 말을 들어라. 신의 중립성은 너무도 위대하고 생생하여, 신의 세포핵을 견딜 수 없던 나는 신을 인간화시켜야만 했다. 물론 여기서 신이 불특정의 위력을 가졌음을 발견하는 건 참으로 끔찍하게 위험하다—왜냐하면 그래 난 안다, 아 나는 알고 있다! 간절한 갈구의 말살과도 같으므로.

그리고 언젠가 도래할 미래의 중단과도 같으므로. 우리는 그걸 견디지 못한다, 우리는 곤궁한 존재이기 때문이다.

그러나 잠시만 내 말을 들어라. 나는 미래를 말하는 것이 아니다. 나는 영원히 지속되는 현재에 대해서 말한다. 그것은 희망이 없다는 의미이다. 희망은 더이상 유예된 미래가 아니라 바로 오늘이기 때문이다. 신은 아무런 약속을 하지 않기 때문이다. 신은 그보다 훨씬 더 광대하다. 신은 현존하고, 현존을 결코 멈추지 않는다. 우리는 항상 현존하는 이 빛을 견디지 못하는 존재이고, 그래서 오늘 당장 그 빛을 피하고 싶은 마음에 나중으로 유예시킨다. 현재는 현존하는 신의 얼굴이다. 우리가 신을 본다는 인식은, 그것도 살아 있는 동안에, 우리를 공포와 충격에 빠뜨린다. 우리는 두 눈을 뜬 채로 신을 본다. 내가 이 현실의 얼굴을 죽음 이후의 시간으로 미룬다면, 그건 책략을 쓰는 것이다. 죽어 있는 상태로 그를 보는 편이 더 낫기 때문이다. 그런 식으로, 나는 그를 정말로 보게 되지는 않을 거라고 믿어버린다. 오직 잠 속에서만이, 정말로 꿈을 꿀 용기가 생기는 것처럼, 그런 식으로.

내 느낌이 위험하며 나를 파괴할 수도 있다는 것을 나는 안다. 왜냐하면―왜냐하면 그것은 내가 나 스스로에게 천국이 이미 도래했다는 소식을 전달해주는 셈이기 때문이다.

그러나 나는 영원한 축복의 그 장소를 원하지 않는다. 나는 그곳을 원하지 않는다. 내가 견딜 수 있는 건 단지 그곳이 도래한다는 언약뿐이다! 내가 스스로에게 전달하는 이 소식은 대재앙의 예고와도 같아서, 나는 다시금 거의 악마적이 된다. 하지만 그건 두려움 때문이다. 두려움이다. 희망을 포기한다는 것은 삶을 시작해야 한다는 의미이지, 단순히 자신에게 삶을 약속해주는 차원이 아니기 때문이다. 그것은 나를 가장 큰 두려움에 떨게 만든다. 과거에 나는 희망했다. 그러나 신은 오늘이다. 그의 왕국은 이미 시작되었다.

그리고 내 사랑이여, 그의 왕국은 바로 이 세계이다. 나는 약속으로 존재하기를 멈출 용기가 없었다. 나는 스스로에게 나 자신을 약속했다, 자기가 이미 다 자란 어른임을 인식할 용기가 없는 어른이 스스로에게 미래의 성숙을 약속하는 것처럼.

그렇게 나는 생명의 신성한 약속이 이미 이루어졌고, 이미 예전에도 늘 이루어진 상태였음을 깨달았다. 갑작스럽게 나타났다 마찬가지로 갑작스럽게 흩어져버린 어떤 비전의 순간이 내게, 약속은 미래만을 위한 것이 아니라, 어제의 일이며 또한 영원히 지속되는 오늘의 문제이기도 하다는 것을 상기시켰다. 나는 충격을 받았다. 나는 가져야 할 용기를 낼 필요 없이, 계속해서 탄원하는 편이 더 좋았다.

그리고 나는 가졌다. 나는 항상 갖고 있을 것이다. 내가 뭔가를 필요로 하기만 하면 항상 나는 얻었다. 필요로 한다는 건 끝이 없는 상태였다. 그건 내 중립에 내재된 성질이므로. 내가 탄원과 궁핍으로 만들어내는 것—그것은 삶일 것이다. 내 삶으로 만들어낼 수 있었던 삶일 것이다. 희망을 갖지 않기, 그것은 탄원의 부정이 아니다! 또한 더이상 궁핍하지 않다는 의미 역시 아니다. 아, 그것은 애걸을 더욱 간절하게 심화시키는 일이다, 그것은 궁핍에서 태어난 탄원을 영원히 되풀이한다는 의미이다.

궁핍에서 태어난 탄원을 영원히 되풀이한다는 의미이다.

　소는 우리를 위해서 우유를 만들지 않으나 우리는 우유를 마신다. 꽃은 우리가 감상하고 향기를 맡으라고 피어나지는 않지만 우리는 꽃을 감상하고 향기를 마신다. 우리가 은하수를 알아야 하기 때문에 은하수가 존재하는 건 아니지만, 그럼에도 우리는 은하수의 존재를 안다. 그리고 우리는 신의 존재를 안다. 또한 우리가 그에게서 필요로 하는 것을, 우리는 그로부터 취한다. (내가 신이라고 부르는 것, 그것의 정체를 나도 잘 알지 못하지만, 그래도 신이라고 부르기로 한다.) 우리가 신에 대해 아는 것이 거의 없다는 사실은, 곧 우리가 거의 아무것도 필요로 하지 않는다는 의미이다. 우리는 그로부터 정말로 절대적으로 불가피한 것만을 취했다. 우리가 신으로부터 가져온 것은 우리 안에 들어맞는 것들뿐이다. (그리움은 우리에게 결핍된 신을 향하지 않는다. 그것은 우리 자신을 향한 그리움이다. 우리에게 충분하지 않은 우리 자신을 그리워하는 그리움이다. 우리는 불가능한 우리의 광대함을 그리워한다—영영 도달할 수 없는 내 지금 현재야말로 나의 잃어버린 낙원이다.)

우리는 굶주림이 너무 적은 탓에 괴로워한다. 비록 그 빈약한 굶주림이 우리를 쾌락의 결핍에 깊이 시달리게 할 만큼 충분하기는 하지만.

만약 우리가 더 크고 압도적인 굶주림을 가졌다면 만끽할 수 있었을 쾌락. 우리는 몸이 원하는 만큼만 우유를 마신다. 그리고 쉽게 싫증을 느끼는 우리의 눈이 충분히 감당할 수 있을 만큼 꽃을 감상한다. 우리가 원하면 원할수록 그만큼 더 많이 신은 존재한다. 우리가 감당해낼 능력이 크면 클수록 그만큼 더 많이 신은 우리에게 할당된다.

그는 허용한다. (그는 우리를 위해 태어나지 않았으며 우리도 그를 위해 태어나지 않았다. 하지만 우리와 그는 동시에 있다.) 그는 모든 사물이 존재하듯이 그렇게 존재하느라 쉴 새 없이 분주하지만, 우리가 그를 향하는 것을, 그와 함께 존재하느라 분주한 것을, 그와의 지속적인 교류 상태에서 분주하게 살아가는 것을 막지는 않는다. 예를 들어서 그는, 그는 우리를 총체적으로 사용한다. 그의 욕구는 절대적으로 무한하기 때문에, 우리 모두의 내면이 지닌 전부를 필요로 한다. 그는 우리를 사용하지만, 우리가 그를 사용하는 것도 막지 않는다. 땅속에 있는 광물은 자신이 사용되지 않는 것에 대해 책임이 없다.

우리는 매우 뒤처져 있으며, 이런 교류를 통해 신으로부터 어떤 혜택을 얻어낼 수 있을지 전혀 모르는 상태이다. 우유를 마실 수 있다는 것을 아직 모르고 있었던 때처럼. 수백 년 뒤 혹은 몇 분 뒤에 우리는 놀라움과 함께 이렇게 외치게 될지도 모른다. 신이 항상 존재하고 있었다니, 도대체 누가 그런 상상이나 했을 것인가! 거의 존재하지 않았던 것, 그건 다름 아닌 바로 나였다—석유를 지하에서 채굴하는 법을 알게 된 다음에야 석유가 너무도 다급하게 필요하다고 말하게 된 것처럼, 언젠가 치료제가 나온 다음에야 이미 암으로 죽은 이들을 애통하게 기억하게 되는 것처럼. 아직은 우리가 암으로 죽지 말아야 할 만큼 온 건 분명 아니다. 모든 것이 여기에 있다. (아마도 다른 행성인들은 신과 이런 교류를 이루며 사는 것을 이미 자연스럽고도 당연하게 여길지도 모른다. 반면에 우리에게 그 교류는 '거룩함'이며 우리 삶을 송두리째 뒤흔드는 종류이다.)

우리는 소의 젖을 마신다. 소가 그것에 반항하면, 우리는 폭력을 사용한다. (삶과 죽음에서 모든 일은 합법이며, 산다는 것은 항상 삶과 죽음의 문제이다.) 신과의 관련에서도, 우리는 폭력을 통해 해법을 찾을 수 있다. 그 자신인 그가, 더욱 특별히 우리 중의 하나를 필요로 할 경우, 그는 우리를 선택하고 우리에게 폭력을 가한다.

다만 내가 신에게 가하는 폭력은, 나 자신을 향해야만 한다. 더 곤궁해지기 위해, 나는 내게 폭력을 가해야 한다. 마침내 완전히 텅 빈 곤궁을 느낄 정도로 절망적인 위대함에 도달하기 위해서. 오직 그런 길을 통해서만 나는 내 곤궁의 원천으로 거슬러 올라

갈 수 있다. 내 안에 있는 그 위대한 텅 빔은 바로 내가 존재하는 장소이다. 내 극단의 가난은 오직 위대한 의지를 통해서만 도달 가능하다. 내가 가진 것이 모두 소진될 때까지, 그리하여 내가 뭐든지 다 갈구하게 될 때까지 나는 자신에게 폭력을 가해야 한다. 뭔가를 원하면, 나는 그것을 얻게 된다. 더 많이 구하는 자가 더 많이 얻는다. 내 요구는 내 위대함의 크기이며, 내 텅 빔은 나의 척도이다. 하지만 신에게 직접적인 폭력을 가하는 일도 가능하다. 분노로 충만한 사랑을 통해서.

그러면 그는, 우리의 미쳐 날뛰는 살인적인 탐욕이 사실은 목숨처럼 소중하고도 경건한 분노임을 이해할 것이다. 우리 자신을 향한 폭행의 시도, 먹을 수 있는 것보다 더 많이 먹으려는 시도는 우리의 굶주림을 인공적으로 증가시키기 위해서라는 것도—생명의 요구에서는 모든 것이, 심지어는 인공적인 것마저도 합법이다. 때로 인공을 견디는 일은 본질에 도달하기 위해 인간이 할 수 있는 커다란 희생에 속한다.

그런데 우리는 작고, 따라서 단지 조금만 필요할 뿐인데, 왜 우리는 작은 것에 만족하지 못하는가? 왜냐하면 우리는 쾌락에 저의가 있음을 의심하기 때문이다. 눈먼 자가 손으로 더듬어 알듯이, 우리는 삶의 강렬한 쾌락을 직감한다. 우리가 직감한다면, 그것은 신이 우리를 사용하고 있음을 우리가 불안하게 느끼기 때문이다. 강렬하고 끝없는 쾌락과 함께 그 일이 일어난다는 것을, 우리는 불안하게 느낀다—더구나 지금까지 우리의 구원은 우리가 최소한 사용되고 있다는 사실, 신이 우리를 강렬하게 사용하기에 우리 존재가 무의미하지는 않다는 사실에 있었다. 육신과 영혼과 생명은 그러기 위해서 있었다. 어떤 다른 존재와의 교류와 엑스터시를 위해. 불안하게 우리는 느낀다, 매 순간 우리 자신이 사용되고 있음을—하지만 그것은 매번 우리 안에, 마찬가지로 사용하고자 하는 불안한 갈망을 새로이 불러일으킨다.

그는 이것을 허용하기만 하는 게 아니라, 심지어 그 자신이 사용되어야 할 필요가 있다. 사용된다는 것은 이해되는 하나의 방식이기도 하다. (모든 종교에서 신은 사랑을 받아야만 한다.) 우리가 뭔가를 원할 때, 우리는 그냥 그것을 필요로 하기만 하면 된다. 그중 최고의 단계는 단연 곤궁이다. 한 남자와 한 여자 사이에서 일어나는 최고로 위험스러운 희열은, 곤궁의 최대치에 이른 나머지 마침내 공포에 질려, 너 없이는 살 수 없어, 라는 단말마의 외침이 터져 나오는 순간이다. 사랑의 폭로는 동시에 결핍의 폭로이기도 하다—마음이 가난한 자는 복이 있나니, 가슴 찢어지는 삶의 왕국이 그들의 것이니라.

희망을 버리는 날 나는 내 결핍을 축하할 것이며, 그것은 삶 최대의 중대사가 된다. 내가 내 결핍을 인정했으므로, 삶은 손쉬워진다. 가진 것을 모두 버리고 더 큰 굶주림을 찾아 길을 나선 자들은 아주 많다.

아, 나는 부끄러움을 잃었다. 신은 이미 있다. 우리는 선포되었으며, 나를 올바른 삶으로 선포한 것은 나 자신의 잘못된 삶이었다. 축복은 사물의 지속적인 쾌락이며, 사물의 경로는 쾌락이 넘치면서, 사람이 점점 더 많이 필요로 하는 것과의 접촉으로 이루어진다. 내가 속임수로 벌이는 음험한 투쟁 전체는, 이루어지는 약속을 인정하고 싶지 않다는 바람이다. 나는 현실을 원하지 않는다.

현실로 존재함은 약속 자체를 받아들인다는 의미이기 때문이다. 자신의 결백함을 인정하고, 단 한 번도 의식 안으로 침투하지 못했던 맛을 되찾는다는 의미이기 때문이다. 즉 생명의 맛을.

즉 생명의 맛을.

그것은 거의 아무런 느낌도 없는 맛이다. 사물들이 너무도 섬세하기 때문에 그렇다. 아, 성체聖體의 맛을 느끼려는 시도와 같다.

사물은 말할 수 없이 섬세해서, 눈에 보인다는 것 자체가 놀라울 정도이다. 너무 섬세해서 심지어 보이지 않는 사물들도 있다. 그 섬세함이란 얼굴이 육체에 대해 지니는 의미와 동급이다. 인간의 얼굴은 육체의 감각화이다. 사물은 얼굴과 마찬가지로 그 자체를 감각화한다.

아, 그리고 나는 내 '영혼'에 어떤 윤곽을 그려 넣어야 할지 몰랐다. 내 영혼은 비물질이 아니다, 그것은 극도로 섬세한 사물의 육체를 갖고 있다. 내 영혼은 분명 사물인데, 내가 그것을 가시적인 차원으로 구현할 수 없을 뿐이다.

오, 내 사랑, 사물은 이처럼 섬세한데, 우리는 과도한 감정으로,

과도한 인간의 발굽으로, 사물을 마구 짓밟는다. 아직 죄 없는 자들, 혹은 이미 밀교 입문자들의 섬세함만이 거의 아무런 맛이 없는 사물의 맛을 느낄 수 있다. 과거 나는 모든 음식에 조미료를 쳐야 했고, 그래서 사물이 아니라 조미료 맛만을 느낄 수 있었다.

감자의 맛을 나는 몰랐다. 감자는 흙과 흡사한 물질이기 때문이다. 감자는 너무 섬세하므로, 나는—단지 흙맛뿐인 감자의 섬세한 차원을 체감할 능력이 없이—내 둔중한 인간의 발로 감자를 짓밟았고, 살아 있는 사물로서 감자가 소유한 섬세함을 파괴했다. 살아 있는 것의 성분은 극도로 결백하기 때문이다.

그러면 나 자신의 결백함은? 이것이 나를 아프게 한다. 오직 인간적인 차원에서 결백함이란 잔인하다는 의미이기 때문이다. 서서히 고통 없이 죽어가는 바퀴벌레가 자기 자신을 상대로 잔인하듯이. 고통을 초월하는 것은 최대의 잔인함이다. 나는 그것이 두렵다. 나, 극도로 도덕적인 나. 그러나 지금 나는 훨씬 더 용감해져야 한다는 것을 안다. 용기를 내야 한다, 다른 종류의 도덕성을 획득해야 한다, 면책되는 도덕성, 그래서 나 자신조차도 이해하지 못하고 겁에 질릴 수밖에 없는 그런 도덕성을.

—아, 내가 가진 가장 오래된 기억, 당신이 생각난다. 당신이 내 눈앞에 있다. 소켓을 수리하기 위해 전선을 연결하는 당신이. 양극과 음극을 신경쓰면서 사물을 매우 미묘하게 다루는 당신.

내가 당신에게서 그토록 많이 배웠음을, 당시의 나는 몰랐다. 당신은 내게 무엇을 가르쳤던가? 내가 배운 것은, 전선을 연결하고 있는 사람을 지켜보는 법이었다. 망가진 의자를 고치는 당신을 지켜보는 법을, 나는 배웠다. 당신의 육체가 가진 에너지는 당신의 가장 미묘한 에너지였다.

─당신은 내가 만난 가장 오래된 사람이었다. 당신은 내 영원한 사랑의 단조로움이었으나, 나는 그것을 알지 못했다. 당신을 위해 나는 휴일과 같은 지루함을 느꼈다. 그게 무엇이었나? 돌 우물에서 솟아나는 물과 같은 것, 매끈한 돌에 새겨진 세월의 표식 같은 것, 흐르는 물 속에서 이리저리 흩어지는 이끼 같은 것, 하늘에는 구름이, 그리고 쉬고 있는 내 사랑하는 남자, 사랑이 휴식하고, 휴일이었고, 모기들이 침묵 속에서 비행했다. 그리고 여유있는 현재…… 그리고 서서히 따분해지는 내 해방감, 그리고 풍요, 요청하는 것도 없고 결핍된 것도 없는 육체의 풍요.

그 사랑이 얼마나 미묘한지, 나는 알아차릴 능력이 없었다. 나는 그저 지루하게만 느꼈다. 실제로 지루하기도 했다. 그것은 함께 놀 사람을 찾아다니기였고, 허공을 더 깊게 만들려는 욕망이었다. 허공과 더 깊은 관계를 맺기 위해서, 깊어질 수가 없고 오직 그 자리에서 부유하며 떠있을 뿐인 허공과.

나는 모른다, 그날이 휴일이었다는 것만은 기억난다. 아, 그 시절 얼마나 간절히 나는 고통을 바랐던가. 고통은 내가 당신과 나누었던 거대하고 신성한 진공으로부터 나를 돌려세울 것이다. 나, 쉬고 있는 여신, 당신, 올림푸스 산의 당신처럼. 행복의 커다란 하품인가? 먼 거리와 먼 거리와 먼 거리가 더해지는 먼 거리─휴일, 이 공간의 과잉. 내가 조금도 이해하지 못했던, 이 고요한 에너지의 전개. 다른 생각을 하며 쉬고 있는 애인의 이마에, 이미 갈증의 흔적이 모조리 사라진 입맞춤을. 이미 애인이 된 남자의 이마에, 생각이 많은 입맞춤을. 그날은 국경일이었다. 국기가 게양되었다.

그러나 밤이 내렸다. 그리고 나는 무언가가 서서히 똑같은 무언가로 변화하는 이 느린 과정을 참을 수 없었다. 무한한 시간의 물방울에 똑같은 물방울 하나가 더 늘어나는 과정. 나는 당신에게 이렇게 말한 것을 기억한다.

—나 배가 좀 아파, 분명 어떤 포만감 때문에 호흡의 곤란을 느끼며 나는 말했다. 우리 오늘 뭘 할 거야?

—아무것도, 하고 당신은 나보다 더 현명하게 대답했다. 아무것도 안 해, 오늘은 국경일이잖아. 사물과 시간을 미묘하게 다루는 남자가 말했다.

이 심오한 지루함이 우리를 하나로 결속시켰다. 마치 위대한 사랑처럼. 그리고 다음 날, 아주 이른 아침에 세상은 나에게 자신을 바쳤다. 사물이 장엄한 날개를 활짝 펼쳤다. 오후에 닥칠 무더위가 이미 사물들의 신선한 땀에서, 나른하고 무기력한 밤을 지내온 사물들의 땀에서 감지되었다. 그건 마치 날이 밝아올 무렵까지도 환자들의 숨이 붙어 있는 병원과도 같았다.

하지만 모든 것이, 내 투박한 인간의 발굽에 비하면 지나치게 섬세했다. 그리고 나는, 나는 아름다움을 원했다.

그러나 지금 내게는 아름다움을 포기하는 윤리가 있다. 한없이 커다란 그리움으로 나는 아름다움에게 작별을 고해야 하리라. 나에게 아름다움은 온화한 유혹이었다. 나는 그것으로 사물을, 미약하지만 동시에 정중하게 장식했다. 사물의 핵을 견디기 위해서였다.

이제 내 세상은 예전에는 흉측하고 단조롭다고 생각했던 사물로 이루어졌다. 이제 그것들은 내게 더이상 흉측함도, 단조로움도 아니다. 나는 땅을 파헤치고 흙을 집어먹으며 시간을 통과해왔다. 그뿐만 아니라 무절제한 광란으로 그 모든 일을 벌였으며, 내가 파헤친 흙조차 쾌감을 느낀다는 것을 알고는 도덕적인 공포로 떨었다. 그런데 내 방탕은 사실 청교도주의에서 온 것이다. 쾌락은 나를 모욕했고 모욕은 다시 더 커다란 쾌감으로 되돌아왔다. 예전의 나라면 지금의 내 세계를 폭력적이라고 여겼으리라.

왜냐하면 물의 무미함은 폭력이므로. 유리의 무색은 폭력이므로. 중립이기 때문에 더욱 폭력적인 폭력.

오늘, 내 세계는 날것이다. 그것은 살아 있는 거대한 곤궁의 세계이다. 이제 나는 더이상 손을 뻗어 별을 잡으려 하지 않으므로, 대신 날것 그대로인 별의 검은 뿌리를 원하므로. 이제 나는 항상 불결해 보이며 또 실제로도 불결한 원천을 원하므로, 영원히 불가해하게 남아 있을 원천을.

어린아이의 아름다움에까지 작별을 고해야 한다는 것은 가슴 아프다. 나는 더 원시적이고 더 흉측하고 더 거칠고 더 심한 곤궁에 처한 어른을 원한다. 이로 씹어도 부서지지 않는 아이의 배아가 된 어른을.

아, 그리고 과연 말horse을 포기할 수 있을지 알고 싶다. 물을 마시는 아름다운 말을. 또 내 감수성도 버리고 싶다. 그것은 느낌을 아름답게 만들기 때문이다. 구름 뒤편에서 흘러가는 하늘을 나는 포기할 수 있을까? 꽃은? 아름다운 사랑을 나는 원하지 않는다. 나는 황혼의 어스름을 원하지 않는다. 모양 좋은 얼굴을 원하지 않는다. 풍부한 표현도 원하지 않는다. 나는 표현 없음이 되고 싶다. 나는 인간 내면의 비인간을 원한다. 아니, 그건 위험하지 않다, 어차피 사람은 다 인간이니까. 이 문제로 다툴 필요는 없다. 인간이고자 원하는 것, 이것이 내게 지나치게 아름다울 뿐이다.

나는 사물의 원료를 원한다. 인간성은 인간이 되는 문제에만 흠뻑 빠져 있다. 마치 그것이 없으면 안 되는 것처럼. 이 잘못된 인간화가 인간을 오류로 이끌고 인간의 인간성을 방해한다. 더 충만하고, 더 숨막히며, 더 심오하고 덜 훌륭하면서 덜 나쁜, 덜 아름다운 무언가가 있다. 하지만 그것 역시 우리의 투박한 손안에서 '순수함'으로 변질해버릴 위험이 있다. 투박하면서, 말word로 가득한 우리의 손안에서.

투박하면서, 말로 가득한 우리의 손안에서.

　—신은 아름답지 않다는 내 말을, 참아주기 바란다. 신은 아름답지 않다, 신은 결과도 결말도 아니기 때문이다. 때때로 우리는 어떤 사물이 단지 완결점에 도달했다는 것, 바로 그 이유 때문에 아름답다고 생각하는 경향이 있다. 그러므로 오늘 흉측하게 보이는 것도 몇 세기 후 자신의 움직임을 완결시킨 다음에는 아름다움이 될 수도 있다.

　나는 이제 실제로는 결코 완결되지 않는 완결된 움직임을 원하지 않는다. 우리 모두가 스스로의 욕망 때문에 그것을 완결시킨 당사자이다. 이제 나는 완결을 이룬 것처럼 보이며 그래서 나를 두렵게 하지 않고, 따라서 내 것이라고 착각하게 만드는 뭔가를 쉽게 좋아하지 않겠다—나, 아름다움을 허겁지겁 집어삼켰던 나.

　나는 아름다움을 원하지 않는다. 나는 정체성을 원한다. 아름다움은 내가 이제부터 포기해야 하는 부속물이다. 예전의 나라면 상상도 못했겠지만, 세계는 아름다움을 의도하지 않는다. 세계는 미적인 차원이 없고, 심지어는 선함의 미적 차원도 없다. 예전의 나라면 상상도 못했을 생각이다. 사물은 그 이상의 존재이다. 신은 아름다움과 선함을 합한 것보다 훨씬 더 위대하다.

아, 모든 것과 작별을 고해야 한다는 건 얼마나 크나큰 실망인지. 하지만 그 실망 속에서, 바로 그 실망 속에서 언약은 이루어진다. 고통 속에서 언약은 이루어진다. 그렇기 때문에 사람은 먼저 지옥을 통과해야 하는 것이다. 더욱 심오한 유형의 사랑이 존재한다는 것을, 그런 유형은 아름다움이라는 부가물을 포기한다는 것을 깨달을 때까지. 신은 존재하는 무엇이다. 신은 모든 모순을 포괄하므로, 그 무엇도 신에게 모순되지 않는다.

아, 한때 내게 이 세계 전체였던 것을 포기하려니, 나는 아프고 또 아프다. 포기한다는 것은 가혹하고 공격적인 성격의 행위라서, 포기에 대해서 입을 여는 사람은 즉시 체포되고 단독으로 고립되어야 할 정도이다. 나 스스로도 이 모두를 진실이라고 믿을 용기를 내기보다는 차라리 자신의 감각에서 일시적으로 놓여났다고 여기는 편이 더 낫다.

—내게 손을 다오, 나를 떠나지 말아다오, 나 역시 그러지 않겠다고 맹세한다. 나 역시 만족스러운 삶을 살아왔다, 나는 당신이 "G.H.의 삶과 사랑"이라고 말할 만한 그런 여자였다. 시스템이 무엇인지 정확히 말로 표현하기란 어렵지만, 어쨌든 나는 하나의 시스템 내부에서 살아왔다. 그것은 마치 위염이 있다는 사실의 범주 안에서 내가 기꺼이 머물러왔다는 의미와도 같다. 위염이

없다면, 언젠가 위염에서 해방된다는 멋진 희망 또한 상실할 것이므로. 이전의 내 삶은 필수불가결하다. 희망의 상상으로 나를 기쁘게 만든 것이 다름 아닌 삶의 곤궁인데, 이전의 삶이 없었다면 나는 이 희망도 알지 못했을 것이기 때문이다.

그런데 이제 훨씬 더 위대한 현실을 위해서 나는 이 편안한 희망을 송두리째 걸어버린다. 지금 막 성취되는 희망의 얼굴을 정면으로 마주할 자신이 없으므로 나는 두 눈을 가려야만 한다. 이토록 이른 시기에, 심지어 내가 죽기도 전에, 심지어 내가 죽기도 한참 전에! 내 발견이 너무 충격적이어서 깜짝 놀란 나는 움츠러든다. 아름다움이 거대한 피상이 되는 도덕의 발견. 이제 나를 매혹시키고 내 이름을 부르는 것은 중립이다. 그걸 표현할 말은 한마디도 없으므로 그냥 중립이라고 해야 한다. 내가 아는 것은 오직 엑스터시뿐이다. 그런데 이건 우리가 흔히 엑스터시라고 부르는 것과는 아무런 공통점이 없다. 왜냐하면 이 엑스터시에는 절정이 없기 때문이다. 그러나 절정 없는 엑스터시는 내가 말하는 중립을 표현한다.

아, 나에게 그리고 너에게 말하는 것은 소리의 잦아듦이다. 신에게 말하는 것은 가장 소리 없는 침묵이다. 사물에게 말하는 것은 무언으로 이루어진다. 이것이 당신에게 슬픈 일이라는 것을 잘 알지만, 나에게도 마찬가지다. 아직도 나는 말의 맛에 취해 있기 때문이다. 그래서 소리 없는 말은 내게는 박탈만큼이나 아프다.

하지만 나는 거기서 스스로 벗어나야 함을 안다. 사물을 건드리는 것은 중얼거림이다. 신과 대화하기 위해서 나는 아무 연관이 없는 음절들을 서로 이어붙여야 한다. 인간 이외의 요소를 상실했기 때문에 나는 궁핍에 처했다—인간이 된 이후로 나는 낙원에서 추방당했다. 소리가 없는 탈인간적인 오라토리오야말로 참된 기도이다.

아니, 아니다. 기도의 힘으로 더 위대해져서는 안 된다. 나는 채워진 무, 진동하는 무가 되어야 한다. 내가 신에게 하는 말은 아무 의미도 없어야 한다! 만약 어떤 의미라도 있다면 그건 오직 내가 실수했다는 의미일 뿐이다.

아, 나를 오해하지 말아다오. 당신에게서 뭔가를 박탈하려는 건 아니다. 나는 지금 당신에게 요청하고 있다. 물론 이것은 내가 당신과 나의 인간성을 박탈하는 것처럼 보이겠지만, 사실은 정반대이다. 내 희망은, 특정 사물들이 인간이 되고 싶어 하도록 만드는 바로 그 기원, 태초이자 원초성 자체를 사는 것이다. 나는 그러한 가장 곤궁한 인간적인 영역을 살기를 원한다. 중립적 사랑의 배아를 살고 싶다. 그 원천으로부터 발원한 어떤 것이 시간이 흐른 다음 순전히 감성으로 영락하여 그 과잉된 영양분이 핵을 질식시키고, 우리 내면의 우악스러운 인간의 발굽이 핵을 짓밟아버렸으므로. 나는 훨씬 더 커다란 사랑을 나 자신에게 요구한다—아름다움조차 소유하지 않을 만큼 더 커다란 삶을.

나는 용기가 있다. 새로운 생명을 낳는 육체와 같이, 나를 찢는 혹독한 용기가 있다.

하지만 아니다. 나는 아직 모든 것을 다 말하지는 않았다.

내가 이제 말하게 될 것이, 아직 말해지지 않은 것의 전부는 아니다. 내가 나 자신을 향해 쓰고 있는 이 글에는 빠진 부분이 매우 많다. 예를 들어 아버지와 어머니가 빠졌다. 아직도 나는 그들을 기억할 만큼의 용기가 없다. 내가 경험했으나 제외시켜버린 수많은 굴욕이 빠졌다. 오직 굴종적이지 않은 자들만이 굴욕을 당하기 때문이다. 나는 굴욕을 생략해버렸다. 그러므로 나는 굴욕 대신에 내 굴종의 결핍에 대해서 말해야 할 것이다. 굴종은 느낌 이상의 것이다. 그것은 현실이며, 아주 약간의 분별만 있으면 발견할 수가 있다.

그 밖에도 더 할 수 있는 말은 많다. 하지만 절대로 빠져서는 안되는 것들이 있다.

(어쨌든 한 가지 확실한 사실은, 이 글을 완성한 뒤에 나는—내 일이 아니라 바로 오늘—'탑 밤비노'에 가서 먹고 춤출 것이다. 무슨 일이 있어도 나는 즐겨야 하고 기분전환이 필요하다. 가야 한다. 그래, 새로 산 푸른 드레스를 입고 가자, 그 옷을 입으면 몸매가 돋보이고 혈색도 좋아 보인다. 카를루스, 조세피나, 안토니우에게 전화해야지, 그런데 둘 중에 하나가 나를 좋아하는 것 같았는데 그게 누구인지는 정확히 기억나지 않는다, 아니면 혹시 둘 다 나를 좋아하는 걸지도. 오늘 밤은 '크레베트 오 뭐뭐'라는 걸 먹어야지. 오늘 밤 크레베트를 먹으면, 내가 평범한 일상으로 돌아왔다고 느끼게 될 거야, 평범한 일상의 행복으로. 남아 있는 나날 동안 나는 경솔하고 달콤한 통속이 필요해. 그러면 기분이 좋아지겠지, 다른 사람들이 다들 그렇듯이 나도 망각이 필요하니까.)

왜냐하면 모든 것을 다 말하지는 않았으므로.

왜냐하면 모든 것을 다 말하지는 않았으므로.

내가 꼼짝 않고 앉아 있는 내내, 바퀴벌레의 검은색 몸통 위로 튀어나온, 누렇게 변해가는 희끄무레한 덩어리를, 역겨움을 참으면서, 여전히 속에서 부글거리는 엄청난 역겨움을 참으면서 계속 지켜보고 있었다는 것을 말하지 않았다. 내가 역겨움을 느끼는 한 세계는 나를 비껴갈 것이고, 나 또한 나로부터 비껴간다는 것을 알고 있었다. 삶의 본질적인 오류는 바퀴벌레를 보고 역겨워하는 것이다. 나병 환자에게 입맞추기를 역겨워하는 일, 그것은 내 안의 원초적인 삶을 놓치는 것을 의미한다. 역겨움이란 나 자신에 대한 부정, 내가 만들어진 원료에 대한 부정이기 때문이다.

그 순간, 바로 그 순간 나는, 자신에 대한 연민으로, 생각하고 싶지 않았던 것을 생각했다. 실제 현실에서 내가 내내 생각하고 있던 바로 그 생각이 떠오르는 것을 막을 수가 없었다.

내 손에 꽉 붙잡힌 익명의 손을 연민하면서, 이 손이 이해하지 못하는 것을 연민하면서, 어제 내가 홀로 직면했던 공포로 이 손을 데려가고 싶지는 않다.

불현듯, 이제는 초월할 수 없다고 단순히 이해만 하는 게 아니라 실제로 초월할 수 없는 시점이 도래했음을 깨달았기 때문이다. 내일 일어나리라고 생각하던 일이 갑자기 눈앞에 닥치는 시점. 당신을 여기에 연루시키고 싶지 않았으나, 나는 성공하지 못했다.

구원은 사물 자체에 내재해야만 한다. 사물 자체에 내재하는 구원은 바퀴벌레의 흰 덩어리를 입안에 넣는 일일 것이다.

그 생각만으로도 나는 이를 악물듯이 두 눈을 질끈 감아버렸다. 그리고 입을 얼마나 세게 앙다물었는지, 이가 입속에서 부서져버릴 지경이었다. 몸속의 내장이 발광하며 저항했다. 내 육체는 한 덩어리가 되어 바퀴벌레의 덩어리를 거부했다.

흐르던 땀이 멈추었다. 대신 온몸의 피부가 바싹 말라버리는 느낌이었다. 나는 넘어올 것 같은 역겨움을 이성으로 다스려보려 했다. 왜 나는 바퀴벌레의 몸에서 튀어나온 덩어리에 역겨움을 느끼는가? 나는 어머니의 몸에서 나온 흰 액체 분비물인 젖을 마시지 않았던가? 어머니를 이루는 성분인 그 분비물을 마시면서 나는 비록 그 이름을 모르는 상태이기는 했지만, 그것을 사랑이라고 부르지 않았던가? 그러나 이성은 나를 여기서 더이상 끌고 가지는 못했다. 내가 할 수 있는 건 단지 저항하며 날뛰는 내장을 진정시키려는 듯 이를 악무는 것이 전부였다.

나는 할 수 없었다.

단 하나 가능한 방법은, 내가 나에게 최면으로 명령을 내리는 길뿐이다. 그러면 나는 잠이 든 상태에서 몽유병 환자처럼 행동하게 되리라—그리고 내가 다시 눈을 뜨면, 나는 벌써 그 일을 '해버린' 상태이고, 그건 마치 잠자면서 나쁜 일을 다 겪은 다음 다행스러운 기분으로 악몽에서 깨어나는 것과 같으리라.

하지만 이건 그런 식으로 해서는 안 되는 거였다. 바퀴벌레의 덩어리를 먹는 것은 온전한 나 자신이어야 하며, 뿐만 아니라 내 공포심과 더불어 그것을 먹어야 하는 것이다. 오직 그런 식으로만이, 나는 수행하게 될 것이다, 갑자기 내게 반죄anti-sin의 의미로 나타난 그 일을. 바퀴벌레의 튀어나온 내장을 먹기, 그것이야말로 반죄이다. 죄는 내 순진한 순결이다.

반죄. 하지만 그러기 위해 무슨 대가를 치러야 하는가.

죽음의 감각을 횡단하는 대가.

자살자가 아니라 자기 살해자가 되기로 결심을 굳힌 나는 일어서서 앞으로 한 걸음을 내디뎠다.

다시 땀이 흐르기 시작했다. 이번에는 머리부터 발끝까지 땀으로 흠뻑 젖었고, 축축해진 발가락이 슬리퍼 안에서 미끄러졌다. 새로이 솟아난 끈적이는 땀이 머리카락 뿌리에 흥건히 고였다. 이런 땀은 처음이었다. 땀에서는 오랜 가뭄으로 바싹 마른 대지에 첫 번째 빗방울이 떨어질 때 흙에서 피어오르는 냄새가 났다. 그런데 깊은 곳에서 솟아난 이 땀은 내게 활기를 불어넣어주기도 했다. 가장 오랜 태초의 배양기 속에서 나는 천천히 몸을 움직였다. 땀은 플랑크톤이며 성령이고 생명의 먹이였다. 나는 존재하고 있었다, 나는 나를 존재하고 있었다.

아니, 그렇지 않아, 내 사랑, 그건 사람들이 좋다고 칭하는 그런 게 아니었다. 사람들이 나쁘다고 하는 것이었다. 더구나 아주 나쁜 것에 가까웠다. 지금에 와서야 비로소 맛보게 된 내 뿌리는 감자 맛이, 감자가 뽑혀져 나온 흙의 맛이 났다. 또한 그 괴상한 맛은 놀라운 생명의 은혜를 함유하고 있었는데, 그것은 내가 다시 느껴보아야만 이해할 수 있고, 다시 느껴보아야만 설명할 수 있는 종류였다.

또 한 걸음 더, 나는 앞으로 나섰다. 그리고 걸음을 더 계속하는 대신에, 나는 아침에 먹은 빵과 우유를 갑자기 토해버렸다.

그 어떤 구역질의 예감도 없이 갑작스레 엄습한 격렬한 구토의 충격에 떨면서, 나 자신에게 깊이 실망한 채, 육체와 영혼을 합일시킬 아마도 유일한 행동을 실행에 옮길 힘조차 없다는 사실에 나는 망연했다.

내 의지에 반해서 구토를 마치고 나자, 나는 침착을 되찾았다. 이마가 상쾌해지면서 몸이 안정되었다.

그런데 더 나빠진 것은, 나는 이제 사전에 최면처럼 주어지는 황홀함의 도움 없이 바퀴벌레를 먹어야 하는 것이다. 나는 내 황홀을 게워내버렸다. 게워낸다는 저항의 행위가 있은 이후에, 급작스럽게도 나는 마치 어린 소녀처럼 육체적으로 훨훨 가벼워진 느낌이었다. 이런 식이어야만 한다—어린 소녀의 이 무의식적인 환희 속에서 나는 바퀴벌레의 덩어리를 먹을 것이다.

그리고 나는 가까이 다가갔다.

일종의 혼수상태에서 깨어나자, 기쁨과 수치심이 나를 덮쳤다. 아니, 그것은 혼수상태가 아니라 현기증이었을 것이다. 나는 손을 옷장에 기댄 자세로 서 있었기 때문이다. 순간을 삭제시키고 시간을 망각하게 만든 현기증. 생각을 하기도 전에 나는 이미 알고 있었다. 현기증으로 잠시 의식이 없던 동안 '무언가가 행해졌다'는 것을.

그것에 대한 생각을 하지 않으려 했으나, 나는 알고 있었다. 내가 느끼는 그 맛을 입안에서 느끼게 될 것이 두려웠다. 손으로 입술을 만지다가 그 흔적을 발견하게 될 것이 두려웠다. 그리고 나는 바퀴벌레를 보는 것이 두려웠다—벌레의 불투명한 등껍질 위 흰색 덩어리가 줄어든 것을 발견할까봐 두려웠다…….

어떻게 가능했는지 절대로 알지 못할 일을 하기 위해서 어지러움을 느끼고 무의식 상태였던 것이 수치스러웠다—그 일을 하기 전에 나는 내 가담 자체를 지워버렸다. 나는 '알기'를 원하지 않았기 때문이다.

그래서 그 일이 일어났단 말인가? '알지 못하는' 상태로—그렇게 가장 심오한 일이 벌어졌는가? 생명이 진행되기 위해서는, 무언가가 항상, 항상 죽어 있는 듯이 보여야만 하는가? 내가 살아 있었다는 것을, 나는 몰라야만 하는가? 더 위대한 삶을 영영 떠나지 않는 비밀은 몽유병자처럼 사는 것인가?

몽유병자처럼 산다는 것은, 최대의 신뢰를 보이는 행위인가? 현기증 속에서 눈을 감고 자신이 하는 행위를 절대로 알지 못하는, 신뢰.

초월처럼. 과거의 기억, 현재의 기억, 혹은 미래의 기억인 초월. 초월은 내가 사물에 도달하는 유일한 방법이었을까? 내가 바퀴벌레의 그것을 먹었을 때, 나는 심지어 먹는 행위 자체조차도 초월하려고 노력했다. 그러나 지금 내게 남은 것은 공포에 대한 흐릿한 기억, 사라져가는 상상의 이데아뿐이었다.

기억이 강렬해지면서, 내 몸 전체가 저항의 비명을 지르기 전까지.

나는 손톱으로 벽을 마구 긁어댔다. 그제야 입속의 불쾌감을 느낀 나는 침을 뱉기 시작했다. 아무것도 느껴지지 않는 맛을 미친 듯이 뱉어내기 위해서, 일종의 무의 맛이기는 하지만 특정 종류의 꽃잎처럼 내게는 거의 달착지근하게 느껴지는 맛, 그것은 나 자신의 맛이었다—나는 나를 마구 뱉어냈다, 그럼으로써 마침내 내 영혼까지도 남김없이 뱉어냈다는 느낌도 전혀 감지하지 못했다.—"왜냐하면 당신은 차갑지도 뜨겁지도 않고, 오직 미지근할 뿐이기에, 나는 당신을 입에서 토해내버리리라" 그렇게 성 요한의 계시록에 적혀 있다. 내가 기억하지 못하는 어떤 다른 일과 관련되었을 이 구절이 기억의 까마득한 심연에서 나타나, 내가 먹은 무미한 것의 상징이 되었다—그리고 나는 침을 뱉고 있었다.

그런데 어려웠던 일은, 중립적인 것이 무척 끈질기므로 내가 아무리 뱉어내도 그것은 여전히 나인 채로 남아 있었던 것이다.

이러다가 그동안 힘들게 해놓은 일을 모조리 무너뜨릴지도 모른다는 생각이 들자, 소스라친 나는 분노를 멈추었다. 나는 자신을 포기할 뻔했다. 그리고 애통하게도 나는 오직 내 삶에 매달려 있는 존재라는 것도 깨달았다.

망연자실하여 동작을 멈춘 내 눈에는 뜨거운 눈물이 고였다. 하지만 눈물을 흘리지는 않았다. 나는 눈물을 흘릴 가치가 없었다. 한 번도 나를 그렇게 생각해보지 못했다. 눈물을 흘릴 만큼 나를 동정해본 적도 없다. 그래서 나를 소금기로 적시는 눈물을 열렬히 삼켜버렸다. 나는 눈물을 흘려도 될 만큼 대단하지 않았다.

하지만 눈물을 흘리지 않았는데도 눈물은 나름의 방식으로 내 동반자였고, 그래서 나를 연민으로 적셨다. 서서히 위로를 느낀 내가 머리를 수그릴 때까지. 먼 여행에서 돌아온 자처럼, 나는 다시 침대 위에 앉았다.

나, 나는 생각했다. 내가 나 자신으로 변환하는 최고의 증명은 바퀴벌레의 흰 덩어리를 입에 넣는 일이라고. 그 방법을 통해서 나는 그것으로 가까이 다가갈 것이다…… 그것, 신성에게로? 그것, 현실에게로? 나에게 신성이란 바로 현실이다.

나에게 신성이란 바로 현실이다.

하지만 나병 환자에게 입맞추기, 그건 선함과는 아무 관련이 없다. 그것은 단지 자기-현실이며 자기-삶일 뿐이다—설사 그 행위가 나병 환자의 구원을 의미할지라도 말이다. 하지만 일차적으로는 자기구원이 우선인 것이다. 성인의 최대 자선은—그게 뭐든지간에—성인 자신을 향한다. 성인이 자신의 크나큰 위대함에 도달하면, 수천 수만의 사람들은 그의 위대함에 사로잡히고 그의 위대함을 음미하며 살아간다. 성인은 타인들을 자신의 끔찍하게 확장된 위대함만큼이나 사랑하고, 자기연민 없이 자신의 위대함을 사랑한다. 성인은 중립을 사랑할 필요성을 느끼기 때문에 자기정화를 원하는 것일까? 부속물이 아닌 것을 사랑하기, 그리고 선함과 아름다움을 포기하기. 성인의 위대한 선함은 그에게는 모두가 똑같다는 점에 있을 테니까. 성인은 중립에 대한 사랑에 도달하기 위해 자신의 모든 것을 바친다. 다름 아닌 자기 자신을 위해서 그는 그것이 필요하다.

그리하여 나는, 산다는 것은—어떤 형태든지간에—타인에게 선한 행위임을 이해하게 되었다. 사는 것만으로 충분하다. 사는 것 자체가 위대한 자비이다. 누구든 자신의 삶을 온전히 완전하게 살아내는 것이 곧 타인을 위하는 길이다. 자기 자신의 위대함을 산다면, 그 삶이 타인들로부터 멀리 떨어진 독방에서 홀로 이루어질지라도, 그는 제물을 봉헌하는 것이다. 산다는 것은 봉헌이다. 개인이 살아낸 모든 삶은 수천 수만의 사람들을 위한 선행이다.

—신의 선함이 중립으로 변함없으며 변함없이 중립인 것이 당신에게 상처가 되는가? 그러나 내가 간절히 소망했던 기적, 내가 기적이라고 불렀던 것은 사실 불연속성과 불통을 향한 갈망, 변칙을 향한 갈망이었다. 진실되고 연속적인 기적의 진행이 멈추어버리는 바로 그 순간을, 나는 기적이라고 불렀다. 그러나 신의 자비가 중립인 편이, 그 반대의 경우보다 호소하기에는 더 낫다. 그냥 가기만 하면 된다. 그러면 얻을 것이다. 그냥 간청하기만 하면 된다. 그러면 간청을 들어줄 것이다.

기적까지도 바랄 수 있다. 그러면 얻는다. 연속성은 중단을 야기하지 않는 간극을 갖기 때문이다. 기적은 두 개의 음표 사이에 있는 음표이며 숫자 1과 숫자 2 사이의 숫자이다. 사람이 할 일은 단지 구하는 것뿐, 그러면 얻는다. 믿음이란, 아는 것이다. 가서 행하라, 그러면 기적을 먹으리라. 굶주림이란 믿음의 본질이다.—그리고 곤궁이란, 내게 항상 주어질 것이라는 나의 보증이다. 나 자신의 곤궁이 나를 인도한다.

　아니다. 나는 바퀴벌레의 덩어리를 삼키느라 용기를 낼 필요가 없었다. 내게는 성인의 굴종이 없기 때문이다. 그래서 그것을 먹는 내 행위에 '최대'의 의미를 부여했다. 그러나 생명체는 유형이나 종으로 구분되고, 바퀴벌레는 오직 바퀴벌레에 의해서만 사랑을 받거나 잡아먹힌다는 법칙이 있다. 그리고 한 남자를 사랑하는 동안, 여자는 자신의 종을 살게 된다. 내가 한 행위는 바퀴벌레의 내장 덩어리를 살아낸 것과 동등한 의미였다. 법칙에 의하면 나는 사람의 물질로 살아야지 바퀴벌레의 물질로 살아서는 안 된다.

　나는 알았다, 바퀴벌레의 덩어리를 입에 넣음으로써 나는 성인들이 체념하듯이 나를 체념한 것이 아니라, 또다시 부속물을 열망했다는 것을. 부속물을 사랑하기란 더 용이하므로.

　그리고 이제 나는 당신의 손을 잡지 않는다. 이제 나는 당신에게 먼저 손을 내어주는 사람이 된다.

　이제 나는 당신의 손이 필요하다. 내가 두려워서가 아니라 당신이 두려워하기 때문이다. 이 모두를 믿는 것은, 일단은 당신에게 거대한 고독이 될 것이다. 하지만 언젠가 당신은 고독 때문이 아니라, 지금 내가 그러하듯이 사랑 때문에 내게 손을 내어주는 순간이 도래할 것이다. 나처럼 당신도 신의 극단적으로 끈질긴 온화함에 자신을 바치기를 두려워하지 않게 될 것이다. 고독이란 오직 인간의 운명만이 사는 걸 의미한다.

　또한 고독은, 구하지 않는 것이다. 구하지 않음은 한 인간을 매우 매우 외롭게 만든다. 아, 구함을 통해서 사람은 고립되지 않는다. 사물은 사물을 필요로 한다. 당신이 할 일은 단 하나, 종종거리며 달려가는 병아리를 바라보는 것이다. 병아리의 곤궁이 병아리의 운명을 결정짓는 걸 보기 위해서. 병아리의 운명은 한 방울의 수은처럼 다른 수은 방울과 한몸이 되는 것이다. 비록 하나의 수은 방울은 다른 모든 수은 방울과 마찬가지로 그 자체로 이미 완결된 둥근 존재임에도 불구하고.

아, 내 사랑, 당신은 궁핍을 두려워할 필요가 없다. 그것은 우리의 더 위대한 운명이므로. 사랑은 내가 생각한 것보다 훨씬 더 치명적이다. 사랑은 사랑의 궁핍과 마찬가지로 우리의 고유한 속성이다. 그래서 우리에게는 지속적인 욕망의 쇄신이 보장된다. 사랑은 이미 있다. 사랑은 변함없이 늘 있어왔다. 필요한 것은 은총의 일격뿐이다. 그것은 수난이라고 불린다.

필요한 것은 은총의 일격뿐이다. 그것은 수난이라고 불린다.

이제 나는 기쁨을 느낀다. 살아 있는 바퀴벌레를 통해서 나 역시 살아 있는 생명에 속함을 알게 되었다. 살아 있음이란 이제야 내가 도달하게 된 삶의 매우 높은 단계이다. 이 평형상태는 너무도 높고 불안정하므로 나는 이것을 오래 인식하지는 못하리라.—수난의 은총은 길지 않다.

어쩌면 우리처럼 인간이라는 존재는 흔히 '인간성이 있다'고 말하는 특정한 감각의 상태에 지나지 않을 것이다. 아, 하지만 나는 그 감각을 잃어버릴까봐 두렵다. 지금까지 나는 삶에 대한 내 감각을 삶이라고 불러왔다. 하지만 살아 있음은 다른 문제이다.

살아 있다는 것은 투박하게 방출되는 무관심이다. 살아 있다고 하는 상태는 아무리 예민한 감각으로도 인지될 수가 없다. 살아 있음은 인간적이 아니라는 의미이다—가장 깊은 단계의 명상은 내용이 전혀 없으며, 미소는 물질에서 발산되어 나온다. 그리고 나는 더 섬세하고 영구적인 상태로 진입하게 된다. 그러니까 나는, 죽음을 말하고 있는가? 죽음 이후를 말하고 있는가? 그건 모른다. 나는 '인간 아님'이란 위대한 현실이며 그것은 '비인간적'이란 의미와는 다르다는 것을 감지한다. 도리어 반대로, 인간 아님은 헤르츠파를 방출하는 중립적 사랑의 중심이다.

만일 내 생명이 그-자체로 변환된다면, 오늘 내가 감각이라고 부르는 것은 더이상 없을 것이다. 그것은 무관심으로 불리게 되리라. 하지만 나는 아직 그 정도로 파악하지는 못하고 있다. 수십만 년이 흐른 뒤라면 우리는 마침내 우리 자신이 느끼고 생각하는 그것을 탈피하게 될 것이다. 그때 우리의 존재는 생각이 아니라 '무드'와 더욱 일치하게 되리라. 우리는 스스로를 있는 그대로 직접 드러내는 살아 있는 물질, 말을 알지 못하며, 항상 그로테스크하기만 한 생각을 뛰어넘는 물질일 것이다.

그리고 나는 '생각에서 생각으로'가 아니라 '무드에서 무드로' 이동할 것이다. 우리는 탈인간이 될 것이다. 그것은 인간이 획득할 수 있는 최고의 성취이다. 존재는 인간을 초월한다. 인간으로 존재함은 성립되지 않는다. 그것은 항상 억지로 만들어졌다. 알지 못하는 것이 우리를 기다린다. 그러나 나는 이 알지 못하는 것이야말로 총체이며, 우리가 갈망하는 진실된 인간화일 것이라고 느낀다. 그러니까 나는, 죽음을 말하고 있는가? 아니다, 나는 삶을 말하고 있다. 삶은 행복의 상태가 아니다. 그것은 닿음의 상태이다.

아, 내가 이 모든 것을 역겨워하지 않는다고는 생각하지 말아다오. 심지어는 지겹기까지 해서 참을성이 사라지고 있는 중이기도 하다. 마치 무엇을 해야 할지 상상도 안 되는 낙원에 있는 것과도 같다. 나는 언제나 존재의 두 가지 속성, 생각하고 느끼는 나만을 상상할 수 있는데, 나머지 모두가 소거된 오직 존재하기만을 상상할 수는 없기 때문이다. 오직 존재하기, 그것은 내게 아무 행동도 하지 말라는 최악의 선고를 내리는 것이나 마찬가지이다.

그리고 동시에 약간 의심스럽기도 했다.

조금 전 내가 이곳에 들어서면서 발견한 것에 소스라치게 놀라고 절망감으로 거의 쓰러질 뻔했던 것과 마찬가지로, 지금은 다시 한 번 더 사물을 초월하고 있을지도 모른다는 의심이 들었기 때문이다…….

바퀴벌레와 쇳조각과 유리조각을 넘어서겠다는, 바로 그 목적으로 나는 사물을 과도하게 증대시키는 것일까?

그런 것 같지는 않다.

나는 희망을 이리저리 짜맞추어 적당히 꾸며낸 결과물로 축소시키지도 않았고, 희망할 만한 그 무엇의 존재를 부인하지도 않았던 것이다. 또한 언약을 포기한 것도 아니었다. 단지 엄청난 노력을 기울여서, 희망과 언약이 매 순간 이루어지는 것을 느꼈을 뿐이다. 그런데 그것이 끔찍한데, 나는 완성의 순간에 무너져 내리는 붕괴를 언제나 두려워했기 때문이다. 완성이야말로 종말이라고 항상 생각했기에. 그러나 완성의 순간마다 새로운 결핍이 탄생한다는 사실은 고려하지 못했다.

나의 또다른 두려움은 단순한 영광을 견디지 못하고 그것을 또

다른 부속물로 만들어버릴지도 모른다는 거였다. 하지만 나는 안다—나는 잘 알고 있다—삶이 가장 순수하게 무의 맛을 지니는 영광의 순간이 있다는 것을. 그런 순간 나는 삶의 텅 빔을 느낀다. 삶이 발생하는 순간, 사람은 의문을 품는다. "그것뿐이었던가?" 대답은 이렇다. "그것뿐이 아니라, 바로 그것이다."

그 밖에도 나는 그것에서 그 이상의 것을 만들어내지 않도록 여전히 주의해야만 한다. 그렇지 않으면 그것은 더이상 그것이 아니게 된다. 본질은 마음을 찌를 만큼 무미하다. 사건의 부속물을 아예 원하지 않기 위해, 나는 더 많이 "나 자신을 정화"해야 한다. 나는 한때 자신을 정화한다는 것이 내가 아름다움이라고 불렀던 것, 그리고 '나'라고 불렀던 것과 정면으로 충돌하는 잔인한 행위라고 여겼다. '나'가 내 자신의 부속물인 것을 알지 못하는 채로.

그러나 이제 견디기 힘든 공포를 통하여—마침내 나는 정반대의 길을 간다. 내가 지어 올린 것을 파괴하는 길을, 나를 내 개인의 자아로부터 분리시키는 길을.

나는 세상을 열망한다. 내 욕망은 강렬하고 명확하게 요약된다. 오늘 밤, 나는 먹고 춤추기 위해 외출할 것이다, 파란 드레스가 아니라 검정과 흰색이 섞인 드레스를 입을 것이다. 그러나 동시에 나는 원하는 것이 하나도 없다. 한 그루 나무의 존재조차 원하지 않는다. 이제 나는 모든 것을 포기할 수 있는 삶을 안다—모든 것을, 심지어는 사랑과 자연, 목표마저도. 나 자신까지도 포기하는 것이 가능한 삶의 형태. 내 욕망, 내 격정, 한 그루 나무와의 닳음, 이것들은 여전히 내게는 굶주린 입과 같겠지만.

자신과의 분리, 과잉된 개인을 벗어던지는 일은 상실할 수 있는 모든 것을 상실하지만 동시에 그럼에도 불구하고 변함없이 존재함을 의미한다. 피부를 벗겨내듯이 아주 조심스럽게, 통증도 거의 느끼지 못할 만큼 조금씩 한 겹 한 겹 개성의 특질들을 발라내는 것이다. 나를 특징짓는 것은 결국 타인들에게 일차적으로 보이는 내 모습이며 내가 피상적으로 인식하는 나이다. 바퀴벌레가 모든 바퀴벌레의 바퀴벌레임을 깨달은 그 순간처럼, 나는 내 안에서 모든 여자의 여자를 발견하기를 원한다.

자신으로부터의 분리는 위대한 자기객관화이며 인간이 할 수 있는 가장 위대한 드러냄이다. 자신과의 분리를 통해서 자기 자신에게 이른 자는 어떤 변장을 했더라도 타인의 참모습을 알아볼 수 있다. 자신 안에서 모든 인간의 인간을 발견하는 일이야말로 타인에게로 다가가는 첫걸음이다. 어떤 여자라도 모든 여자의 여자이며 어떤 남자라도 모든 남자의 남자이다. 사람을 판단할 때 어디서나 이들 모두의 모습이 나타날 수 있다. 하지만 오직 잠재적인 형태로만, 왜냐하면 단지 소수만이 우리 안에서 자신을 발견하는 단계에 도달하기 때문이다. 그런 이들은 단지 거기 현존하는 자신을 통해서, 우리를 드러낸다.

사람을 살게 하는 것—그것은 이름을 갖지 않기에 오직 말없음이 그것을 발음한다—그것은 나 자신을 놓아버리는 위대한 확장을 통해 내가 나에게 다가가는 행위이다. 이름의 이름을 찾기 위해서도 아니고 잡을 수 없는 것을 구체화시키기 위해서도 아니다. 단지 잡을 수 없는 것을 잡을 수 없다고 명명하기 위해서. 그리하여 숨결은 촛불처럼 되살아난다.

각자의 내면에서 일어나는 점진적인 탈영웅화는 우리의 외면적 노동의 심층에서 일어나는 진정한 노동이다. 삶은 비밀의 임무이다. 진정한 삶은, 그로 인해 죽어가는 나에게조차 암호를 넘겨주지 않는 철저한 비밀이다. 나는 영문을 모른 채 죽어간다. 그리고 그 비밀은, 단지 임무가 완수되는 순간에만 내가 번개처럼 깨닫게 되는 종류이다. 나는 바로 이 임무를 수행하기 위해 태어났음을, 모든 삶은 비밀의 임무라는 것을.

내 안의 영웅을 죽이는 일은 내 구조물의 심층을 파헤치는 일이며, 무시된 소명처럼 내 동의 없이 일어난다. 내 안의 생명이 내 이름을 갖지 않는다는 것이 드러나는 그 순간까지.

나 역시 이름 없음이며, 그것이 내 이름이다. 그리고 나 자신과의 분리가 내 이름이 사라지는 단계까지 이르렀으므로, 누군가 이름을 물을 때마다 나는 대답한다. "나"라고.

영웅의 파괴는 인생의 크나큰 좌절이다. 좌절은 너무도 어려운 과업이기 때문에 누구나 성취하지는 못한다. 추락하기 위해서는 일단 정상까지 힘들게 기어올라가야만 하니까—총체적인 언어를 완전히 구축한 다음에야 비로소 침묵이라는 탈아의 경지에 이르게 된다. 마침내 쇠퇴할 그 지점까지 상승하기 위해서 나는 내 문명이 반드시 필요했다. 오직 목소리의 불가능을 통해서만이 자신의 침묵과 타인의 침묵, 그리고 사물의 침묵을 듣고 그것을 가능한 언어로 받아들일 수 있다. 그래야만 비로소 내 본성이 인정된다. 고통이 우리에게 일어나는 어떤 사건이 아니라 바로 우리 자신이라는 끔찍한 고뇌와 더불어. 그리고 우리의 조건만이 유일하게 가능한 것으로 인정된다. 다른 것이 아닌 오직 그것만이 유일하게 존재하므로. 또한 조건을 사는 것이 곧 우리의 수난이기 때문에. 인간의 조건은 그리스도의 수난이기 때문에.

아, 그러나 마침내 소리 없음에 도달하기까지 목소리는 얼마나 많은 노력이 필요한지. 내 목소리는 현실을 찾아가는 길이다. 현실은, 생각하지 않는 생각, 그러나 불가피하게 내가 알 수밖에 없는 생각처럼, 내 언어에 앞서서 존재한다. 현실은 그것을 찾는 목소리에 선행한다. 하지만 대지가 나무에 선행하듯이, 하지만 세계가 인간에 선행하듯이, 하지만 바다가 바다의 비전에 선행하듯이, 삶은 사랑에 선행하고, 육체의 질료는 육체에 선행하고, 그리고 언젠가는 언어가 침묵의 소유에 선행하는 날이 올 것이다.

내가 표기하는 정도만큼 나는 소유한다—이것이 언어를 갖는 영예이다. 하지만 나는 그 이상으로, 내가 표기하지 못하는 정도까지도 소유한다. 현실은 원료이며 언어는 내가 그것을 찾는, 그러나 발견하지는 못하는 방식이다. 찾고 그리고 발견하지 못하는 과정에서 내가 모르던 것이, 그러나 즉시 인식할 수 있는 것이 탄생한다. 언어는 인간인 나 자신의 노력이다. 내 운명은 찾아나서는 것이고, 내 운명은 그리하여 빈손으로 돌아오는 것이다. 하지만 나는 말로 설명할 수 없는 것을 갖고 돌아온다. 말로 설명할 수 없는 것은 내 언어의 실패를 통해서만 주어진다. 오직 구조가 무너질 때만이, 달성할 수 없는 것을 얻는다.

지름길을 찾으려는 시도는 별 소용이 없다. 목소리가 거의 아무것도 알려주지 않음을 알면서 즉시 탈자기화를 시작하려는 시도는 소용이 없다. 길은 존재하는데, 그 길이 단순히 하나의 방식은 아니기 때문이다. 길은 우리 자신이다. 생명의 질료에는 결코 미리 도달할 수 없다. 십자가의 길은 우회로가 아니다. 그것은 유일한 길이다. 오직 그 길을 통해서만, 오직 그 길과 함께 인간은 목적지에 이른다. 끈기는 우리의 노력이며, 포기는 보상이다. 구조의 힘을 경험했으며, 그 힘의 맛에도 불구하고 포기를 선호한 자만이 보상을 얻는다. 포기는 선택이어야 한다. 포기는 삶의 가장 성스러운 선택이다. 포기는 진정으로 인간적인 순간이다. 그것이야말로 내 조건에 맞는 영광이다.

포기는 계시이다.

포기는 계시이다.

나는 포기한다, 그러므로 나는 인간이며 인간이었을 개인이 된다. 오직 최악의 조건에서만 나는 그 조건을 내 운명으로 받아들인다. 존재는 내게 힘을 포기하라는 커다란 희생을 요구한다. 나는 포기한다. 그러자 보아라, 세계가 내 허약한 손바닥 안에 들어온다. 나는 포기한다, 그러자 내가 가진 인간의 궁핍 위로 내게 허용된 유일한 기쁨, 인간의 기쁨이 열린다. 그것을 알고, 나는 전율한다─삶이 나를 강타하면서, 나로부터 잠을 앗아간다.

나는 추락이 가능한 높이까지 도달한다. 나는 선택하고, 나는 전율하고, 나는 포기한다. 그리하여 마침내, 나 자신을 추락에 바치고, 나로부터 분리된다. 목소리 없이, 마침내 나 자신도 없이─그리하여 마침내 내가 갖지 않은 모든 것이, 내게 속한다. 나는 포기한다, 내가 적어질수록 나는 더 많이 살며, 내 이름을 많이 상실할수록 나는 더 많이 불린다. 내 유일한 비밀 임무는 나의 조건이다. 나는 포기한다, 내가 암호에 대해서 모를수록, 나는 더 많은 비밀을 수행한다. 내가 덜 알수록, 더 많은 심연의 달콤함이 내 운명을 이룬다. 그리하여 나는 숭배를 바친다.

양손을 무릎 위에 꼭 쥔 채로 나는 부드럽고 수줍은 기쁨을 느꼈다. 그것은 마치 한 줄기 바람에 가만히 흔들리는 풀잎처럼 거의 무에 가까운 그 무엇이었다. 그것은 거의 아무것도 아니었으나, 나는 내 수줍음의 극도로 여린 움직임을 감지할 수 있었다. 나는 알지 못하는 무언가를 향해 다가가고 있었다. 고통에 가까운 숭배의 마음을 안고, 겁먹은 자처럼 예민하게. 나는 다가갔다, 내게 닥친 가장 강력한 일을 향해서.

희망보다 더 강력하고 사랑보다 더 강력했던가?

나는 다가갔다, 신뢰라고 믿는 것을 향해서. 아마도 그건 이름일 것이다. 아니라도 상관없다. 나는 그것에게 새로운 이름을 줄 수도 있으리라.

내 얼굴에 겸허한 미소가 떠오르는 것을 느꼈다. 아니, 어쩌면 전혀 미소짓지 않았을지도 모른다. 나는 알지 못한다. 나는 신뢰하고 있었다.

나 자신을? 세계를? 신을? 아니면 바퀴벌레를? 나는 알지 못한다. 어쩌면 신뢰란 누구를 혹은 무엇을 신뢰한다는 의미가 아닐 수도 있다. 아마도 나는 이제야 알게 된 것이리라, 나 자신은 결코 삶과 동등할 수 없지만, 내 삶은 삶과 동등하다는 것을. 나는 결코 내 삶의 근원에 도달할 수 없겠지만, 내 삶의 근원은 분명 있다는 것을. 내 안에서 솟아난 달콤함이 온몸을 관통했고, 나는 그것을 부끄럽게 허용했다. 그 무엇도 나를 강제하지 않는 채로, 나는 낮고 겸허해졌다.

오 신이여, 나는 세상에게 세례를 받는 느낌이었다. 나는 바퀴벌레의 질료를 입안에 넣었고, 마침내 가장 작고 사소한 행위를 실행에 옮겼다.

그건 내가 늘 생각해왔던 최고의 업적도, 영웅의 행위도, 성인의 행위도 아니었다. 그러나 최종적으로, 내게 늘 결핍되어 있던 가장 작고 사소한 행위였다. 내 능력은 단 한 번도 그 행위에 미치지 못했다. 가장 작은 그 행위로 인해 나는 스스로를 탈영웅화했다. 나, 언제나 길의 가운데쯤에서 살아왔던 나는 이제야 비로소 출발점에서 첫걸음을 떼게 되었다.

마침내, 마침내 내 껍질은 정말로 깨어졌고 나는 한계가 없었다. 내가 아니었으므로, 나였다. 내가 아니었던 것의 끝까지, 나는 갔다. 내가 아닌 그것이, 바로 나이다. 내가 더이상 있지 않으면, 모든 것이 내 안에 있게 된다. 왜냐하면 '나'는 오직 세계가 일으키는 단 한 번의 경련에 불과하기 때문이다. 내 생명은 오직 인간의 의미만이 아니다. 그것은 훨씬 더 크다—너무도 커서, 인간의 일과 관련해서는 차라리 아무 의미가 없을 정도이다. 나보다 더 거대한 보편적 질서 중에서, 이제까지 내게 인식 가능했던 것은 파편 조각뿐이었다. 그러나 지금 나는 인간보다 더 빈약한 상태이다—그리하여 지금 내 고유한 인간의 운명은 오직 나를 넘겨줄 경우에만 실현된다, 더이상 내가 아닌, 이미 인간을 탈피한 그 무엇에게 넘겨줄 경우에만.

그리하여 미지의 것에 속하게 되리라는 신뢰로, 나는 나를 넘겨주었다. 오직 내가 모르는 것에게만 기도를 올릴 수 있기에. 그리고 오직 내가 모르는 사물의 증거만을 사랑할 수 있기에. 오직 내가 모르는 것에만 나를 결합시킬 수 있기에. 오직 그것만이 자신의 진정한 양도이기에.

그러한 양도는 나를 배제시키지 않는 유일한 넘어서기이다. 이제 나는 월등하게 커져서, 나도 내가 보이지 않을 정도였다. 멀리 있는 풍경처럼 커다란. 나는 멀리 있었다. 하지만 내 최후의 산맥과 가장 먼 강물 속에서 나는 감지되었다. 동시적이며 즉각적인 지금 현재가 이제 나는 두렵지 않았다. 내 가장 먼 극단의 끝에서 마침내 나는 미소지을 수 있었다, 단 한 점의 미소도 얼굴에 올리지 않고서. 드디어 나는 내 감각의 능력 너머로 몸을 뻗었다.

세계는 더이상 내게 달려 있지 않았다—그것이 바로 내가 도달한 신뢰였다. 세계는 더이상 내게 달려 있지 않았다. 그리고 나는 내 말을 이해할 수 없다, 단 한마디도! 앞으로도 나는 내가 하는 말을 결코 이해하지 못하리라. 내게 거짓을 말하는 말이 없다면, 어떻게 내가 말을 할 수 있겠는가? 이처럼 겁먹지 않았다면, 어떻게 내가 말을 할 수 있겠는가? 삶만이 내게 있다. 오직 삶만이 내게 있다. 내가 하는 말을 나는 이해할 수가 없다. 그리하여 나는 숭배를 바친다.————

에니그마 클라리시 — 여자가 무엇을 보는지, 나는 모른다.

옮긴이의 말

나는 몽유병의 언어로 말하게 될 것이다. 내가 잠에서 깨어나면, 더이상 언어가 아니게 될 언어로. (25쪽)

만약 운이 좋게도 그럴 기회가 주어진다면, 나는 이 세상을 떠나는 순간 삶이 나에게 선사한 가장 강렬했던 몇몇 경험, 얼굴과 이름을 떠올리고 싶다. 그리고 그중에는 지금 독자가 손에 들고 있는 이 책, 『G.H.에 따른 수난』도 분명 포함될 것이다.

나는 이 책을 읽었으나 이 책을 모른다. 만약 어떤 독자가 이 책을 읽고 어떤 종류의 고양을 느꼈다면, 그는 이것을 읽지 않았다. 그는 전통적 어휘라는 기호를 읽었지만, 사실 그가 본 것은 어휘를 초월한 비전의 언어이고, 그 언어는 해독 가능한 문자를 갖지 않기 때문이다.

그런 이 책은 아이러니하게도

"이것은 수많은 다른 책들과 다르지 않다."
라는 작가 자신의, 일종의 (초대이기도 한) 경고의 문장으로 봉인되어 있다. 초대이자 경고. 봉인을 풀고 그 안으로 들어서는 것은 우리 자신이다.

"작가(리스펙토르)는 손에 독자의 피를 묻히기를 원하지 않는다. 독자는 스스로 굴복하고 자발적으로 이 수난에 참여해야 한다."(Joseph Schreiber)

이것은 좀 예외적인 '옮긴이의 말'이 될 것이다.

왜냐하면 나는 이 책의 번역자로 지금 이 자리에 있지만 그것은 이 세계의 외형적 질서에 의한 것뿐이고, 사실 나는 다른 무엇보다도, 처음부터 끝까지 오직 이 책의 독자이기 때문이다. 이 책의 독자됨의 성질이 너무도 강한 나머지, 그것은 나를 번역자의 위치로까지, 마치 실체 변화Transubstantiation가 일어나듯, 저절로 무의식 중에 형질이 확장되고 변화한 것일 뿐, 나는 이 책의 번역자가 아니기 때문이다. 나는 이 책을 읽었을 뿐, 이 책을 더욱더 읽기 위하여 마침내는 나 자신의 모국어인 한국어로 읽었을 뿐, 엄밀한 의미로는 '번역'하지 않았다. 독자들이 이 말을 이해해주기를. 이 책은 번역이 필요 없거나 번역이 무용한 책이라고 생각한다. 이 책을 번역하는 내내 그런 생각이 머리에서 사라지지 않았다. 내가 번역한다고 생각한 어휘는 사실은 에니그마의 반복에 불과했다.

에니그마의 해독은 또다른 에니그마의 반복이다. (187쪽)

  나는 수많은 방향으로 동시에 파생되며 되돌아오는 의미의 한
가운데서 길을 잃는 느낌이었다. 자신을 결코 하나의 어휘 속으
로 제한하지 않는 비전과 에피파니EPIPHANY의 언어. 어휘란 형
체를 잡는 일이고 비전을 가두는 도구이다. 그러나 리스펙토르의
언어는 무엇보다도 열린 언어이다. 때로 그것은 사전적인 어휘
이전에 소리이고, 소리 이전에 목소리이다. 어떻게 우리는 눈으
로 책을 읽으며 동시에 동굴에서 울려 퍼지는 목소리를 들을 수
있을까? 문자라는 기호와 언어라는 문명을 이용해 어떻게 심령
의 차원을 이해할 수 있을까? 그 하나의 방법은, G.H.가 그랬듯
이, 아마도 잃는 것이리라. 그러니 이 책을 읽으며, 잃는다는 것은
중요하다. 읽기 위해서 잃기, 혹은 잃기 위해서 읽기.
  클라리스 리스펙토르의 전작 『달걀과 닭』을 읽은 독자라면 그
의 언어를 어느 정도는 알고 있을 것이지만, 아마 그럼에도 불구
하고 이 책 『G.H.에 따른 수난』은 충격적일 수 있다. 그의 단편
「달걀과 닭」에서 그랬듯이 이 책의 주된 이야기는 어떤 대상과의
마주침에서 출발하고, 주인공인 화자는 심지어 책이 끝날 때까
지, 단 한 발자국도 그 자리에서 움직이지 않기 때문이다. 그 마주
침은 혐오와 공포에서 시작하여 나 자신과의, 생명 자체와의, 초
자연과의, 신적 대상과의 교류, 초월과 합일과 변신을 통한 격정
과 고통의 하나됨에 이른다. 그러나 이렇게 책의 내용을 ─ 이 책
에 과연 내용이라는 것이 있을까 ─ 설명하는 것은 무의미할 뿐

만 아니라 우스꽝스럽기까지 하다. 이 책이 특별한 내용을 갖지 않아서가 아니라, 그 내용이란 것이 우리가 어떤 말로 설명하더라도 설명된 그것의 바깥에 있기 때문이다.

나는 헛되이 애쓰고 있다, 이 책에 대해서 이야기하지 않기 위해서, 해석을 피하기 위해서, 이 책을 보편의 언어 안으로 축소시키지 않기 위해서. 그럼에도 불구하고 독자에게 이 책을 통해서 말을 걸기 위해서, 손을 잡기 위해서, 오직 손만이 존재하는 존재의 손을, 그래서 더듬거리며, 나를 온전히 내맡긴 채, 그렇듯 무모하게, 무작정, 영리해지려는 그 어떤 용의주도한 계산 없이, 이 글과 함께 앞으로 가보기를 원한다. 그것 역시 리스펙토르를 읽는 한 방법일 것이므로.

이해할 수 없는 것에 나를 맡기기, 그것은 나 자신을 무의 가장자리에 배치하는 일이다. 들판에서 길 잃은 눈먼 여자처럼, 무작정 앞으로 가야만 한다는 의미이다. 살아 있음을 의미하는, 이 초자연성. (20쪽)

이 초자연성. 그 시작은 어떠했던가. 나는 2015년 브라질 여행에서 이 책을 처음 만났다. 상파울루에서 선물로 건네받은 것이다. 그것은 리스펙토르와의 첫 만남이었다.

그전에 나는 오랜 시간 동안 나의 '작가'를 찾아 헤맨 무모한 경험이 있었다. 나는 이미 그 작가가 있음을 알았고, 그가 어떠할 거라는 막연한 느낌을 갖고 있었다. 심지어 도래할 그 작가에 대해서 글을 쓰기도 했다. 하지만 그 작가의 이름을 몰랐고, 그 작가의 작품을 발견하지 못한 상태이므로 아직 한 권도 읽지 못했다. 그 사이 나는 몇몇 작가와 인상적인 조우를 했고, 드물지 않게, 그 몇몇 작가를 내가 생각한 그 작가라고 착각하기도 했다. 물론 그들은 모두 훌륭하고 멋지고 개성 넘치며 뛰어난 작품을 썼지만, 그래서 많은 뛰어난 독자들로부터 존경과 사랑을 받고 있었지만, 그럼에도 그들은 나의 작가는 아니었다. 나의 작가는 비범함, 완벽함, 뛰어남, 그 이상의 것이 있어야 했다. 그 이상의 것이 있다면 그는 비범하지 않아도, 완벽하거나 심지어 뛰어나지 않아도 상관없이 비범하고 완벽하고 뛰어날 터였다. 그리고 번역을 시작한 뒤로 나는 또다른 소망이 생겼다. 나의 작가가 여성이기를 혹은 여성들이기를 바라는 소망이다. 여성의 목소리로 울리는 최상의 언어와 그것을 옮기는 일을 다른 무엇보다 좋아하게 되었기 때문이다.

아마도 문학사에서 가장 신비스러운 작품 목록이 있다면 그 상위에 오를 것이 분명한 『G.H.에 따른 수난』은 브라질에서 1964년에 출간되었다. 제목에서 드러나듯이 이 책은 성서에 나타난 그리스도의 수난Passion of Jesus을 바탕으로 하고 있으며 책의 제목 'G.H.에 따른 수난A Paixão Segundo G.H. / The Passion According to G.H.' 역시 신약성서의 네 복음서의 타이틀과 같은 구조이다(Gospel According to Matthew, Gospel According to Mark, Gospel According to Luke, Gospel According to John). 우리는 복음서를 「마태오의 복음」, 혹은 「마태오 복음」이라고 부르지만 이 책의 제목은 원문의 구조를 살려서 'G.H.에 따른 수난'으로 결정했다.

이 책은 단 하나의 목소리로 이루어진다. 첫 문장부터 마지막 문장까지, 오직 단 하나의 목소리뿐이다! 세계는 단 하나의 목소리로 이루어졌다. 그 목소리는 G.H.라는 이니셜을 가지며 그것은 여행가방에 새겨져 있다. 우리는 책의 마지막까지 목소리의 격정적인 독백을 듣지만, 심지어 그 목소리의 이름조차 알지 못하는 것이다. 책의 마지막까지 우리가 아는 것은 G.H.가 여성이며, 한때 조각가였고(사물에게 형체를 주어 사물을 변신시키는 일), 그녀의 "마지막 연애는 한 번의 부드러운 애무로 우호적인 종말을 고"한 다음이며, 그녀 자신을 '반영하는' 아름다운 리우데자네이루의 아파트에서 혼자 산다는 것뿐이다.

그런데 이 책에 이름이 전혀 등장하지 않는 것은 아니다. 우리에게 주어지는 단 하나의 온전한 이름은 '자나이르'이며 G.H.의 집에 하루 전까지 가정부로 일했던 여성이다. 자나이르는 단지 이름만 등장할 뿐, 이 책이 진행되는 동안 한 번도 모습을 드러내지는 않는다. 그녀는 이미 떠나가버린 다음이다. 자나이르가 왜 떠나간 것인지는 분명하지 않다. G.H.는 자나이르가 그만둔, 혹은 자나이르를 해고한 다음 날, 주방 뒤쪽에 있는 (수평인) 아파트의 (상징적으로) 가장 낮은 구역, 가정부의 방을 치우려고 들어갔다가 예상치 못한 벽화를 발견하게 된다. 그리고 투박하게 그려진 그 목탄화 속의 인물이 자신이라는 것을 깨닫는다. 그렇게 이 책은 시작된다.

곧이어 가정부의 방 옷장 속에서 G.H.는 공포와 혐오의 대상과 마주친다. 그것은 먼지투성이 옷장 깊숙한 어둠으로부터 기어 나오는 한 마리 갑충, 바퀴벌레이다. 충격에 떨던 G.H.는, 생전 처음으로 "죽이고 싶은 욕구에 흠씬 취하여", 그것을 실행에 옮긴다. 옷장 문을 힘껏 닫아 벌레를 짜부라뜨린 것이다. 그러나 바퀴벌레는 죽지 않는다. 몸이 두 동강이 난 바퀴벌레는 죽지 않고, 몸속의 흰 내용물이 고름처럼 비져나오는 가운데, G.H.의 눈앞에서 "문 밖으로 툭 튀어나온 몸통 절반을 앞쪽을 향해 와락 내민 채" 살아 있다. "허공으로 몸을 불쑥 세운 여인의 반신상처럼."

이 순간 G.H.는 바퀴벌레의 얼굴을 본다. 벌레의 눈을 본다. 그리고 그 안에서 놀랍게도 자기 자신과의 심원한 연결을 발견한다.

나는 살아 있는 바퀴벌레를 보았고, 그 안에서 내 가장 은밀한 삶과의 일치점을 발견했다.
·······
마치 고름이 흐르듯이, 내 가장 은밀한 내면의 것이 꾸역꾸역 흘러나왔다. '나-존재'가 인간의 기원보다 훨씬 더 이전의 원천에서 나왔다는 사실에 나는 공포와 역겨움을 느꼈다. 그리고 그것이 인간보다 훨씬 더 심오한 원천이라는 것도 충격과 함께 깨달았다. (80쪽)

나 역시, 서서히 나 자신을 더이상 쪼갤 수 없는 하나의 핵으로 축소시키고 있는 나 역시, 수백만 개의 떨리는 섬모로 뒤덮인 존

재였다. 몸에 난 섬모들을 이용하여 앞으로 움직이는 나는 하나의 원생생물, 순전한 단백질이었다. (84쪽)

독자들은 이제 자신이 어떤 자리에 초대받았는지 알아차린다. 우리는 죽어가는 바퀴벌레를 마주한 G.H.의 경악과 독백, 삶과 죽음, 자아와 타아를 가르는 경계의 와해, 그리고 유사 트랜스 상태에서 벌어진 성체의 변화, 비종교적인 실체 변화, 기도에 가까운 기나긴 명상의 언어를 지켜보는 유일한 증인이 된다.

그리고 그 명상 속에는, 여성이라는 날카로운 존재의 인식이 있다. 파편적으로 드러나는 고백과 같은 G.H.의 이야기들은 대부분 그녀의 여성-정체성과 연관된다. 가정부의 방으로 들어와 벽화를 발견한 G.H.는 그 방이, 자신에게 여성이라는 정체성을 부여했음을 알아차린다. 또한 자신이 마주친 혐오스럽고 끔찍하면서, 원초적인 생명 이전의 생명인 벌레에게서, G.H. 자신에 의해 옷장 문틈에 낀 채 죽어가는 벌레에게서 G.H.는 여성인 자신을 발견한다. 심지어 어떤 문장에서 불쑥 등장하는 '여자ᵃ ʷᵒᵐᵃⁿ'는 바퀴벌레와 G.H. 두 자아를 포괄하는 동시에 둘의 개체를 넘어서는 인상을 주기도 한다. 그러므로 여자가 무엇을 보는지 나는 모른다.

바퀴벌레가 무엇을 보는지 나는 모른다. 마찬가지로 벌레와 나, 우리는 서로 마주 쳐다보고 있었지만, 여자가 무엇을 보는지 나는 모른다. (103쪽)

나는 벌레를 당연히 암컷이라고 생각했다. 몸통 한가운데가 꺾인 존재는 암컷일 수밖에 없기 때문이다. (125쪽)

신비주의와 영적 체험으로서의 '보기'가 주요 사건으로 등장하는 이 책은, 리스펙토르의 다른 작품들과 마찬가지로 강렬한 여성의 존재의식을 바탕에 깔고 있다. 그의 글에서는 주로 부유한 중산층 주부, 가족과 살림을 살피는 여성이 주인공으로 등장하며, 겉으로 잘 드러나지 않는, 때로 섬뜩하기까지 한 바닥 없는 그녀들의 심연이, 고요하게 위장된 생활의 표면과 함께 묘사되곤 한다. 하지만 이 책에서 G.H.는 남편도 아이도 없으며, 홀로 사는, 경제적으로 부유하며 독립적인, 예술가의 타이틀을 가진 여성이다.

리스펙토르의 작품 전반에 나타나는 여성들을 이해하려면 60년대의 브라질 사회가 여성 예술가에게 어떤 장이었는지 어느 정도 알 필요가 있다. 예술가로, 작가로 경제적 독립을 이루기가 매우 어려웠으며 특히 여성에게는 불가능에 가까웠다. 당시 브라질은 매우 보수적인 남성 중심 사회였으며 심지어 리스펙토르가 글을 쓰기 위해 외교관인 남편과 헤어져 브라질로 돌아왔을 당시에는 이혼이 합법도 아니었다. (리스펙토르의 일생에 관해서는 클라리스 리스펙토르 단편선 『달걀과 닭』의 '옮긴이의 말'에서 자세하게 기술했으므로 여기서는 생략하기로 한다.)

리스펙토르는 여성작가로서 버지니아 울프나 유대계 작가로서 카프카 등과 쉽게 비교되곤 한다. 특히 이 작품『G.H.에 따른 수난』은 초월의 과정으로서 상징적인 변신이 이루어지는 데다 그 대상이 바퀴벌레이므로 독자들은 즉시 카프카의「변신」을 떠올릴 것이다. 하지만 나는 리스펙토르의 글쓰기는 그런 외형적인 조건을 기준으로 범주화할 수 있는 종류가 아니라고 생각한다. 그의 언어, 그의 언어가 발화되는 형태는 우리가 이전에 거의 경험해보지 못했을 만큼 너무도 낯설고 마술적이기 때문이다.

리스펙토르의 진술은 선형적이 아니며 표현은 패러독스이다. 그가 성서의 용어들을 자주 활용하는 것은 맞지만 그것이 종교로서의 기독교라는 느낌보다는 자신의 문학을 신에 대한 명상으로 만들려는 도구로 읽힌다. 어휘들은 끊임없이 존재를 존재로부터 분리시킨다. 매 장의 마지막 문장이 다시 다음 장의 첫 문장을 열고 있으며, 이것은 중단과 연속이 동시에 이루어지는 구조를 형성한다. 이 책의 모든 문장은 말할 수 없는 것을 말하려 하고 닿을 수 없는 것에 가닿으려는 투쟁이다. 말들은 우리의 눈에 보이지 않는 비밀의 풍경을 보고 있다. 이름이 없는 G.H.는 모든 존재의 알려지지 않은 이름이기도 하며 그의 삶은 예술과 언어, 신비의 경험을 넘나든다. 그리고 그 언어는 곧 여성이다. 내가 책을 읽으면서, '이 언어는 여성이다!'라고 생각한 책들은 많지 않은데, 리스펙토르의 글 그리고 특히 이 책『G.H.에 따른 수난』이 거기에 속한다. 패러독스이며 열광이자 초월이고 신탁이며 기도와 주문인 언어, 그러나 동시에 몸이 꺾여 죽어가는 바퀴벌레의 내부에서 비져나오는 흰색 물질처럼, 육체와 존재의 본질인 내장의 언어. 사실 그래서 나는 두렵다. 나는 이 글을 아주 짧게 쓰려고 했다. 나도 모르는 비밀의 지령을 배반하거나 누설하는 것을 피하기 위해. 그런데 이미 너무 많은 것을 말해버린 것 같기에.

에니그마의 해독은 또다른 에니그마의 반복이므로.

너무도 잘 알려진 에피소드가 있다. 리스펙토르의 책을 읽고 크게 감명받은 한 젊은 여성 독자가 작가를 만날 수 있기를 열렬하게 소망했고, 리스펙토르로부터 방문해도 좋다는 허락을 받았다. 여성 독자는 자신이 열광하는 작가 리스펙토르로부터 인생을 밝혀줄 번개불 같은 한마디를 듣기를 원했던 것이다. 그러나 여성 독자가 찾아가자 리스펙토르는 긴 시간 동안 침묵하며 한마디도, 단 한마디도 입을 열지 않았다. 마침내 실망하고 좌절한 독자가 부끄러움 속에서 제 발로 작가의 집을 떠나버릴 때까지.

우리, 리스펙토르의 독자들은 모두 같은 운명이다.

배수아

G.H.에 따른 수난

초판 1쇄 발행 2020년 7월 20일
초판 3쇄 발행 2023년 3월 20일
지은이 클라리시 리스펙토르
옮긴이 배수아

발행인 박지홍 발행처 봄날의책 등록 제311-2012-000076호 (2012년 12월 26일)
서울 종로구 창덕궁4길 4-1 401호 (원서동 4층)
전화 070-4090-2193, E-mail springdaysbook@gmail.com

기획·편집 박지홍 디자인 공미경 인쇄·제책 한영문화사

ISBN 979-11-86372-77-7 03890

이 도서의 국립중앙도서관 출판예정도서목록(CIP)은 서지정보유통지원시스템
홈페이지(http://seoji.nl.go.kr)와 국가자료종합목록 구축시스템(http://kolis-net.nl.go.kr)에서
이용하실 수 있습니다.(CIP제어번호: CIP2020026777)